Trilogía de la casa de los conejos

Laura Alcoba
Trilogía de la casa de los conejos

Traducción del francés de Leopoldo Brizuela,
Mirta Rosenberg y Gastón Navarro

ALFAGUARA

Papel certificado por el Forest Stewardship Council®

MIXTO
Papel procedente de
fuentes responsables
FSC® C117695

Penguin
Random House
Grupo Editorial

Títulos originales: *Manèges, Le bleu des abeilles* y *La danse de l'araignée*
Primera edición: mayo de 2021

© 2007, 2013, 2017, Éditions Gallimard, Laura Alcoba
© 2021, Penguin Random House Grupo Editorial, S. A. U.
Travessera de Gràcia, 47-49. 08021 Barcelona
© 2007, 2014, Leopoldo Brizuela, por la traducción de *La casa de los conejos* y *El azul de las abejas*
© 2017, Mirta Rosenberg y Gastón Navarro, por la traducción de *La danza de la araña*
© 2018, Daniel Pennac, por el prólogo de *La casa de los conejos*

© Diseño: Penguin Random House Grupo Editorial, inspirado en un diseño original de Enric Satué

Printed in Spain – Impreso en España

ISBN: 978-84-204-3928-0
Depósito legal: B-4841-2021

Compuesto en Arca Edinet, S. L.
Impreso en Unigraf, Móstoles (Madrid)

AL39280

La casa de los conejos

Prólogo para el décimo aniversario de la publicación (2008-2018)

Daniel Pennac

La Historia pasa, los símbolos permanecen. En la Argentina de hoy, símbolo son las madres y las abuelas de la Plaza de Mayo. Giran en esa plaza vacía. La obstinación, el coraje, la memoria y la maternidad giran en torno al inmenso vacío dejado por quienes jamás volverán a pisar esa plaza. ¿Dónde están nuestros hijos? ¿Cómo los mataron? Y los hijos de nuestros hijos, ¿qué hicieron con ellos? A esas preguntas mudas, los asesinos uniformados responden con el silencio. Madres y abuelas giran alrededor del silencio de unos asesinos uniformados.

Silencio de esa ronda, silencio de los asesinos, silencio de la Plaza de Mayo.

La casa de los conejos es el libro de otro silencio, el de la pequeña Laura Alcoba. El silencio que la clandestinidad impone a esa niña que, de un día para otro, ya no debe decir su nombre. A la edad en que hablar es una fiesta, una niña descubre de repente que su palabra puede derribar su mundo, provocar la muerte de su padre y de su madre, reducir a la nada su escondite —la casa de los conejos— con todos sus habitantes. De ahora en adelante, tendrá que aprender a hablar sin decir nada. Nada a los desconocidos, nada a los vecinos, nada a las compañeritas del colegio religioso (donde hablar ya es casi un pecado). Pero, a la edad en que hablar es celebrar los descubrimientos de cada día, callarse es morir para uno mismo y, en el caso de la pequeña Laura, morir para el castellano natal.

El renacimiento de Laura tendrá lugar cuando el exilio, con el aprendizaje de otro idioma. Un idioma nuevo, que no pone en peligro, donde la niña puede recobrar su inocencia diciendo lo que quiere, como quiere, en donde quiere, a quien quiere, sin arriesgar la vida de nadie. Así es como Francia acuñó a la escritora Laura Alcoba, de palabras tan precisas, de escritura tan clara. Es lo primero que me llamó la atención hace diez años, cuando leí *La casa de los conejos* por primera vez: la precisión de esa escritura. Y es lo que siento cada vez que escucho a su autora hablar: la claridad de su voz. Esa voz tan cristalina que venció a todos los silencios.

Volver a llevar *La casa de los conejos* al castellano, en ocasión del décimo aniversario de su publicación, es celebrar de la manera más bella el reencuentro de Laura con Alcoba.

A Diana E. Teruggi

Un recuerdo, amigo.
Solo vivimos antes o después.

GÉRARD DE NERVAL

Te preguntarás, Diana, por qué tardé tanto en contar esta historia. Me había prometido hacerlo algún día pero más de una vez terminé por decirme que aún no era el momento.

Había llegado a creer que lo mejor sería esperar a hacerme vieja, e incluso muy vieja. Ahora la idea me resulta extraña pero durante mucho tiempo estuve convencida de ello.

Tenía que esperar a quedarme sola, o casi.

Esperar a que los pocos sobrevivientes de esta historia ya no fueran de este mundo —o que estuviesen a punto de abandonarlo— para atreverme a evocar este breve retazo de infancia argentina sin temor de sus miradas y de cierta incomprensión que creía inevitable. Temía que me dijeran: *¿Qué ganás removiendo todo aquello?* Y me abrumaba la sola perspectiva de tener que explicar. La única salida era dejar hacer al tiempo, alcanzar ese sitio de soledad y liberación que, así lo imagino, es la vejez. Era exactamente eso lo que yo pensaba.

Pero, un día, ya no soporté más la espera. De pronto, ya no quise aguardar a estar tan sola ni a ser tan vieja. Como si no me quedara tiempo.

Ese día creo que se corresponde con un viaje que hice a Argentina, con mi hija, a fines del año 2003. Allí busqué, encontré gente. Empecé a recordar con mucha más precisión que antes. El tiempo había obrado más rápido de lo que había imaginado: a partir de entonces, contar se volvió una urgencia.

Aquí estoy.

Por fin voy a evocar toda aquella locura argentina, a todos aquellos seres arrebatados por la violencia. Me decidí a hacerlo porque muy a menudo pienso en los muertos, pero también porque sé que no hay que olvidarse de los sobrevivientes. Más aún, ahora estoy convencida de que es imprescindible pensar en ellos. Esforzarse por hacerles, también a ellos, un lugar. Eso es lo que tardé tanto en entender, Diana. Sin duda por eso demoré tanto.

Pero antes de comenzar esta pequeña historia quisiera hacerte una última confesión: si al fin hago este esfuerzo de memoria para hablar de la Argentina de los Montoneros, de la dictadura y del terror desde la altura de la niña que fui, no es tanto para recordar como para ver si consigo, después, olvidar un poco.

1

Todo comenzó cuando mamá me dijo: *Ahora, ¿ves?, no-sotros también vamos a tener una casa con tejas rojas y un jardín. Como vos querías.*

Hace ya varios días que vivimos en una casa nueva, lejos del centro, a orillas de los inmensos terrenos baldíos que rodean La Plata —esa franja que ya no es la ciudad ni es, aún, el campo. Frente a la casa hay una antigua vía de ferrocarril fuera de uso, desechos abandonados, por lo visto, hace ya mucho tiempo. Cada tanto, una vaca.

Hasta hace muy poco vivíamos en un pequeño departamento, en una torre de hormigón y vidrio de la Plaza Moreno, justo al lado de la casa de mis abuelos maternos, frente a la catedral.

Más de una vez soñé en voz alta con la casa en la que me hubiera gustado vivir. Una casa con tejas rojas, sí, y un jardín, una hamaca y un perro. Una casa como esas que se ven en los libros para niños. Una casa como esas que me paso el día dibujando, con un enorme sol muy amarillo arriba de todo y un macetero con flores junto a la puerta de entrada.

Tengo la impresión de que mamá no me entendió bien. Referirme a una casa de tejas rojas era tan solo una manera de hablar. Las tejas podrían haber sido rojas o verdes. Lo que yo quería era la vida que se lleva ahí dentro. Padres que vuelven del trabajo a cenar, al caer la tarde. Padres que preparan tortas los domingos siguiendo esas recetas que se encuentran en libros de cocina gordísimos y llenos de fotos. Una mamá elegante con uñas largas y esmaltadas y zapatos de taco alto. O botas de cuero marrón y, colgando del brazo, una cartera haciendo juego. O sin botas, pero con un gran tapado azul de cuello redondo. O gris. En el fondo no era una cuestión de color, no, ni en el caso de las tejas, las botas o el tapado. Me pregunto cómo pudimos entendernos tan mal. O será que ella finge creer que mi sueño es solo una cuestión de jardín y de color rojo.

Además, era un perro lo que yo más quería.

O un gato. Ya no sé.

Mamá se decide finalmente a explicarme, a grandes rasgos, lo que está pasando. Tuvimos que dejar nuestro departamento, dice, porque a partir de ahora los Montoneros van a tener que esconderse. Es necesario, porque ciertas personas se volvieron muy peligrosas: son los miembros de los comandos de la Triple A, la Alianza Anticomunista Argentina, que «levantan» a los militantes como papá y mamá y los matan o los hacen desaparecer. Por eso tenemos que refugiarnos, escondernos, y también resistir. Mamá me explica que eso se llama *pasar a la clandestinidad. A partir de ahora vamos a vivir en la clandestinidad.* Eso, exactamente, es lo que dice.

La escucho en silencio. Entiendo lo que mamá me dice, pero tengo una pregunta: la escuela. Si vivimos escondidos, ¿cómo voy a hacer para ir a clase?

Para vos, todo va a ser como antes. Con que no digas a nadie dónde vivimos, ni siquiera a la familia, suficiente. Todas las mañanas te vamos a subir al micro. Vas a bajar solita en Plaza Moreno: ya conocés el lugar. El colectivo para justo en la puerta de los abuelos. Ellos se van a ocupar de vos durante el día. Y ya veremos la manera de pasarte a buscar a la tardecita o a la noche.

Estoy sola en un colectivo radiante, todo decorado de motivos rojo y plata, pero no por eso menos destartalado y bamboleante. Las manos gruesas del chofer aferran un volante forrado con alfombra de color verde y naranja. A su izquierda, como en casi todos los colectivos, cuelga una foto de Carlitos Gardel, con su eterno pañuelo blanco al cuello y su sombrero ligeramente inclinado sobre los ojos. Más allá, una imagen de la Virgen de Luján, esa diminuta señora apenas visible bajo su manto celeste con arabescos de oro, aplastada por una corona de piedras preciosas, ensartada en los gruesos rayos que emite su propio cuerpo glorioso. Hay también calcomanías para advertir a los pasajeros que el chofer es «hincha» de Gimnasia y Esgrima de la Plata. Y para que no haya dudas, colgó un banderín de flecos desteñidos en el respaldo de su asiento. En cuanto a la franja autoadhesiva con los colores de la bandera argentina, en la parte superior del parabrisas, esa sí es idéntica a la que pegan todos los colectiveros de la ciudad, ya sean de Estudiantes o incluso de Boca Juniors, el gran club de fútbol de Buenos Aires.

En el barrio donde vivimos ahora, la calle está como bombardeada de baches hondísimos entre los que el colectivo y los autos tratan de encontrar el camino más liso posible. Por suerte, los barquinazos no son tantos a medida que nos acercamos al centro y a la Plaza Moreno.

Del escondite que hay en el cielorraso no voy a decir nada, prometido. Ni a los hombres que puedan venir y hacer preguntas, ni siquiera a los abuelos.

Papá y mamá esconden ahí arriba periódicos y armas, pero no tengo que decir nada. La gente no sabe que a nosotros, solo a nosotros, nos obligaron a entrar en guerra. No lo entenderían. No por el momento, al menos.

Mamá me habló de un nene que había visto el escondite que sus padres camuflaban detrás de un cuadro. Pero se habían olvidado de explicarle hasta qué punto es importante callar. Era un nene muy chiquito, apenas sabía hablar. Seguramente habían creído que no era necesario, que no podía decir nada a nadie o que, de todas maneras, no podría comprender sus advertencias.

Cuando llegaron los hombres de la policía, revolvieron todo pero no encontraron nada. Ni una sola arma, ni una revista comprometida, ni siquiera un libro prohibido. Y eso que hay muchos, muchísimos libros en su lista... Pero nada de lo que veían en la casa podía considerarse «subversivo». Y es que a nadie de aquella patota se le había ocurrido, claro, mirar detrás del cuadro.

Cuando ya estaban por salir, casi en el umbral de la puerta de calle, uno de los hombres volvió sobre sus pasos. De pronto se había dado cuenta de que durante toda la requisa el nene aquel, ese bebé que sabía apenas unas pocas palabras, había señalado el cuadro con el dedo diciendo a media lengua *¡Ahí! ¡Ahí!* El hombre descolgó el cuadro. Los padres están presos ahora, todo por culpa de ese nene que apenas sabía hablar.

Pero mi caso, claro, es totalmente diferente. Yo ya soy grande, tengo siete años pero todo el mundo dice que hablo y razono como una adulta. Los hace reír que sepa el nombre de Firmenich, el jefe de los Montoneros, e incluso la letra de la marcha de la Juventud Peronista de memoria. A mí ya me explicaron todo. Entendí y voy a obedecer. No voy a decir nada. Ni aunque me hagan daño. Ni aunque me retuerzan el brazo o me quemen con la plancha. Ni aunque me claven clavitos en las rodillas. Yo ya entendí hasta qué punto callar es importante.

Por fin llego a la casa de mis abuelos. Una vez más, me recibe la voz de Julio Sosa. Mi abuelo escucha tangos cada mañana antes de irse a Buenos Aires, donde tiene su estudio.

Mi abuelo es abogado, pero no está en nada de política. No, él no quiere líos. Desde siempre defiende a contrabandistas, falsificadores, estafadores de todo tipo. Siente una profunda ternura por esos atorrantes que suelen profesarle, a su vez, una especie de gratitud fraternal. Es verdad que un día uno de ellos, huésped temporario de su casa, desapareció llevándose la bañadera. Pero en lo de mi abuelo todos entienden que se haya dejado tentar. Era una bañadera hermosa, de mármol, una verdadera pieza para coleccionistas. Prueba, sin duda, de que el hombre conocía su oficio.

Pero, por lo demás, de esos muchachos (más allá del disgusto de haber tenido que conformarse con la ducha y de ver esfumarse unos cuantos objetos de valor, aquí y allá) no hay nada que temer. Mi abuelo siempre ha pensado que los pequeños tránsfugas son «hombres de honor». Salvando ciertas tribulaciones más bien cómicas, cuyo relato, siempre enriquecido de circunstancias y pormenores nuevos, corona casi todos los almuerzos dominicales —las numerosas hermanas de mamá se libran, a lo largo de la tarde, a verdaderas batallas oratorias: a ver quién describe con mayor gracia el papel disparatado que uno u otro de estos sinvergüenzas se atrevieron a interpretar en la casa de su protector, cuando este tuvo la gentileza de recibirlos—, más allá de eso, digo, nadie tuvo jamás de qué quejarse. Por el contrario. Si no se van con una bañadera bajo el brazo, los clientes de mi abuelo están dispuestos a volverse útiles en caso de necesidad —son expertos en el bricolaje de lo cotidiano, virtuosos componedores de la dura existencia. Pero no tienen nada que ver con la política. No quieren poner el mundo patas arriba. Solamente hacer malabares con las cosas tal y como son. Lo que asusta a mi abuelo son las personas que pretenden que todo cambie.

Estamos por salir para la escuela con mi tío Luis, el hermano menor de mamá, mi abuela y mi tía Sofía.

Sofía está mal de la cabeza pero delante de ella no hay que tocar el tema. Es como una nena. Apenas sabe escribir.

En mi escuela, ayuda en la secretaría. Pasa a recoger las listas de asistencia por las aulas y, durante el recreo, ceba mate a las maestras. Ella cree que trabaja, pero la verdad es que mi abuelo envía todos los meses un sobre a la directora y la directora se lo entrega a mi tía cuidándose de no revelar el origen familiar de su supuesto sueldo. Gracias a esa pequeña mentira, Sofía se siente útil, necesaria al punto de merecer un pago. Mis abuelos piensan que eso le hace bien y, de todas maneras, no se les ocurre otro modo de mantenerla ocupada durante todo el día.

Por la noche, después de la cena, mi abuela me lleva siempre a casa de Carlitos, su hermano.

Esto es por el tema de la señora que teje.

Desde hace varios meses hay un coche negro estacionado el día entero frente a la casa de mis abuelos. Adentro, una mujer rubia que teje, vestida de modo bastante austero y con un rodete plantado en lo más alto del cráneo. Se parece a Isabel Perón pero es un poco más joven y mucho más bonita. A veces la acompaña un hombre pero en general está sola. Siempre esperamos a que se vaya la señora para ir a casa de Carlitos, por donde mamá pasa a buscarme.

Hoy, en casa del hermano de mi abuela, apenas si tuve tiempo de jugar con el perro. Mamá y papá vinieron a buscarme, los dos juntos esta vez, y mucho más temprano que de costumbre. Inmediatamente salimos hacia nuestra casa de tejas rojas.

En el nuevo barrio hay pocos semáforos. Antes de cruzar la calle hay que tocar bien fuerte la bocina para prevenir a los autos que puedan salirnos al cruce.

Desde que subimos al coche no hablamos ya sino de manera entrecortada, tratando de que los estridentes bocinazos no rompan el hilo de nuestras frases. Se los escucha estallar por todas partes: a la derecha, a la izquierda; apenas unos metros más adelante o unos metros atrás, el petardeo nos asalta por todos los flancos. Las señales podrían parecer confusas pero es cuestión de costumbre. Entre todas esas advertencias, el que maneja siempre parece saber cuál es la que se dirige a él.

Esta vez también papá tocó bocina pero el auto que venía por la calle transversal siguió de largo. El choque fue muy violento y mi cabeza, la primera en estrellarse contra el parabrisas.

Pero no podemos detenernos. La policía podría llegar para ver qué pasa. En casa está el escondite del cielorraso... Y mis padres no recibieron aún sus documentos falsos porque lleva mucho tiempo hacer papeles que la policía pueda tomar por verdaderos. Además, me olvidaba, nuestro Citroën 2CV rojo es robado.

El autito parece toser, fuera de control. Se para el motor, papá logra hacerlo arrancar. Poco después se vuelve a apagar... Arrimamos nuestro coche francés a la vereda y enseguida desaparecemos por las transversales. Sin mirar atrás ni una sola vez.

2

Todos los días, al salir de clase, voy primero a casa de mis abuelos con Sofía y con Luis, el hermano menor de mamá, que asiste a la misma escuela que yo.

Por el camino de vuelta, se supone que Sofía nos cuida y que eso también forma parte de su «trabajo». Pero mi tío y yo hacemos lo que nos da la gana. Salimos corriendo a toda velocidad o simulamos desandar el camino como si remontáramos el curso del tiempo y fuera de nuevo la hora, no de volver a casa, sino de ir a la escuela. Hagamos lo que hagamos, Sofía parece siempre desbordada. Nos divierte obligarla a correr de esa manera. *¡Paren! ¡Espérenme!* Resulta muy graciosa en ese cuerpo de adulto con el que no sabe qué hacer, demasiado grande y gordo para ella, tan torpe y tan perdida.

Una vez en lo de mi abuelo, tomamos la leche mientras escuchamos siempre el mismo casete de Julio Sosa. «El varón del tango», dice la cajita.

Hoy la señora que teje no está en su puesto. ¿Habrá entendido que ya entendimos? A menos que otra persona la haya relevado. Hay tanta gente en la Plaza Moreno, frente a la casa de mi abuela.

Gente que pasea, un hombre que lee el diario en un banco, novios acostados en el césped que se abrazan y se acarician como si tuvieran todo el tiempo del mundo y, por supuesto, muchos chicos.

Lo mismo da: seguimos alertas. Cuando vamos a casa de Carlitos mi abuela y yo —a veces es una de mis tías quien me lleva— ya es de noche. Nos detenemos varias veces por el camino, para ver si alguien nos sigue. No es más que una cuestión de rutina.

Casi siempre soy yo la que se vuelve a mirar hacia atrás. Resulta más natural que un chico se detenga, dé media vuelta y desande sus propios pasos. En un adulto, en cambio, el comportamiento podría resultar sospechoso, signo de una inquietud que podría llamar la atención. Por mi parte, aprendí a disimular estos actos de prudencia bajo la apariencia de un juego. Me adelanto encadenando tres saltitos, luego entrechoco las palmas y me doy vuelta de golpe, saltando con los pies juntos. Entre la casa de mi abuela y la de su hermano Carlitos, tengo tiempo de hacerlo unas diez veces, comprobando de ese modo que nadie nos está siguiendo.

Si algo me resulta sospechoso, se lo digo al adulto que me acompaña. Entonces nos paramos frente a alguna vidriera o fingimos habernos equivocado de camino, tratando de entender de qué se trata.

Hoy las cosas no son como de costumbre. Mi abuela me dice que mamá acaba de llamar por teléfono. Esta noche no iremos a casa de Carlitos. Papá cayó preso. Tengo que quedarme con mis abuelos hasta que mamá nos dé noticias. Ella dijo que volvería a llamar, sí. Pero ¿cuándo?

Al fin fui a ver a papá a la cárcel con mis abuelos paternos. Un gran patio empedrado. Un día hermosísimo.

Papá estaba vestido de azul, como los demás, y con el pelo cortado casi al rape. Había más presos de su edad cuyos hijos y padres también venían a verlos por primera vez. Todos parecían haber caído hacía muy poco. También nosotros, hoy, hicimos nuestro debut como visitantes.

Antes de dejarnos entrar al patio, una señora alta y muy linda, vestida de trajecito e izada sobre unos tacos altísimos, dijo que nos requisaría a mi abuela y a mí mientras mi abuelo, con el grupo de los hombres, tuvo que seguir a un policía bajito y barrigón, muy morocho y de bigote tupido.

Ocurrió en un cuarto muy pequeño en el que las mujeres que venían de visita iban pasando por turno. Entré en la piecita junto con mi abuela. Al principio, pensé que habíamos tenido suerte de que nos tocara una señora tan elegante —¡mirá, ella usa también rodete!—, aunque me molestó, sí, que me palpara.

Mi abuela tuvo que quedarse un buen rato en bombacha y corpiño. Tiene tetas enormes pero sobre todo fofas y caídas. Parecía molestarla que la mirase. Yo también estaba incómoda, en verdad, sobre todo por lo de las tetas y esas rayitas violáceas y azules que le estrían los muslos y que nunca había visto antes.

La linda señora de traje se tomó un buen tiempo para revisar a mi abuela. Deslizó una mano entre sus tetas, las alzó varias veces alternativamente e incluso las apretó, como quien modela una masa informe y reblandecida. Después le palpó las nalgas y deslizó la mano entre sus muslos.

Formábamos un grupo extraño en el patio luminoso de la cárcel de La Plata. Unos al lado de otros, a pleno rayo del sol, parecíamos habernos dado cita para algún tipo de conmemoración; pero era una reunión muy particular puesto que los que vestían de azul no pudieron irse con los demás.

Papá pidió que le escribiera cada semana. Me dijo que leerme lo ayudaría. No hablamos de mamá, ni del escondite en el cielorraso, ni de nada de eso. Tratamos de hablar de cosas sin importancia. Solo charlar, como si nada.

Entonces mi abuelo le preguntó a papá cómo estaba, papá le preguntó a mi abuela cómo estaba ella y luego me tocó a mí responder a la misma pregunta. Cada uno de nosotros, siguiendo la ronda, dijo que todo estaba bien.

3

Hoy mi abuelo y yo tenemos cita con mamá. ¿Cuánto tiempo hace que no la veo? ¿Dos, tres meses, quizá?

Los dos vamos a su encuentro en una de esas plazas tan lindas de La Plata, con caminos de lajas blancas y árboles en flor. Aparentemente, mamá dejó dicho que la esperáramos junto a la calesita.

Mi abuelo me propone dar una vuelta pero no tengo ganas. Sentada en un banco junto a él, me miro los zapatos y me aferro a su mano mientras la calesita gira ensordeciéndome con una música festiva, campanitas ñoñas y sonido chillón.

Es un día soleado, pero tanto sol me molesta, así que entrecierro los ojos.

Lo que me gusta de fruncir los párpados en estos baños de luz es que me pongo a percibir las cosas de manera diferente. Me gusta sobre todo el momento en que el contorno de las cosas se desdibuja y parecen perder volumen.

Cuando el sol brilla intensamente, como hoy, puedo llegar más rápido a ese punto en que todo se transforma y me encuentro en medio de imágenes planas, como pegadas a una lámina de luz. Por la sola presión de mis párpados, consigo hacer que el mundo retroceda y a veces, incluso, aplastarlo contra el fondo luminoso. Hasta la música de fiesta termina por estrellarse contra ese muro enceguecedor.

Cuando lo logro, me esfuerzo por quedarme así tanto tiempo como sea posible. Pero ese enfoque particular se desajusta enseguida, a veces tan pronto como se lo alcanza. Hoy, una vez más, la imagen de las cosas se me resiste. Muy rápidamente, todo vuelve a tomar cuerpo y el libro de luz en el que me hallaba desaparece.

Sin embargo, lo intento de nuevo porque soy cabeza dura y me encanta ver cómo las cosas se hacen pedazos por la sola fuerza de mi mirada. Vuelvo a arrojar lejos todo lo que me rodea para que se haga trizas, una vez más, contra el telón de fondo. Mi abuelo incluido. Esta vez, todo se aplasta rápidamente como si ya hubiera podido aprovechar la breve experiencia adquirida.

Pero también parece que la calesita, los árboles, mi abuelo y hasta las campanitas tuvieran más resistencia. A pesar de la violencia con que los he visto estrellarse, ahora vuelven a inflarse más veloces y con más vigor que antes. Abandono —por el momento— la partida.

Mi abuelo se incorpora. Mamá acaba seguramente de llegar.

Hace tiempo que el decorado ha vuelto prolijamente a su sitio. Los árboles, la calesita, los chicos. Mamá era lo único que faltaba.

Yo también me pongo de pie y alzo la vista hacia una mujer que al parecer es la que esperamos —la actitud de mi abuelo parece confirmarlo— pero a la que me cuesta reconocer.

Mamá ya no se parece en nada a mamá. Es una mujer joven y flaquísima, de pelo corto y rojo, de un rojo muy vivo que no vi nunca en ninguna cabeza. Tengo el impulso de retroceder cuando se inclina para darme un beso.

—Soy yo, mamá... ¿No me reconocés? Será por este color de pelo...

Mi abuelo y mamá intercambian apenas unas palabras.

Creo entender que ella trata de tranquilizarlo.

Pero de repente el sol se pone a brillar con más intensidad aún. Y el pelo rojo sobre la cabeza de la que vino a buscarme empieza a relumbrar como el fuego. Qué estruendo, es ensordecedor. Una vez más, vuelvo a fruncir los párpados, tan fuerte como puedo, mucho más fuerte que antes. Inútil.

A partir de ahora, lo sé, la luz ya no está de mi lado.

Mi abuelo se va y nosotras partimos en sentido contrario, lejos de la calesita y de la plaza llena de sol.

Como cada vez que me reencuentro con mamá después de una larga ausencia, me toca una muñeca de regalo.

Cuando papá y mamá cayeron presos por primera vez (yo debía de tener unos tres o cuatro años, tal vez un poco más), a su regreso, recuerdo, me regalaron una sirena rubia de plástico que tenía en sus brazos a un bebé muy pequeño. Un nene minúsculo que la sirenita rubia parecía acunar con amor.

Esa otra vez, para que no me angustiara, a mis abuelos se les ocurrió decirme que papá y mamá se habían ido *a Córdoba, por su trabajo,* pero yo había entendido que estaban en la cárcel y que eso no tenía nada que ver con su trabajo, sino, probablemente, con una temporada que habían pasado en Cuba mucho tiempo atrás. Por eso, en mi memoria, esa primera estadía en prisión y mi pequeña sirena plástica siguen estrechamente asociadas a la ciudad de Córdoba y un poco, también, a La Habana, aunque en realidad la cárcel estaba mucho más cerca, hasta es probable que alguien haya comprado mi sirenita de plástico a la vuelta de la esquina. Sin embargo, cada vez que la miro, incluso sabiendo perfectamente la verdad, tengo la impresión de que fueron a buscarla muy, pero que muy lejos, para mí, al Caribe o a algún lugar semejante. Por eso también, aunque sé que Córdoba no tiene nada que ver con esta historia, yo la llamo «mi sirenita rubia cordobesa» y es estrictamente por eso mi muñeca preferida. Sea como sea, en verdad, cuanto más la miro, más me parece llegada de otro mundo, completamente diferente a todas las demás.

Esta vez, puedo elegir mi muñeca del reencuentro. Entramos en un negocio y mamá me dice:

—Dale, elegí. La que más te guste.

Me detengo delante de una muñeca rechoncha y mo-
fletuda, morocha, de pelo largo y rizado. Mamá paga rápidamente en la caja, murmura a la vendedora unas palabras
apenas inteligibles. La vendedora parece haber entendido
que no vale la pena envolverla y nos vamos enseguida.

Mamá me lleva agarrada de la mano.

Yo aprieto bien fuerte, en la otra mano, la de la muñeca
tan linda que me acompaña.

4

No sé muy bien en dónde estamos, menos aún adónde nos dirigimos. La plaza y su calesita ya están muy atrás. Mi mamá de pelo rojo avanza a paso firme, sin decirme palabra. Entre la muñeca y ella sigo el compás sin atreverme a romper el silencio.

Llegamos a un sector de la ciudad que no conozco, de casas bajas y calles desiertas. En una esquina que se parece a todas las demás, pasamos por una puerta por la que se accede a un largo pasillo que desemboca en una especie de patio arbolado donde unas casitas modernas, todas de una planta, están adosadas unas a otras, reiterando cinco o seis veces la misma puerta de un azul muy claro, el mismo arbusto escuálido que parece plantado allí contra su voluntad y, sobre todo, sin intenciones de vivir mucho tiempo. Ya es de noche.

Una mujer que nunca he visto nos abre, nos hace pasar y cierra de inmediato la puerta, en silencio. Aparentemente nos estaba esperando, a mamá y a mí; nos abraza como si nos conociera desde siempre y parece feliz de que hayamos llegado. ¿Puede ser que yo la haya visto antes? ¿Puede ser que ella también haya cambiado de cabeza, como mamá, antes morocha y de pelo largo, hoy pelirroja y de pelo corto?

En la casa, todo está en silencio. Las paredes blancas están completamente desnudas. Los postigos, cerrados. En toda la casa no hay al parecer otra iluminación que la que prestan una bombilla colgada del techo de la cocina y una pequeña lámpara de escritorio apoyada en el suelo de la pieza contigua, sobre un piso de cemento que parece esperar un revestimiento más acogedor, un revestimiento que probablemente nunca va a llegar. La señora nos muestra con rapidez el cuarto, sumergido por entero en la penumbra, excepto por el pequeño círculo de luz que proyecta en el suelo la pantalla metálica, una fuente de luz desproporcionadamente pequeña en esa habitación tan grande para el mobiliario casi inexistente, si es que se puede considerar muebles unos viejos cajones de fruta transformados en biblioteca y dos colchones tendidos en el suelo. Hay muchísimos libros, por todas partes incluso, revistas y papeles torpemente apilados en columnas inestables que uno imagina derrumbándose al menor roce. Volvemos a la cocina, donde mamá y la señora se apoyan contra la pared para charlar.

La mujer empieza a hablar de Dios, y mamá a escucharla con atención profunda. En cuanto a mí, estoy casi segura de que esta es una de las primeras veces en que escucho hablar de Dios como si verdaderamente existiera, como si se tratara de alguien real, alguien con quien uno puede contar —yo había visto, sí, a mi bisabuela rezar en voz alta el rosario, cotidiana y automáticamente, moviendo apenas los labios, con los ojos cerrados. Iba deslizando entre sus dedos, una tras una, las cuentas del rosario, repitiendo oraciones de las que solo se oían palabras aisladas, pero que se encadenaban sin interrupción alguna. Ese gesto siempre había pertenecido para mí a una especie de folklore familiar.

La señora convence a mamá de que es urgente bautizarme.

Yo no sabía que no lo estaba.

A decir verdad, jamás me lo había preguntado.

Escucho todo con asombro pero me tranquiliza saber que uno puede contar con Dios y que basta con hacer una señal para que Él se ocupe de quienes lo necesitan.

Mamá y la mujer se vuelven a mirarme y me hablan de los primeros cristianos. Las dos se dirigen directamente a mí antes de trenzarse de nuevo a hablar entre ellas con un entusiasmo tal que parecen olvidar mi presencia. La señora dice que Dios no se encuentra solamente en las iglesias. Cree que uno podría preguntarse incluso si Él está todavía en las iglesias, si con todo lo que está pasando, Él allí puede sentirse aún en Su casa. Esa idea las hace reír mucho, parecen considerarla una broma excelente. Yo río también ante la idea de un Dios sin hogar, errante, un poco como nosotras ahora. Las miro de a una por vez, tratando de reír muy fuerte, tan fuerte como puedo, ansiosa de que recuerden que estoy ahí y de hacerles entender que yo también entendí el chiste.

Al menos, creo haberlo entendido.

En todo caso, parece ser que Dios es un ser muy accesible, basta con hacerle una señal y con creer en Él. A eso se le llama esperanza o fe.

Pero la palabra «esperanza» tiene, me parece, la virtud de ser más clara.

Nosotras, esta noche, invocaremos a Dios sin necesidad de un sacerdote. Un poco de agua, algunas oraciones y yo también podré formar parte de la cristiandad.

Como en los tiempos de los primeros cristianos justamente, cuando Dios y Cristo estaban con los débiles que se escondían como nosotros, explica la señora. Tengo la impresión de entender mejor y me siento increíblemente cerca de esos hombres y mujeres que nos precedieron hace tanto tiempo. ¿De modo que hoy Dios vela por nosotros como veló por ellos antes?

De golpe, yo también siento que esto es una cuestión urgente.

Quiero estar bajo la protección de Dios lo más pronto posible. No entiendo cómo he podido vivir sin Él durante todo este tiempo. Y sin saber siquiera que lo necesitaba.

Me desvisto en la cocina y me hundo en un fuentón metálico como aquel en el que mi abuela lava la ropa delicada. O a veces los repasadores, cuando están muy engrasados.

La amiga de mamá reza con voz apenas audible, al tiempo que derrama agua sobre mi cabeza. A sus oraciones sigue un largo silencio —imagino que ella espera una señal, Su respuesta—. Luego toma las manos de mamá y forman juntas un pequeño círculo alrededor de mí, como quien juega a la ronda, solo que ellas permanecen inmóviles y silenciosas.

La espera me resulta larga, interminable.

Se está tomando mucho tiempo para responder.

En la pequeña cocina de la casa vacía, seguimos esperando.

¿Y si Él no se manifestara? ¿Y si no quisiera saber nada conmigo? ¿Y si hubiese cometido un error riéndome al imaginarlo errante? ¿Y si ese largo errar hubiese terminado por dejarlo exhausto para alejarlo definitivamente de nosotras y de todos los hombres?

No me atrevo a hacer un solo movimiento.

Por fin, la señora abre los ojos. Como si alguien le hubiera dado la autorización, como obedeciendo a una señal que no llega hasta mí pero de cuya existencia no dudo ni quiero dudar, hace la señal de la cruz sobre mi frente.

Siento una paz extraordinaria. Él ha respondido, entonces. Me acepta.

Salgo del agua y vuelvo a vestirme sintiéndome ya bastante cambiada.

5

Mamá y yo nos presentamos en una nueva casa donde conocemos a una pareja joven: sus nombres son Daniel y Diana pero los llaman Cacho y Didí.

Diana está embarazada, pero casi ni se nota. Tiene el pelo largo, claro y ondulado, y grandes ojos verdes, muy luminosos y dulces. Es hermosísima e increíblemente sonriente.

Siento de inmediato que su sonrisa me hace bien. Me da tanta paz como mi bautismo en el fuentón de metal. Tal vez más. Puedo ver, sin embargo, que esa sonrisa pertenece al pasado, a algo que sé perdido para siempre. Pero cómo me conforta ver que pudo sobrevivir para instalarse justo ahí, en ese rostro.

Mamá me dice que muy pronto vamos a vivir con Cacho y Didí en otra casa, lejos del centro de la ciudad. Los dos me sonríen —veo sobre todo la cara de Diana, porque está como iluminada— y me preguntan qué pienso, si me gusta la idea. Yo digo que sí, haciendo grandes esfuerzos por sonreír a mi vez, sabiendo que, de todas maneras, cualquier sonrisa mía ha de parecer ridícula junto a la sonrisa de Diana, ese pelo, esos ojos.

Mientras esperamos la orden de mudarnos a la casa nueva, vivimos en la de otra pareja que tiene dos hijos, dos varones, más o menos de mi edad.

Yo juego un poco con ellos a juegos a los que no estoy nada acostumbrada. Entre nosotros nunca hablamos de lo que está pasando, ni de la clandestinidad —¿se la habrán explicado a ellos como me la explicaron a mí?—, ni de la guerra en la que estamos metidos, aunque la ciudad esté llena de gente que no participa de ella y que en ciertos casos, incluso, parece ignorar que existe. Si solo aparentan ignorarlo, bueno, lo consiguen sorprendentemente bien.

No hablamos del miedo, tampoco.

No hacen ninguna pregunta, no quieren saber qué estoy haciendo en su casa, sola con mi mamá, ni siquiera cuánto tiempo vamos a quedarnos. Es un alivio increíble que ninguna de esas preguntas surja, que ellos tengan la delicadeza de evitármelas.

Entonces tomo un autito rojo que hago rodar sobre la mesa imitando, alternativamente, el ruido de un motor forzado a tope y el que hace el viento al rozar la carrocería. En verdad imito al menor de los dos chicos que hace exactamente lo mismo que yo pero acostado en el piso, boca arriba, haciendo rodar el autito por la parte de abajo de la mesa como si el conductor pequeñísimo que hay dentro del juguete hubiera conseguido transgredir las leyes de la gravedad. No entiendo muy bien el interés del juego pero trato de demostrar la mejor voluntad y tanta aplicación como puedo.

El mayor desplaza por el borde de la mesa, en la otra punta, la chatarra de un autito verde que perdió la puerta y cuyo techo está en parte aplastado, alternando también ruidos de motor, soplos de viento y algún chirrido de frenos; llegado al fin de la ruta que se eligió, vuelve a emprenderla desde el comienzo, mientras, con su hermano, hacemos lo mismo. Jugamos así durante un buen rato, a la vez juntos y por separado. El hermano menor y yo, alternativamente, respondemos al tronar de motores del mayor con el estruendo de una tormenta que cada uno de nuestros vehículos debe atravesar en un esfuerzo gigantesco.

De pronto el hermano menor nos sobresalta con un estridente bocinazo.

Hoy tiene que haber una reunión. Como siempre, se hará en una casa nueva. El hombre que nos hospeda nos llevará hasta allí en auto, a mamá y a mí.

Nos instalamos en el asiento trasero. Otro hombre joven y muy hermoso se sienta delante, al lado del conductor. Doblamos en una esquina, a la derecha; luego, inmediatamente, en otra. Cuando llegamos a una plaza llena de flores giramos varias veces alrededor, dos, quizá tres veces, como si reprodujéramos sobre el asfalto los movimientos de la calesita que a toda velocidad gira en su centro, pero en sentido contrario. Reconozco la plaza donde esperamos con mi abuelo, hace solo unos días, la llegada de mamá, y la juguetería en la que elegí mi muñeca del reencuentro. En la vidriera del negocio veo una muñeca muy parecida a la mía en la cara y en el pelo, pero vestida de un modo diferente, un poco más grande o más linda también, me parece.

—¡Mirá! Tenían más muñecas pero esa es distinta. ¡Tiene más pelo y es más brillante!

Mamá no contesta. Volvemos a pasar delante de mi muñeca, la misma pero distinta.

—¡Mirá! Tenían más como la mía pero esa es diferente. ¡Tiene los labios más rojos, además!

Mi madre sigue sin contestar. Es el hombre que maneja el que reacciona cortante, muy disgustado:

—¿Pero te podés callar? ¡Callate, che!

Esa fue la única vez que el hombre me dirigió la palabra.

Herida por sus gritos y el silencio persistente de mamá, me vuelvo entonces hacia ella y descubro que tiene los ojos cerrados. El hombre le dice entonces:

—Lo lamento, pero tengo que empezar todo desde el principio. Explicale vos a la nena... ¡y que se calle, carajo!

Entonces mamá me explica:

—Tengo que cerrar los ojos para no ver adónde vamos y él da vueltas para que yo ya no sepa dónde estamos. ¿Entendés? Por seguridad.

Entiendo.

Pero yo lo veo todo... Que mamá cierre los ojos, ¿me protege a mí también? Me guardo las preguntas y no abro más la boca. De todas maneras, ya no volvimos a pasar delante de la muñeca, la misma que la mía pero mejor.

Por fin nos mudamos a la casa de Cacho y Didí.

Mejor dicho, nos reunimos con ellos en una casita a la que llegaron apenas unos días antes, prueba de que es ante todo su casa aunque también sea un poco la nuestra.

Al frente de la casa hay una verja verde, oxidada por partes, que separa un patiecito ínfimo de una vereda que apenas si merece el nombre, llena como está de piedras, arena, baldosas y montículos de tierra entre los que se forman enormes charcos de agua cuando llueve, es decir, muy seguido en este fin de verano. La calle no está asfaltada, lo que es frecuente en las afueras de la ciudad. Para evitar que el viento levante demasiado polvo si el tiempo es seco, los vecinos salen a echar baldazos de agua en la porción de calle que queda justo delante de su puerta para fijar la tierra al suelo. Lo ideal es que llueva, pero no demasiado porque entonces la calle se vuelve intransitable, tanto para los automóviles como para las personas y los caballos que pasan, numerosos todavía, en esta zona de La Plata. El barrio entero se hunde entonces en el lodo.

Después de pasar la puerta, se accede a un pasillo. A la derecha, el cuarto de Cacho y Didí se abre a este corredor. A la izquierda, una puerta permite acceder a un garaje. Son los dos únicos espacios que dan a la calle. Al final del pasillo hay una cocina relativamente grande que sirve también de sala y comedor diario. Pasando esta habitación casi para todo uso, el corredor termina en otra puerta que da al patio del fondo. Abriéndose también directamente sobre el patio, a la derecha, hay un baño sin ventanas y bastante vetusto. Frente a la puerta de la cocina, otra puerta se abre sobre una habitación minúscula en la que dormimos mamá y yo. Los espacios son muy pequeños pero la casa no acaba ahí.

Al fondo del patio y detrás de la pieza que mamá y yo compartimos se encuentra un cobertizo rudimentario, una especie de galpón destartalado que, contrariamente a lo que pensaría cualquier extraño al grupo, es el verdadero corazón de la casa. Fue por la existencia de este espacio en pésimo estado, apenas cubierto con algunas chapas de zinc acanaladas, que la conducción de los Montoneros eligió la casa para que viviéramos en ella.

6

Cuando pienso en esos meses que compartimos con Cacho y Diana, lo primero que viene a mi memoria es la palabra «embute». Ese término tan familiar para todos nosotros durante aquel período carece, sin embargo, de existencia lingüística reconocida.

Desde el mismo instante en que empecé a hurgar en mis recuerdos —solo en mi mente al principio, tratando de encontrar una cronología todavía confusa, poniendo en palabras las imágenes, los momentos y los retazos de conversación que me habían quedado—, lo primero que busqué fue esa palabra. Ese término tantas veces utilizado y escuchado, tan indisolublemente ligado a esos fragmentos de infancia argentina que me esforzaba por reencontrar y restituir, nunca lo había encontrado en otro contexto.

Primero busqué en los diccionarios con que contaba en casa: ni un rastro de «embute». Durante varios meses, consulté a cuanto hispanohablante se cruzaba en mi camino: ninguno de ellos conocía la palabra.

Alguien, sin embargo, me había indicado que se podía acudir a las autoridades de la Real Academia Española, desde poco tiempo atrás, por correo electrónico sobre cualquier tipo de preocupación lingüística. Sobre cualquier cuestión imaginable, la Real Academia responde, pasados algunos días, una o dos semanas a lo más, a todas las dudas. Me subyugaba la idea de consultar una institución tan prestigiosa para contar, al fin, con una respuesta esclarecedora.

Quería saber si la palabra había quedado asentada en algún tipo de registro, ya fuera como americanismo o neologismo, y qué entendía por «embute» un experto del castellano. A lo cual me respondieron que en tal forma la palabra no podía designar sino «la tercera persona del singular en presente del indicativo del verbo *embutir*». Ahora bien, en la lengua que se manejaba en esa época dentro de la organización de los Montoneros, «embute» se empleaba claramente como sustantivo.

El único término que tiene una existencia reconocida en castellano, al menos en la lengua de los diccionarios y de los lingüistas, es por lo tanto el verbo «embutir», que significa literalmente «hacer salchichas». El verbo puede también tener otros significados: «rellenar», «meter dentro», o incluso «abollar», como el término francés *emboutir*. Sea como sea, lo que el verbo designa, en primer lugar, es el acto de fabricar «embutidos».

Se podría pensar entonces que el término «embute» designa la carne que se encuentra dentro de las salchichas (aquello con que se las rellena), o bien la envoltura (aquello que es rellenado). Ahora bien, en mi memoria no se trata para nada de eso. La palabra «embute», tal como se la empleaba, no tenía nada que ver con el arte de la carnicería.

Seguí entonces investigando, sin el auxilio ya de los especialistas, buscando en internet la aparición de la palabra en todas las páginas en castellano a las que se puede acceder en la red.

En dos oportunidades, la palabra aparece usada en el sentido de «embuste», término que corresponde al francés *tromperie*. Pero, en ambas ocasiones, «embute» es evidentemente un error de tipeo.

Los mexicanos, por su lado, suelen emplear la forma «embute» como sustantivo, pero solo en el habla familiar y en un sentido claramente sexual. Fue así como, durante esas búsquedas en la red, encontré el término en un foro cuyos participantes, todos ocultos bajo seudónimos, intercambiaban dudas sobre cuestiones sexuales más bien técnicas y detallistas. En ocasión de un debate sobre el tema «beso negro: ¿qué es?», una de las personas que participaba desde

41

pocas semanas atrás en un blog erótico mexicano bajo el seudónimo de Tancredo escribió: «La palabreja *embute* también es muy empleada por Don Nadie». Desgraciadamente, ya no se podía acceder al testimonio de ese *Monsieur Personne*. En cuanto a Tancredo, no daba más precisiones.

Veo, sí, que otros argentinos usan el término en internet, en el sentido que para nosotros tenía en esa época, pero siempre aparece en el contexto de testimonios sobre la represión en Argentina de los años setenta y, por lo general, entrecomillado.

«Embute» parece pertenecer a una especie de jerga propia de los movimientos revolucionarios argentinos de aquellos años, más bien anticuada ya y visiblemente desaparecida.

7

Las obras tienen que avanzar rápido. Es detrás del galpón, allá al fondo de la casa, donde se va a construir el gran embute.

Como primera medida habrá que cavar un gran agujero en la tierra.

Desde hace varios días dos hombres vienen a trabajar en casa, el Obrero y el Ingeniero.

Diana es la encargada de ir a buscarlos en su pequeña furgoneta gris. En cuanto el vehículo entra en el garaje, ella los hace salir por la puerta trasera, librándolos del escondite y de la oscuridad, ya que desde el lugar del encuentro con Diana tienen que hacer el trayecto ocultos bajo una frazada vieja y polvorienta. Cuando salen del coche, sus ojos demoran cierto tiempo en adaptarse a la luz.

Antes de que puedan ir a ocuparse de nuestro inmenso agujero, compartimos unos momentos en la cocina. Los dos charlan con Diana y mamá, otras veces con Cacho, aunque no tan a menudo ya que él casi siempre está fuera. Mientras tanto, quien ceba mate soy yo.

Si Cacho tantas veces está ausente es porque todavía tiene la suerte de trabajar y, además, usando su nombre verdadero. Nadie sabe que milita en los Montoneros y menos aún se lo sospecha de Diana, que tiene toda la apariencia de ser la esposa de un ejecutivo sin más preocupación que su trabajo.

Por lo general, Cacho se va a Buenos Aires muy temprano y no vuelve hasta tarde en la noche. Trabaja en un estudio donde ocupa un puesto importante, creo; en todo caso, siempre está de punta en blanco. Suele usar un traje azul oscuro, una corbata también azul pero ligeramente más clara que el traje y una camisa de una blancura irreprochable. Con su maletín de cuero negro y sus bigotes estrictos, en verdad no tiene nada de un «revolucionario». Eso divierte muchísimo a César, el responsable del grupo, que llega, a diferencia de sus compañeros, casi siempre a pie o en colectivo. Fuera de las personas que viven en la casa —es decir, fuera de Cacho, Diana, mamá y yo—, César es el único miembro de la organización que conoce la dirección. Por eso él puede venir a vernos con total libertad, una vez por semana, para presidir las reuniones.

César es un poco mayor que los demás. Debe de tener unos treinta años. Usa anteojos chiquitos que le dan un falso aire de profesor. También tiene ojos sonrientes, pelo lacio y bastante alborotado, como de poeta. Nada incompatible, pienso: bien podría suponerse que es un profesor poeta.

Che, Cacho, ¿no se te va la mano a vos?, dice entre risas. *Esa corbata, francamente... Podrías, de vez en cuando, qué sé yo, permitirte un toquecito de locura..., una corbata gris perla, aunque sea...*

César hace siempre los mismos chistes pero igual nos divierte.

Es por todo esto que Cacho y Diana fueron elegidos: por un lado, para alojar en su casa a dos personas como mamá y yo, pero sobre todo para cobijar un embute particularmente sofisticado y que la organización precisa mantener fuera de todo riesgo.

Vigilado por un matrimonio modelo, a salvo de toda sospecha, y que además espera un bebé.

Una pareja como tantas otras a la que suele visitar un profesor poeta.

En cuanto a mamá y a mí... estamos allí de paso, por un tiempo. Como sea, mamá es una mujer tímida y muy discreta que prefiere, aparentemente, no mostrarse demasiado.

Desde que se inició la excavación, hace ya unos diez días, el Obrero ha llenado decenas de bolsas con tierra y escombros. Al fin de cada jornada, antes del anochecer, Diana vuelve a llevar al Obrero y al Ingeniero —a veces no viene más que uno de ellos, el Obrero, ya que el trabajo del Ingeniero no supone tanta presencia— siempre ocultos bajo la vieja frazada polvorienta. Solo en plena noche Cacho y Diana salen a deshacerse, en obras o terrenos baldíos (hay muchísimos en el barrio), de algunas de las bolsas que se llenaron durante el día.

A veces sacamos una bolsa a la vereda, a la vista de los vecinos.

Y es que oficialmente aquí solo se hacen obras para acondicionar el galpón en el que vamos a instalar a los conejos. Esas bolsas visibles justifican, o así lo esperamos, las numerosas idas y venidas de la pequeña furgoneta gris. Exhibimos ante los vecinos cierta agitación que el modesto proyecto de construir un criadero parece explicar, del mismo modo que mostramos sus consecuencias materiales. Pero en realidad el proyecto de criar conejos esconde una obra absolutamente diferente, inmensa y de una importancia única, ya que la casa en que vivimos ha sido elegida para ocultar la principal imprenta montonera.

Las dos obras avanzan al mismo tiempo y las cosas, cada día, van tomando más forma: mientras de allá atrás se extraen kilos y kilos de tierra para crear el cuarto secreto donde se esconderá la imprenta, en el galpón se apilan decenas de jaulas metálicas destinadas a los conejos que pronto vendrán a vivir con nosotros.

Durante el día y hasta que llegue —eso espero— el momento de volver a la escuela después de las vacaciones de verano, voy a mirar el avance de las obras, o mejor dicho, de las dos obras, la oficial y la otra.

Fue el Ingeniero quien imaginó el cuartito que se está construyendo al fondo del galpón. Tuvo la idea de levantar una segunda pared delante de la pared del fondo, perfectamente paralela, a dos metros apenas de distancia, tal vez menos. Ahora que las obras están bien avanzadas, sobre el ala derecha de la segunda pared se puede ver una puerta gruesa del mismo material pero montada sobre una estructura metálica.

El Ingeniero tiene en verdad mucho talento. Me dice, orgulloso de su obra que ya está casi acabada, que este embute suyo es uno de los más complejos que hayan sido construidos jamás.

Gracias a un mecanismo electrónico, la gruesa puerta de cemento que permite acceder a la imprenta clandestina podrá abrirse o cerrarse.

—¿Cómo, un mecanismo electrónico?

—Sí, ¿ves? Allá arriba hay dos cables de electricidad que van a quedar a la vista como ocurre muchas veces en las obras en construcción cuando no se pudieron terminar del todo. Solo que en este caso no será por desprolijidad... Ya está casi listo. Mirá, vamos a probar si funciona bien...

Entonces ante mis ojos hace algo que apenas puedo creer. Con la ayuda de otros dos cables salidos de una especie de cajita establece un contacto y logra que se desplace con una rapidez insólita la enorme puerta de cemento que está ante nosotros: el espacio reservado a la imprenta desaparece de pronto detrás de una pared tan pareja que nadie podría sospechar que existe una abertura. La estructura metálica sobre la que está montada la puerta también se vuelve invisible: al cerrarse, la misma puerta la oculta por completo.

Pego un grito de admiración porque el dispositivo es realmente asombroso. El Ingeniero, visiblemente satisfecho de sí mismo, empieza a comentar su obra. Una vez cerrada, la puerta prolonga perfectamente la pared, nadie podría sospechar que existe. Si necesitamos esconder lo que se instaló en el embute, tenemos que proceder de ese modo. Bastará con tomar el burdo aparato de control remoto que va a estar siempre en un rincón, a la vista de todos, como si se encontrara ahí por casualidad...

Esto último, de una astucia inimaginable, es sin duda lo que a él más lo enorgullece. Un dispositivo técnico complejo, protegido por supuestas muestras de descuido y de torpeza, pero en realidad bajo el más perfecto control.

—El dispositivo de apertura del embute está mejor protegido así, precisamente porque los medios para ponerlo en funcionamiento quedan a la vista de cualquiera. ¿Genial, no? Se me ocurrió mientras leía un cuento de Edgar Allan Poe: nada esconde mejor que la excesiva evidencia. *Excessively obvious*. Si yo hubiera escondido toda esta mecánica, ahora no estaría tan perfectamente a salvo. El cablerío grosero que mandé dejar a la vista es el mejor camuflaje. Esa apariencia desprolija, esa manera de exhibir, con toda simplicidad..., todo eso es puro cálculo y es precisamente lo que nos protege. Los conejos también van a protegernos, cuando lleguen...

—¿Es bueno ese Edgar Allan Poe, entonces?

—Un maestro, esa es la palabra. «El escarabajo de oro» «Ligeia», «La caída de la casa Usher»... Ya vas a leerlo todo cuando seas grande...

—¿Y por qué cuando sea grande? ¿No puedo leerlo ahora?

—Podés intentar leerlo ahora, claro, pero tiene tantas sutilezas que desentrañar —dice el Ingeniero, antes de entrar en el embute para verificar las conexiones dentro de la pieza secreta.

Su voz llega hasta mí, ahora notablemente asordinada.

—Mi cuento preferido es «La carta robada».

Cada vez que veo llegar al Ingeniero salgo corriendo hacia el galpón. El Obrero, claro, está todo el tiempo porque también tiene que ocuparse de las instalaciones para los conejos. Pero el Ingeniero viene cada vez menos.

—Ahora todo funciona a la perfección. Muy pronto, ya no me verás más.

Mientras pone de nuevo a prueba el dispositivo de apertura y cierre del embute se vuelve hacia mí y pronuncia estas palabras con una gran sonrisa que le ilumina el rostro.

Nunca había notado lo hermoso que es. Su pelo es muy oscuro, casi negro, pero tiene la piel muy clara, blanquísima. En cuanto a sus ojos, no sabría definir exactamente el color. ¿Gris azulado, gris verdoso? Es que el color de sus ojos cambia según el tiempo, según la luz pero también, me parece, según su intención, en función del brillo que él mismo quiera darles: a veces su mirada se cierra y la cubre una especie de velo opaco que le da unos reflejos negros. El Ingeniero debe de tener la misma edad que papá pero es mucho más alto y esbelto. Me siento tan pequeña junto a él...

Pegada a la falsa pared del fondo, me pongo a jugar con una de mis trenzas, que enrosco una y otra vez en torno a mi dedo índice, la cabeza ligeramente inclinada hacia un lado.

—Ah, qué lástima... Porque lo que hiciste es genial... Podrías hacer otro embute, ¿no? Más chiquito, a lo mejor, en otro lado, allá en la casa... No sé... En el living o en mi habitación, por ejemplo.

El Ingeniero se vuelve de nuevo hacia mí antes de estallar en una carcajada.

—¡No! Mi trabajo acá ya se terminó. Tengo cosas que hacer, en otra parte.

Me siento realmente ridícula por haberle pedido eso. Creo, incluso, que al escuchar su carcajada me puse colorada. Pongo mis brazos detrás de la espalda y aprieto fuerte los puños mientras voy a refugiarme en mi cuarto, falsamente indiferente, profundamente herida.

Al lado de mi cama hay una pequeña cómoda donde guardamos todas nuestras cosas, mamá y yo.

Perturbada por la escena con el Ingeniero, finjo poner orden mientras espero olvidar hasta qué punto me puse en ridículo con mis ideas. Quise jugar a la adulta, a la militante, al ama de casa, pero ya sé que soy pequeña, muy pequeña, increíblemente pequeña incluso, y que si el Ingeniero parece interesarse en nuestras conversaciones es solo porque siempre estoy ahí dando vueltas y sobre todo para que no me ofenda.

Revuelvo y revuelvo los cajones, saco mi ropa y vuelvo a acomodarla de manera diferente: me doy trabajo, esperando que se me pase.

Detrás de un suéter, encuentro algo duro. Ah, es la vieja cámara fotográfica que mi tía Silvia me regaló la última vez que la vi. Acababa de comprarse otra, mucho mejor. *Tomá*, me dijo. *Para vos. No será nada extraordinario, pero para sacar tus primeras fotos puede andar muy bien...*
Me había olvidado por completo que estaba ahí.

¿Qué se podría fotografiar en este cuarto?

Hay dos camitas de hierro y una repisa donde instalé dos ranas de tela, unas ranas muy blandas porque están rellenas de arena. Son verdes por arriba, pero mi abuela, que las hizo para mí, tuvo el cuidado de cubrir su panza de un bonito género floreado. *Así,* me dijo, *parece que estuvieran descansando encima de un camalote...*

A través de la lente de la cámara me cuesta reconocerlas: como son tan blandas forman, sobre la repisa justo encima de mi cama, dos montículos verdosos e informes. No llego siquiera a distinguir su panza floreada.

Y es que, en el objetivo de mi cámara fotográfica, nuestro pequeño cuarto parece aún más oscuro de lo que es en realidad. En la penumbra debo reconocer que mis dos ranitas no parecen nada.

Me vuelvo entonces a mirar por la ventana.

Al otro lado del patio, en la pared de enfrente, veo con nitidez sorprendente algunas manchas de humedad e incluso una grieta finita pero profunda que raja la pared por el medio. Doy unos pasos más hacia la ventana porque con la cámara, aparentemente, se ve mucho mejor lo que se encuentra afuera.

Es entonces cuando oigo los pasos del Ingeniero que vuelve del fondo de la casa y se dirige a la cocina. Tendría que pasar muy pronto frente a la ventana de mi cuarto.

Estoy contenta de tener la cámara: a través de mi lente voy a poder mirarlo sin tener los ojos fijos en él, como una idiota. Detrás de la cámara me siento protegida. Cómo quisiera que él me mirase también y que me viera de un modo diferente, con mi aparato de adultos.

Ya lo veo aparecer en el diafragma pero él no parece haberse dado cuenta de que estoy ahí.

Justo en el momento en que el Ingeniero está a punto de abandonar el patio, antes de desaparecer por la cocina, hago un ruido ínfimo, *¡clic!,* para llamar su atención, mientras le dedico, bajo la caja negra pegada contra mi cara, una enorme sonrisa.

En vez de entrar en la cocina irrumpe en mi habitación, furioso, y me arranca la cámara de las manos.

—¡Pero te volviste loca! ¿Qué estás haciendo, me querés decir?

Con rabia, abre la tapa de la cámara y se da cuenta de que está vacía. Después la arroja en mi cama y me agarra del brazo, me aprieta muy fuerte y me sacude.

—¿Cuál es la gracia, eh? ¡No tiene nada de gracioso! ¡Sabés perfectamente que acá no se pueden sacar fotos! ¿Qué te creés que es esto? ¿Una colonia de vacaciones?

—Pero si no tengo rollo, estaba jugando, nomás...

El Ingeniero se recompone un poco, pero agrega, todavía agitado y jadeante:

—¡No jugués más a eso! ¿Me entendiste?

Yo bajo la cabeza y me pongo a llorar. Lo más despacio posible. Hubiese querido que no viera mis lágrimas pero ya no consigo contener un sollozo, estrangulado pero perfectamente perceptible. Cuanto más intento reprimir las lágrimas, más intensamente se sacude mi cuerpo.

Él vacila un instante, como si fuera a salir, pero de repente parece cambiar de idea. Ahora se esfuerza por hablar con una voz mucho más suave. Pero es una voz demasiado brutal y artificialmente enternecida como para que pueda calmarme.

—Disculpame, dale. Estamos todos muy nerviosos, ¿entendés?

Me da una palmadita en la mollera, apenas la punta de los dedos, mientras yo sigo inmóvil, con la cabeza baja y las trenzas colgando.

Esas palmadas timoratas a modo de consuelo coronan mi humillación.

8

Es mejor que mamá no salga de casa ya que su foto se publicó en los diarios. Aunque ahora luzca una cabellera de un rojo furioso muy distinta del pelo castaño discreto de los tiempos en que tenía realmente la cabeza de mamá, es decir, la de sus años de estudiante —la foto que salió en el diario *El Día* data de esa época, la encontraron sin duda en los archivos de la facultad donde cursaba la carrera de Historia—, es conveniente que se mantenga lejos de la vista del vecindario.

Por suerte, no es mi caso. Yo me parezco a la que era antes y además nadie me busca. No hago más que estar ahí y asistir a todo lo que ocurre.

Cada día, a eso de las seis de la tarde, veo pasar a la vecina, una muchacha alta y rubia, de pelo largo y lacio. Es delgada, va casi siempre ceñida en pantalones que le resaltan las formas e infaltablemente encaramada a unos tacones altísimos. El sueño en estado puro, a juzgar por las miradas de la tropa exclusivamente masculina que se junta con la excusa de intercambiar algunos mates entre machos, justo a la hora en que todo el barrio sabe que «la bomba», de un momento a otro, va a volver a su casa.

Yo también la miro.

Se siente visiblemente acosada por los observadores masculinos, que, con aire de expertos, la ponderan al detalle, de pies a cabeza. Cuando los materos de las seis en punto son demasiado numerosos o sus miradas más audaces que de costumbre, me parece que busca una mirada femenina o al menos unos ojos más acogedores que hambrientos; es entonces cuando me ve y yo le sonrío con una sonrisa que no es ávida como la de los varones que pavonean su deseo sin pudor ni freno alguno —aunque yo también piense que se merece toda esa admiración.

Cada vez más a menudo, ella y yo vivimos la escena de manera idéntica. A eso de las seis, entre el momento en que aparece en la parada del colectivo y el instante en que hunde la llave en la cerradura de la puerta de su casa, a unas dos cuadras, avanza mirando fijo hacia delante, sin volverse una sola vez, como si no notase que la miran aunque todos saben que ella sabe y se da cuenta... Y cada vez que me encuentro en su camino, soy la única a la que dirige una mirada cómplice y sonríe.

¿Cuántas veces habrá de repetirse esta escena antes de que me dirija la palabra? ¿Diez, quince veces tal vez?

Un día, viéndome de nuevo sola y como siempre fascinada ante su aparición por la esquina, me invita a entrar a su casa.

Me da leche y galletitas antes de hacerme pasar a su cuarto.

—Vení —me dice—. Vas a ayudarme.

Entonces abre las puertas de un armario viejo destinado exclusivamente a sus innumerables pares de zapatos.

Tiene zapatos de todas formas y colores: pero lo que me deslumbra son varios pares de color rosa y violeta de tacos altísimos porque nunca imaginé que existieran zapatos de ese color.

—Te gustan, ¿no?

Me escucho responder «sí» con una voz ahogada. Ella me dice:

—Podés agarrarlos, podés tocarlos si querés.

No me atrevo a moverme, tengo demasiado miedo de ensuciarlos.

—Si lo que te gusta es el color rosa, mirá, voy a mostrarte algo...

Y se sube a un banquito para tomar de lo alto del armario una caja blanca de donde saca un par de zapatos preciosos, como nunca había visto. Son de un rosa pálido y, sin embargo, sumamente luminoso, coronados por un lazo hecho en el mismo cuero lustroso pero estriado de pliegues como si se tratara de un nudo en tela. El tacón es bastante ancho y macizo, seguramente para hacer posible su altura; cuando la vecina toma uno de los zapatos en su mano y yo veo, desde abajo, alzarse esa gruesa columna rosa del tacón hacia el contrafuerte, que eleva de un modo sublime, entiendo que es el apéndice natural de una auténtica princesa. Dudo de ser digna, algún día, de calzar semejante maravilla, pero me siento inmediatamente orgullosa de tener el privilegio de verlos de tan cerca.

Elige cinco, seis pares de zapatos que dispone sobre el suelo, a los pies de la cama y luego saca de otro armario un vestido blanco estampado por delante de lunares verdes, rosas y violetas, mucho más grandes que los que he visto nunca en ninguna tela. Algunos de esos lunares se superponen, pero siempre de modo diferente: si a veces un lunar rosa recubre en parte un lunar verde, otras veces es uno rosa el que queda parcialmente oculto.

De repente, me pregunta:

—Hagamos una prueba, a ver. Vos, con este vestido, ¿qué zapatos te pondrías?

Sorprendida, permanezco un largo rato en silencio. Hago inmediatamente a un lado los maravillosos zapatitos de princesa que, presiento, solo pueden calzarse en circunstancias muy, muy especiales. No por nada ella ha vuelto a colocarlos cuidadosamente en la caja, con su fondo tapizado de hojas y hojas de papel de seda.

Le señalo con el dedo un par de zapatos verdes.

—Muy buena elección —me dice.

Mamá irrumpe en la cocina mientras pongo la mesa para el almuerzo. Está furiosa. Se queda en el marco de la puerta, como si el enojo le impidiera avanzar.

—¿Me podés explicar qué pasó con la vecina?

—Nada...

—¿Cómo que nada? ¿Qué le dijiste?

—Nada, yo no le dije nada. Me mostró todos los zapatos que tiene, nada más.

Mamá parece cada vez más fuera de sí. Aparentemente, espera que confiese algo, pero no entiendo qué y se me caen las lágrimas.

Diana, que entró en la cocina detrás de ella, se me acerca y trata de calmarla. Ahora la que me habla es Diana, con su voz tan dulce.

—Bueno, bueno. No es para tanto. Ya me las ingenié para contestar sus preguntas y hasta parece que me creyó. Pero ¿cómo se te pudo ocurrir decirle que no tenés apellido?

No entiendo a qué se refiere.

Diana cuenta que la vecina vino esta misma mañana a preguntarle qué le pasaba a «esa nena» que le había dicho que no tenía apellido. Entiendo que Diana se lo está contando a mamá por segunda vez.

Y parecería que «esa nena» soy yo.

Todo sucedió ayer, dicen, pero yo no lo recuerdo. A no ser que ya no pueda recordarlo. En fin, eso creo.

Pero ahora que Diana cuenta el episodio, sí, es verdad, creo recordar que en un momento la vecina me preguntó mi nombre, antes o después de la escena de los zapatos, en su cuarto. Antes, supongo. Sí, creo que me hizo esa pregunta. Yo le contesté: *Laura*. Solo dije *Laura* porque sé que esa es la parte de mi nombre que voy a conservar. Creo que inmediatamente después ella me preguntó: *¿Laura qué?* Y en verdad, no recuerdo nada de lo que vino después. Debo de haber entrado en pánico porque sé muy bien que hay sobre mamá un pedido de captura, que estamos esperando que nos den un apellido nuevo y documentos falsos. ¿A mí también me buscan, acaso? En cierta forma, sí, probablemente, pero sé perfectamente que si estoy aquí, es fruto del azar.

Pero ¿podría haber sido yo la hija de un militar? No, es sin duda imposible, me hubiese resultado insoportable. En ese caso sería muy distinta a la que soy. ¿Podría haber sido la hija de López Rega, el Brujo? No, menos aún, por supuesto que no, ese hombre es un asesino cínico y perverso, todo el mundo lo sabe, y solo podría engendrar monstruos. Yo no creo ser un monstruo. Pero ¿qué podía responder, entonces? ¿Cómo es mi nombre, al fin y al cabo?

Sí. Ahora que me esfuerzo por recordar la escena, creo que en cierto momento tuve miedo en lo de la vecina. Puede ser que le haya dicho, es verdad, que no tenía apellido, tal como te lo contó Diana.

Pero no hay por qué ponerse así, mamá, ya me doy cuenta de que es una respuesta ridícula. No, perdón, ridícula no, entiendo perfectamente que se trata de algo grave, gravísimo. Que los puse a todos en peligro. Que se me escapó una barbaridad suficiente para hacer sospechar a cualquiera porque no hay en el mundo una nena de siete años que ignore su apellido o que piense que es posible no tener uno. Y lo más grave es que después no dije nada para evitar que mi enorme metida de pata provocara una catástrofe. Sí, tienen razón, ¿por qué no dije nada?, ¿por qué no les avisé? Si la vecina hubiese contado ese disparate a otras personas, a esta hora todo el barrio podría estar pensando que somos gente rara. Ya es probable que les parezcamos un poco raros, es cierto. Entonces, si todo el mundo se hubiese enterado de que en esta casa hay una nena de siete años que dice que no tiene apellido, habrían empezado a considerarnos sin duda muy, muy raros... Además de las salidas nocturnas en furgoneta, de toda esa tierra que hay que hacer desaparecer, una nena que dice: *Yo no tengo apellido; mi familia no tiene apellido.* Tenés razón, Diana. Perdón, mamá.

Sí, sé que tuve miedo, ahora lo recuerdo perfectamente, sentí como si hubiera caído en una trampa en esa casa, con esa magnífica criatura rubia de los mil zapatos que me preguntaba, insistente: *¿Pero cómo es tu nombre completo? Tu apellido, ¿cómo es? No existe la gente sin apellido, no podés no tener... Tu papá y tu mamá son el señor y la señora ¿cuánto?*

Sí, ahí está, ahora me acuerdo: *Mi papá y mi mamá tampoco tienen apellido. Son el señor y la señora Nadadenada. Como yo.*

Mamá se pone pálida, de un color inhabitual en todo caso, de un color nada normal.

Y yo tengo la impresión de que el techo está a punto de derrumbarse sobre nosotros, que los hombres de la Triple A ya están ahí fuera, en sus autos negros sin número de matrícula, detrás de sus bigotazos y armados hasta los dientes, que ya irrumpen en la casa para matarnos a todos como a conejos al fondo del galpón, justo delante del inmenso agujero.

Ya estoy esperando un acontecimiento inmediato y trágico para todos nosotros, el fin inminente de todas las cosas extrañas que nos suceden. Pero, contra toda previsión, Diana empieza a reírse a carcajadas, con una risa tan clara y alegre que logra quebrar la insoportable pesadez que se ha instalado en la cocinita.

—Lo que vos le dijiste es tan increíble que por eso mismo pude inventar una explicación creíble. Le dije que tus padres se acababan de separar y que seguramente era tu manera de expresar tristeza y angustia. Parecía muy conmovida al escucharme.

Y yo también. Me siento aliviada, sobre todo. Me tranquiliza que Diana haya podido imaginar para mí un drama infantil normal. Ahora no para de reírse, mirándonos alternativamente a mamá y a mí:

—Fue gracioso, ¿sabés? Además le dije que...

Luego, volviéndose a mirarme.

—Creo que nunca más se va a animar a hablarte de tus padres.

9

Para que no me aburra, el Obrero, que está dando ya los últimos toques a nuestras dos construcciones, me regaló un gato.

Fue una hermosa sorpresa verlo salir de la furgoneta con un gatito atigrado que había hecho todo el camino pegado a él, bajo la vieja frazada roja.

Debe de tener apenas unas semanas de vida, es diminuto pero muy enérgico.

Me gusta jugar con mi gatito.

El problema es que no sabe parar ni quedarse quieto. No quiere entender cuando le digo basta. Si se me acaban las ganas de jugar y quiero ir a ver la obra al fondo del galpón, se prende a mis tobillos y me muerde. Yo sacudo la pierna y a veces consigo sacármelo de encima, pero el gatito vuelve al ataque una y otra vez, incansablemente.

Cuanto más lo rechazo, más me acosa, incluso ocurre que tome envión para saltarme a las rodillas y clavarme las uñas. Si llegamos a ese extremo ya no me mira ni me escucha. Se empecina conmigo, con una hostilidad mecánica e idiota que nada parece poder detener.

A veces termina por hartarme, entonces lo agarro por la cola y lo lanzo con todas mis fuerzas contra la pared del patio para acabar con él de una vez por todas.

Pero mi gatito vuelve siempre a la carga.

Así que empiezo de nuevo, más decidida que la vez anterior, tomo impulso como si fuera a lanzar una pelota en un inmenso campo de juego —pero el patio es pequeño, la pared no está lejos, tendría que reventarse el cráneo ahí mismo, a menos de dos metros.

Curiosamente, el gatito atigrado vuelve a ponerse en pie, siempre con la misma facilidad, da un brinco apenas un poco ladeado, como movido por un resorte.

Entonces vuelvo a empezar, insisto, pero esos bichos son decididamente muy resistentes. Ahora entiendo la expresión «tener siete vidas como los gatos», aunque el mío parezca tener más de siete vidas. Muchas más.

Sea como fuere, lo que me queda claro es que morir no es tan fácil.

No sé quién tuvo la idea de los conejos, si nació del Ingeniero, de alguna de las personas que viven en la casa o si los responsables de la organización la concibieron para nosotros. ¿Habrá sido César? Entendí al Ingeniero cuando me explicó cómo podía esconderse algo sin esconderlo. Pero ¿y los conejos? ¿Por qué tendríamos que recibir centenares de conejos para protegernos mejor?

Hoy, en la mesa, Cacho habló de los conejos durante un buen rato ya que van a llegar muy pronto. Nos explicó cómo va a ser cuando estén aquí.

Pintó las cosas más o menos de esta manera: la cría de conejos será la actividad oficial de la casa. La parte artesanal y doméstica, en todo caso, ya que, con o sin conejos, Cacho va a mantener su trabajo en Buenos Aires. Pero gracias a la actividad de cría se justificarán todas las idas y venidas, así como la construcción del criadero encubrió hasta hoy la otra obra, la del embute. Cuando los conejos estén con nosotros, los viajes incesantes de la furgoneta gris, que servirá para llevar gente o para hacer salir de la casa los periódicos que ya se están imprimiendo, se explicarán como transporte de conejos o reparto de conservas.

—Ah, ¿vamos a hacer conejo en escabeche? —pregunto yo.

—Sí, vamos a cocinar. Y nosotros mismos nos los vamos a comer. Vamos a hacer como si llenáramos cajas enteras. Pero en esas cajas habrá ejemplares de *Evita Montonera.*

Ciertas cosas no me quedan muy claras. Cuando cebo mate en una reunión, ante César no me animo a abrir la boca, pero así, entre nosotros, sentados a la mesa, siento que puedo hacer preguntas. Es extraño, pero ya somos casi como una familia, Cacho, Diana, que está cada vez más redonda, mamá y yo.

—Y si alguien viene a comprar conejos, alguien del barrio, digo, ¿vamos a abrirle la puerta y dejarlo pasar?

—En principio, sí... Pero no te preocupes, los argentinos solo comen carne de vaca. No va a venir nadie.

Hoy por fin llegaron en la furgoneta.

No sabría decir cuántos son. ¿Cincuenta, cien, más todavía? En todo caso, fueron necesarios varios viajes para traer esta primera camada.

Pusimos las jaulas unas sobre otras y se formó un muro hecho de barrotes, pelo blanco y una miríada de ojos rojos entre la puerta de entrada del galpón y la falsa última pared del fondo.

Los conejos ya destetados se amontonan en las jaulas de engorde; en general son seis o siete en cada pequeñísimo compartimiento. Las conejas madres están un poco mejor alojadas ya que ocupan un solo compartimiento con todas sus crías.

Me gusta verlos abarrotarse alrededor de la pipeta de agua o roer sus gránulos de color arena mientras mamá se ocupa de la pequeña rotativa *offset,* justo detrás de la falsa última pared. Porque resulta que los conejos llegaron en el momento en que la imprenta empezó a funcionar regularmente.

Al fondo del galpón los periódicos se amontonan, cuidadosamente apilados. Cada diez ejemplares de *Evita Montonera* van otros diez dispuestos perpendicularmente a los anteriores. Así se van formando columnas extrañas. Delante de la falsa última pared, los conejos se multiplican a una velocidad increíble. Y cuantas más pelotas de pelo blanco hay en las jaulas, más profundamente se tiñen los dedos de mamá de una tinta espesa y negra. Muy pronto, aun frotando furiosamente con un cepillito de pelo duro y jabón blanco, ya será incapaz de hacerla desaparecer.

Hoy hicimos nuestro primer intento culinario.

Diana agarró por las orejas un conejito blanco con la intención de matarlo pero, eso sí, «de una».

El conejo, que al parecer presentía lo que se le preparaba, empezó a agitarse, mirando fijo a Diana con sus ojos escarlatas. Ella lo aplastó entonces contra la mesada de la cocina y me pidió que lo sujetara por las patas de atrás.

—Es muy fácil. Ya se sabe, un golpecito seco atrás de la cabeza, y chau.

Diana agregó que creía haber leído eso en un libro, a no ser que se lo hubiese dicho alguien, no sabía muy bien. También para ella era esa la primera vez.

Enérgicamente, tomó el martillito que se suele usar para achatar las milanesas y le asestó un golpecito detrás de la cabeza. El martillo rebotó ligeramente sobre la espesa masa de pelo blanco que recubría lo que al parecer era la parte de atrás del cuello del conejo. El animal seguía agitándose, con más energía todavía, tratando de liberarse cada vez con mayor empeño.

—No sé por qué a la gente en este país no le gusta comer carne de conejo —dice Diana, sin que la haya afectado en lo más mínimo el fracaso de su primera tentativa—. ¿Será por ese dicho de «vender gato por liebre»? Parece que, ya en el plato, no se nota ninguna diferencia entre la carne de gato, de liebre o de conejo. Por lo menos acá vas a estar segura de que nadie te está dando de comer tu propio gatito puesto que vamos a matarlo juntas...

Tan pronto dijo estas palabras, solté el conejo, sobrepasada por los esfuerzos que el animal hacía para zafarse; sus patas traseras consiguieron liberarse y llegó a escapársenos unos instantes hasta que Diana logró atraparlo de nuevo por las orejas y aplastar otra vez sus miembros posteriores sobre el mármol de la mesada. Aferrándolo con fuerza, agregó:

—Igual, no creo que sea tan fácil que a uno lo engañen... Seguro que es mucho más difícil matar a un gato. Si ahora estuviéramos tratando de matar a un gatito, ya nos habría saltado a la cara con todas sus uñas...

Avergonzada de mi distracción que casi frustra nuestra primera intentona, me limité a asentir con un movimiento de cabeza. Esforzándome por estar a la altura, le dije:

—Dale, dejame de nuevo. Esta vez no voy a aflojar. Lo agarro fuerte con las dos manos.

Diana me miró.

—El problema es que sos muy chiquita. Si pudieras ponerte encima del conejo como yo, podrías descargar sobre él todo el peso de tu cuerpo.

Mientras decía estas palabras, Diana me acercó un banquito que consiguió desplazar sirviéndose de una de sus piernas como si fuera un gancho. Me admiraba que, a pesar de su panza enorme de embarazada, consiguiera ser tan ágil. Al mismo tiempo, seguía sujetando la cabeza y las patas delanteras del conejo, que se debatía entre convulsiones.

—Tomá. Subite.

Yo aferré mi propio pedazo de conejo mientras me encaramaba en el banquito.

—¿Lista? —me preguntó Diana.

—Sí, así es mejor. Ya no hay ningún peligro de que se me escape.

—Bueno, muy bien. Pero así y todo... Me parece que todavía tenemos un pequeño problema de instrumental... Yo pensaba que con el martillo de las milanesas iba a ser suficiente, pero... Tené fuerte, nena. Voy a buscar la plancha de los churrascos.

Mientras yo sostenía el conejo aplastando sus patas contra la mesada, Diana acabó por darle el golpe fatal. Tras unos cuantos saltos convulsivos, el conejo por fin dejó de moverse.

Luego, Cacho tuvo otra idea. Un día, durante el desayuno, nos habló así:

—Si la cana nos para en la calle, corremos el riesgo de que abran las cajas, para ver las conservas..., y van a descubrir las revistas.

Diana, mamá y yo nos miramos bastante asombradas. Claro, el peligro era grande. Enorme, incluso. ¿Adónde quería llegar con esas evidencias matinales?

—¿Y si las envolviéramos para regalo? Grandes paquetes envueltos en papel brillante, con muchas cintas de colores. Nadie duda en abrir una caja de cartón grosero, solo para mirar adentro. Pero es más probable que un milico vacile antes de abrir un regalo envuelto con amor, sobre todo si la que maneja es Diana, ¿no?

Nos giramos para mirarla y nos echamos a reír. Ella también se reía, moviendo la cabeza de un lado para el otro, como representando el papel de una jovencita amable y encantadora. Con su enorme panza de embarazada, sus lindos ojos y sus hermosos rulos rubios, era fácil imaginarla franqueando todos los controles con un enorme paquete lleno de cintas en la parte de atrás de la furgoneta. Ganándose incluso una sonrisa enternecida por parte del policía. Moviendo la cabeza en mi dirección, Cacho agregó:

—Y con los paquetes, la nena podría ayudarnos. ¿No te gustaría hacer lindos paquetes para regalo, llenos de ejemplares de *Evita Montonera*?

—¡Sí! ¡Sí! ¡Qué divertido! ¿Me van a dejar armar rulitos con las cintas, como hacen a veces en los negocios?

—¡Claro! Vamos a hacer paquetes hermosos, ya vas a ver. Un poco como eso que te explicó el Ingeniero acerca del

embute y que te parecía tan raro, ¿te acordás? En vez de esconder los ejemplares, los vamos a repartir con moñito y
todo. En caso de operativo policial, estoy seguro, ni se van
a dar cuenta.

10

Al cabo de una reunión en casa durante la cual se ha tocado el tema, queda decidido que yo vuelva a la escuela pero a un colegio privado, el San Cayetano, donde la policía, al parecer, raramente controla la identidad de los alumnos. Todos piensan que los documentos falsos que acaban por fin de llegar pueden pasar allí más desapercibidos.

Quienes dan las clases son monjas y las alumnas son niñas, exclusivamente.

Todas esas nenas juntas es de una tristeza increíble.

Lo peor son los recreos. La ausencia de varones pesa terriblemente. Es como un siniestro cielo de plomo que nos condena al aburrimiento y a los juegos más insípidos, los de final más resabido.

Todas las nenas se portan espantosamente bien. Por separado, quizá cada una tenga un poco de vida. Pero cuando nos encontramos en el patio del San Cayetano es como si nuestras energías individuales se anularan. Durante el recreo, deambulamos en grupos, a cuál más taciturno y silencioso. Somos muchas pero en el patio reina un silencio insoportable.

Las hermanas también se desplazan en silencio, de a dos o tres, y nunca nos miran —somos tan buenas— o si lo hacen, parecen vernos a través de unos ojos sin brillo, como apagados. Como si sus miradas resbalaran sobre nosotras.

Una campana toca en algún lado y volvemos a agruparnos por grados, de a dos, formando filas muy disciplinadas de delantales blancos frente a la puerta de cada aula, delante de la religiosa que nos hace de maestra.

No sé de qué color es el pelo de Rosa, la maestra de nuestra clase, porque lleva una larga toca negra bordeada de blanco y viste un largo hábito gris, como las otras monjas —aunque por sus ojos claros la imagino rubia—. La hermana Rosa nunca nos mira.

Una vez dentro del aula, cada niña se ubica junto al pupitre que le fue asignado. Nos quedamos de pie, bien erguidas, con los brazos pegados al cuerpo, hasta que la hermana Rosa sube a la tarima y hace lo mismo que nosotras ya que se queda un buen rato inmóvil junto a su escritorio. ¿Qué esperará? No que se haga silencio. Porque todo es silencio. De pronto junta las manos, cierra los ojos y baja apenas la cabeza como pidiendo disculpas por romperlo: *Padre nuestro, que estás en los cielos...* Todas las nenas la imitan, esforzándose por pronunciar cada sílaba de la oración en un perfecto unísono, sin que por ello nuestras voces impidan oír la suya. Y como Rosa no reza en voz muy alta, nos vemos obligadas a emitir poco más que un murmullo. Luego vuelve el silencio. Permanecemos todas con la cabeza gacha y las manos juntas porque sabemos que esto no se terminó ahí. Pronto, Rosa empieza a enhebrar con un hilo de voz, esa voz sin color y monocorde que tiene, *Dios te salve, María...* Y nosotras continuamos, manteniéndonos en el registro de lo casi imperceptible.

Pero el silencio vuelve, otra vez.

Obedeciendo a un ademán apenas esbozado, tomamos asiento después de alzar ligeramente nuestras sillas para que el leve movimiento no perturbe los oídos de nadie. Veinticinco sillas desplazadas sin ruido. En el San Cayetano, todo debe hacerse así. Si alguien hubiese asistido a la escena con los ojos cerrados, habría creído, sin duda, que en la pequeña aula no estaba pasando nada.

La hermana Rosa hace un nuevo gesto con la mano, un ademán que parece ser la réplica perfecta del anterior: después de haber desplazado la mano derecha hacia la ventana que da a la calle, haciendo girar muy levemente la muñeca en esa dirección, la mueve en sentido inverso, como si quisiera borrar su primer movimiento. Y nos sentamos todas al mismo tiempo, igualmente dóciles, igualmente mudas.

Siempre de pie sobre la tarima, Rosa se ubica detrás de su escritorio y, apoyando las manos encima, empieza a declamar no sé bien qué, no para de hablar mirando hacia delante con sus ojos vacíos.

Me pregunto si con esa toca no le entran ganas de rascarse.

Luego hay que salir de nuevo al recreo, un recreo más largo aún que el anterior.

Interminable.

Por el camino de vuelta, siempre me detengo al borde de una zanja. Tengo un frasquito en el que me gusta encerrar renacuajos.

Después, vuelvo rápido a tomar la merienda.

Hoy es el día en que se limpian las armas. Trato de encontrar un rincón limpio en la mesa atestada de hisopos y cepillos empapados en aceite. Preferiría no ensuciar mi rodaja de pan untada con dulce de leche.

11

Ayer fui por segunda vez a la cárcel a ver a papá.

Fue así: muy temprano por la mañana mamá y yo salimos de la casa de los conejos a tomar uno de los colectivos que llevan al centro de la ciudad. Cerca de una plaza adonde creo haber ido ayer por primera vez, nos bajamos. En un banco un poco apartado, lejos del lugar de juegos que ocupa el centro de la plaza, ya estaban esperando mi abuela y mi abuelo paternos. Apenas si cambiaron algunas palabras con mamá, solo para confirmar la hora y el lugar de otra cita, el mismo día, al anochecer. Entonces mamá me dejó con ellos, no sin antes entregarles mi cédula de identidad, aquella en que figura mi nombre verdadero, el que llevaba antes de tener mis flamantes documentos falsos.

Subimos al auto de mi abuelo. Teníamos que esperar un momento en que no nos viera nadie en la plaza o en las calles circundantes, y como a esa hora de la mañana es poquísima la gente que está fuera de sus casas, casi enseguida mi abuelo se volvió hacia mí y empujándome muy suavemente por la cabeza me dijo:

—Agachate y tapate con una frazada que hay ahí, abajo del asiento.

No había necesidad de decir más: yo sabía lo que tenía que hacer.

Entonces mi abuela empezó a hablarme a mí, que estaba a sus espaldas. Bajo la frazada, su voz se oía apenas, como con sordina, porque no solo ella hablaba en otra dirección, sino que yo, boca abajo, apretaba con todas mis fuerzas la cabeza entre los brazos. Así y todo, logré distinguir algunos sonidos.

—*Tula... Contenta...*

No pedí explicaciones. Sin saber ni dónde estábamos ni adónde nos dirigíamos, seguí en esa posición, esforzándome por permanecer tan inmóvil y silenciosa como, seguramente, irían el Obrero y el Ingeniero, escondidos bajo otra manta vieja, en la furgoneta de Diana.

Después de un largo rato, escuché detenerse el motor, y mi abuela me destapó.

—Ya está. Llegamos.

Me hizo falta un buen rato para reconocer el lugar, completamente sumido en la oscuridad. Me quedé en el asiento trasero, entumecida, esperando que vinieran a buscarme.

Mi abuela fue la primera en bajar del auto, ella me abrió la puerta. Entonces reconocí el garaje de su casa.

—¿Viste? Te estaba esperando.

Era Tula, la perra que me habían regalado cuatro o cinco años atrás y que había quedado con ellos porque ya entonces, para nosotros, todo era bastante complicado. Daba vueltas y vueltas alrededor de mí, moviendo la cola. Contenta, sí. Era rarísimo, pero me había reconocido. Como si yo fuera la misma de siempre.

En lo de mis abuelos, el comedor es muy pequeño. La mesa está pegada a la pared, bajo una ventana que da al patio.

Comemos en silencio matambre y ensalada. No me animo a hablar y ellos tampoco.

No me hacen una sola pregunta, ni acerca del lugar donde vivo ni sobre la escuela nueva.

Me siento extrañamente aliviada.

Y la alegría de Tula, su entusiasmo. Tan inesperados, tan reconfortantes.

Me echo boca arriba, esta vez, los brazos en cruz, y la perrita se me acerca. Cierro los ojos moviendo la cabeza de un lado a otro mientras Tula me lame la cara.

Volvemos a salir y me escondo de nuevo bajo la frazada, menos tensa esta vez. Después de unos minutos, mi abuela me toca la cabeza y me dice:

—Salí nomás, querida. Ya estamos llegando a la cárcel.

Yo obedezco pero me preocupa lo que me está pidiendo.

—¿Y los policías...? Me van a ver...

—No queríamos que los vecinos... Después hacen preguntas, ya sabés... A la policía, en cambio... Si alguno nos pregunta cómo llegaste a casa, le decimos simplemente que alguien te dejó en la puerta. Si te preguntan algo a vos, tenés que decir lo mismo: que estabas en un lugar que no sabés cómo es ni dónde queda, con gente que no sabés cómo se llama, y que te dejaron en la puerta de casa, nada más. Pero sería mejor, claro, que nadie preguntara nada.

Como sea, entiendo que en caso de que alguien en la cárcel hiciera preguntas ya no podría volver a la casa de los conejos. Me parece que temo que eso ocurra. No sé. En fin, es una de las tantas cosas de las que no estoy del todo segura.

Lo que siguió ya lo conocía de memoria: primero, los hombres y las mujeres que tienen que ponerse en fila, por separado, para la requisa. Después, la misma pequeña pieza con una señora de trajecito estricto y el rodete de siempre, muy apretado, allá en la cima del cráneo —pero ¿será la misma que la última vez?—, que nos revisa durante un buen rato, empezando por mi abuela. Que sigue teniendo tetas flácidas y enormes, pero ahora estoy enterada. La señora nos obliga a quedarnos quietísimas y nos amasa, a cada una a su vez, volviendo tres veces a las tetas de mi abuela. Es verdad que se parecen más a bolsas que a pechos de mujer y que cuesta creer que semejante masa sea solo de carne.

Por fin la señora del rodete dice:

—Está bien. Pueden vestirse.

Otra señora nos acompaña hasta un salón en donde espera mi abuelo, sentado en un banco al lado de otro hombre, luego vamos entrando por familias. Un policía barrigón abre una primera reja antes de que pasemos a un pasillo larguísimo y sin ventanas.

Al final de ese pasillo, hay otra reja y otro policía barrigón, muy parecido al primero, con pelo negro y engominado y bigotes igualmente negros que la grasa ha vuelto lustrosos. Nos palpan una vez más, ahora rápidamente, sin obligarnos a desvestirnos, porque es a la vista de todos. Me pregunto para qué servirá, después del toqueteo tan largo de la señora con rodete.

Ante nosotros se alza un enorme portón de hierro gris, apenas horadado, allá arriba, por una mirilla minúscula con pequeñísimos barrotes. Detrás de los enormes caños de sus armas de fuego, armas mucho más grandes que las de los policías barrigones, dos militares flanquean la inmensa puerta. Esos caños parecen bien aceitados: estoy justo frente al agujero negro y veo cómo brilla. Permanecen inmóviles mientras otro policía abre la puerta para dejarnos pasar.

En la sala hay dos bancos enfrentados y otros cuatro militares armados, uno en cada rincón, idénticos a los que había a cada lado de la puerta. Hay una puerta idéntica a la de la entrada, justo en el extremo opuesto.

Otras personas que parecen haber llegado un poco antes que nosotros están ya instaladas en los bancos: un hombre y una mujer y, a cierta distancia pero sobre el mismo banco, una jovencita con un bebé sonrosado entre los brazos. El policía barrigón que entró con nosotros a la sala nos indica por señas que nos sentemos en uno de los extremos del banco, a un metro o poco más de la mujer con el bebé.

Aguardamos, impacientes, un tintinear de llaves o un ruido de pasos. Varias veces escuchamos aproximarse gente, pero siguen de largo.

Finalmente, por la otra puerta y no por la que entramos, los vemos llegar. Son tres, papá y dos hombres mucho mayores. A uno le faltan dos dientes de delante, más precisamente en el maxilar superior; su ausencia es otro agujero imposible de ignorar. Los tres llevan uniformes azules idénticos al que llevaba papá en la primera visita.

Tan pronto entra, papá esboza una sonrisa incómoda. Creo que verme lo perturba, está sorprendido y preocupado, probablemente. Se sienta ante nosotros, en el banco de enfrente, en el lugar que le señala un nuevo policía barrigón —cada preso tiene el suyo que lo acompaña y va indicándole, del mismo modo, el lugar que le ha sido asignado.

Mi abuela se dirige al que nos tocó:

—¿La nena puede darle un beso al padre?

El policía mira a la derecha y a la izquierda, sin saber, visiblemente, qué contestar. Los militares, en las cuatro esquinas de la sala, siguen imperturbables, con los caños de sus armas apuntando hacia el centro. Por lo visto turbado y perplejo, el policía se encoge de hombros, signo que mi abuela se apresura a interpretar como un permiso.

—El señor dice que sí, vamos, andá.

Doy algunos pasos en dirección a papá, sin despegar los ojos del caño más próximo, el del hombre que está justo frente a mí. Veo perfectamente que ese agujero negro queda a la altura de mi sien. Alzo la vista para mirar al hombre pero permanece inmóvil, con el arma apuntando siempre hacia delante, sin mostrar reacción alguna a la invitación de mi abuela y a mi lento acercamiento. Marco una pausa y vuelvo a dar unos pasos.

—Pero andá, dale —dice mi abuela—. No tengas miedo, el señor no tiene inconveniente. ¿No es cierto, señor?

El policía bigotudo y barrigón sigue buscando una mirada, una respuesta, un poco más nervioso, me parece, de lo que ha estado hasta ahora. Inútil. Los militares con sus armas de grueso calibre siguen como de piedra.

Algunos pasos más y ahí estoy, presa de una descompostura y de arcadas que trato de contener. Son náuseas, tan sorpresivas como poderosas. Mi estómago se convulsiona violentamente, pero consigo sin embargo dar unos pasos más hasta aferrarme a una de las mangas azules del uniforme de papá. Al llegar junto a él, le vomito en la oreja.

Después, toca el regreso.

Me escondo de nuevo bajo la manta, no para impedirme ver adónde vamos, como el Obrero y el Ingeniero, sino porque mi abuela quiere a toda costa protegerme de los vecinos con sus preguntas y protegerse de ese modo a sí misma.

Juego otra vez con la perra que me embadurna la cara a lengüetazos. Y nos vamos de la casa de mis abuelos cuando ya ha caído la noche para encontrarnos de nuevo con mamá, en algún lugar de La Plata.

El intercambio entre ella y mis abuelos es brevísimo: todo el mundo tuvo mucho miedo. Dada la situación, será mejor que no vuelva a la cárcel a ver a papá.

Es muy peligroso. Sí. Demasiado.

12

Nunca hubiera imaginado que una tristeza así condenara a los patios de las escuelas sin varones. En el San Cayetano no se escucha jamás ni un grito, ni una pelea. Las nenas deambulan como en cámara lenta, soñolientas, dejándose llevar por el conglomerado amorfo, por la siniestra masa de guardapolvos blancos que las rodea.

Sin embargo, hoy, poco antes de terminar el recreo, sucedió algo, un hecho que perturbó esos desplazamientos colectivos.

Dos nenas, abandonando su nebulosa, desprendiéndose del movimiento del grupo, se aislaron en una esquina del patio. La menor se arrodilló ante la otra, una nena de pelo largo y rubio de unos nueve o diez años.

Entonces la mayor sacó de uno de sus bolsillos un pañuelo de liencillo y se cubrió la cabeza, mirando fijo al frente, pareciendo ignorar a la otra que, por su parte, juntó las manos como lo hace la hermana Rosa cada día, cuando empieza a rezar.

Una monja cruzó el patio corriendo y fue hacia ellas:

—Pero ¿qué están haciendo? ¿Qué disparate es este?

—Estamos jugando a la Virgen María —respondió la pequeña, aún arrodillada. Leonor es la Virgen María y yo me arrodillo ante la Virgen María.

Parecía muy orgullosa de sus explicaciones. Pero la monja arrancó con rabia el pañuelo blanco que la mayor tenía sobre la cabeza y puso en pie brutalmente a la otra, zamarreándola por un brazo. La chiquita gritaba:

—¡Pero es la Virgen María!

La hermana descargó el peso de su mano sobre la cara de la nena y el chasquido del bofetón resonó fuerte en el patio, siempre tan silencioso.

—¡Esto es gravísimo! ¡Gravísimo! Nadie tiene derecho a jugar a la Virgen María. Nadie, ¿entienden?

La directora, una monja vieja y muy arrugada, apareció en el patio como por milagro, flanqueada por otra hermana. Formaron un círculo y hablaron entre ellas, muy agitadamente.

Por fin, la directora tomó el pañuelo de Leonor y lo deslizó en su bolsillo. La prueba de un delito.

13

La Plata, 24 de marzo de 1976

—Ya está. Ocurrió.

Fue Diana quien me lo dijo ni bien me levanté. En verdad, hacía tiempo que lo esperábamos.

Desde algunos días atrás, la prensa venía anunciándolo. «Es inminente el final. Está todo dicho», había llegado a titular un periódico.

Creo que las personas con las que vivo pensaban lo mismo, aunque esas palabras para ellos tuvieran un sentido diferente. En mi caso, estaba ansiosa por saber cuál de los candidatos a dictador que habíamos barajado había ganado finalmente la partida.

—En realidad, los tres. Videla, Massera y Agosti. Cada uno representa una fuerza: ejército, marina y fuerza aérea. Y se han repartido las cosas.

Ya se sabía que Isabel Perón había perdido el control del gobierno, que los militares manejaban los hilos, que eran responsables de los asesinatos y las desapariciones. Que Isabel no era más que un fantoche ridículo.

El Brujo López Rega se había fugado hacía ya cierto tiempo. Sin su auxilio, Isabel parecía más que sobrepasada. Se decía incluso que el Brujo, antes de partir, le había quitado la cordura que quedaba en sus pocas neuronas. Había sido una especie de parásito para Isabel que, si bien había querido parecerse a Evita, había tenido que conformarse con ser tan solo su caricatura. Una imitadora patética y fracasada. Era lo que decía Diana y los demás parecían estar de acuerdo: Perón, a su muerte, había dejado el país en manos de una patética e insignificante señora, manipulada por asesinos. Por eso los Montoneros habían tenido razón al tomar las armas antes del golpe de Estado. Por lo menos ahora era todo más claro.

La lamentable actuación de Isabel acababa de concluir, en esa noche del 23 al 24 de marzo de 1976, cuando el helicóptero que tenía que llevarla a la Residencia Presidencial de Olivos la había depositado en la cárcel: el piloto, por supuesto, era un cómplice de los golpistas. Hasta en ese último momento, la presidenta había hecho el ridículo.

—¿Viste? Para ella todo terminó así de simple, sin que los militares tuvieran necesidad de pegar un solo tiro. Hacía mucho que no ejercía el poder, era una mascarada.

Con la nueva Junta, las tres armas no hacían más que tomar oficialmente las riendas. Lejos de ser una sorpresa, el golpe de Estado del 24 de marzo implicaba, más bien, un blanqueo de la situación: eso era lo que iban a escribir en el próximo *Evita Montonera*.

—Me temo que para nosotros sea bastante más difícil —agregó, con las manos sobre la panza.

Luego, me mostró una fotografía que se acababa de publicar:

—Mirá. ¿Ves? El más poderoso, el más peligroso, es el del medio, el de los bigotazos negros, Videla. Pero los otros dos no son ningunos ángeles, tampoco.

El proyecto del «Proceso» era *poner al país de pie. Frente al terrible vacío de poder,* Videla, Massera y Agosti se habían sentido en *la obligación, fruto de serenas meditaciones,* de *arrancar de raíz los vicios que afectan el país.* Así lo han declarado. *Con la ayuda de Dios,* esperan llegar a la *Reconstrucción nacional.* Agregaron incluso lo siguiente: *Esta obra será conducida con una firmeza absoluta y con vocación de servicio.*

No se esperaba menos.

14

El Ingeniero vino a ver si todo funciona bien.

Sentado junto a mí, ajusta unos tornillos del control remoto que pone en funcionamiento el mecanismo del embute. Como sus manos están sucias de un aceite espeso y negruzco, para ponerse en pie empuja hacia atrás la silla con un golpe de nalgas. Sin quererlo, hace caer al suelo el blazer que yo había dejado, al volver de la escuela, sobre el respaldo del asiento.

De pronto lo veo palidecer.

—¿Qué es eso escrito ahí, adentro del saco?

Yo lo recojo. No había notado siquiera que había algo escrito en su interior, con un rotulador, además, sobre la etiqueta con el nombre de la sastrería. Leo la inscripción y, a mi vez, palidezco.

—Es el nombre de mi tío. Mi abuela me regaló el blazer. A mi tío le quedaba chico, entonces...

El Ingeniero se pone a gritar, absolutamente furioso.

—¡Pero puta madre, esta pendeja nos va a hacer cagar a todos! Los compañeros se juegan haciendo documentos falsos y la señorita va a la escuela con un saco en el que cualquiera puede leer escrito con marcador negro el nombre de su tío. ¡El *verdadero* nombre de su tío...! ¡Pero ustedes hacen cualquier cosa!

—Calmate, che —dice Diana—. La nena sabe muy bien lo que pasa, presta mucha atención...

El Ingeniero, cada vez más furioso, grita escupiendo por encima de mi cabeza.

—Pero ¿qué decís? ¿Que ella sabe lo que pasa? ¿Me estás cargando vos a mí? ¡Si supiera lo que pasa, si comprendiera aunque más no fuera un poquitito lo que está pasando en este país, no se hubiera mandado una cagada semejante! Pero la puta madre, si ella es incapaz, podrían fijarse ustedes en sus cosas...

Después, volviéndose hacia mí:

—Y a ver, ¿qué hubieras dicho vos si una monja te hubiera preguntado por qué tenés escrito en tu saco un nombre que no es tu nombre? ¿Eh? ¿Qué hubieras dicho?

Yo no consigo hablar. Miro al Ingeniero, aterrada. Quisiera dejar de mirarlo así pero no logro siquiera volver la cabeza. Estoy como clavada por sus ojos. Quisiera que se calmase, pero entiendo que lo que hice es gravísimo. Decididamente, no estoy a la altura.

—¿Qué explicación se te habría ocurrido, a ver? Dale, decí. ¿Qué les habrías dicho a las monjitas del San Cayetano?

Desde el otro lado de la habitación, Diana me mira, puedo sentirlo. Uno y otra esperan algo. Sé que es imprescindible que dé la única respuesta conveniente, que les demuestre que entendí, que en caso de problemas puedo arreglármelas sola. El Ingeniero habla ahora a los alaridos.

—¿Qué hubieras hecho? ¡Contestá, carajo!

Existe una buena respuesta para esa pregunta, estoy convencida. Como todos los problemas, este también tiene su solución. Pero ya no consigo siquiera pensar. Siento en mi cabeza como una enorme bola vacía. Hueca. Ya no sé, en verdad, más nada.

Después de un largo silencio, me escucho murmurar.

—Y..., no sé..., no sé..., qué sé yo...

El Ingeniero, con las manos todavía alzadas y apartadas de él para no seguir ensuciándose de aceite, da un violento puntapié a la silla, que cae y queda patas arriba. Después abre la puerta de la cocina de otro puntapié, evitando que sus huellas queden en el picaporte de la puerta.

—¡Pero basta, ya! ¡Tenemos que cortarla! ¡Estamos en guerra, la puta madre, en guerra!

Sí. Y decididamente, no estoy a la altura.

Esa misma noche se toma la decisión. No volveré al colegio San Cayetano.

15

Esta mañana, a unas cuadras de casa, todo un barrio quedó cercado. Es para que la policía pueda entrar en las casas del perímetro elegido y allanarlas de arriba abajo, una tras otra. Hacen eso, a veces. La duración de estos operativos es perfectamente imprevisible. Nunca se sabe tampoco si permanecerán en el barrio elegido o si de pronto seguirán con el de al lado. A no ser que continúen con otro barrio, más allá.

Tuvimos suerte, o eso parece, porque no estamos dentro del sector en cuestión, más cercano al centro de la ciudad. De hecho, es en un barrio comprendido entre nosotros y el centro que la policía está poniendo todo patas arriba, pero nadie puede asegurar que no llegarán muy pronto a la casa de los conejos.

César vino a avisarnos y se fue de inmediato, por precaución. El foco parece estar, sí, un poco lejos pero nunca se sabe, así que será mejor que nos quedemos solas para que corra peligro el menor número posible de personas. Cacho se fue muy temprano por la mañana, como todos los días, a Buenos Aires. Hoy el Obrero no vino. En cuanto al Ingeniero, hace un buen tiempo que no lo vemos.

En casa no quedamos más que Diana, embarazada de siete meses, mamá, detrás de la falsa última pared, y yo.

Me olvidaba de los conejos. De los rollos de papel para regalo y los carretes de cinta. De la imprenta clandestina y los cientos de ejemplares del periódico... Me olvidaba, también, de las armas para defendernos.

Y del gato neurótico.

Tenemos mucho miedo.

Después de reflexionar un momento, Diana decide que el mejor modo de prepararnos es ocultar tantas cosas como nos sea posible y olvidarnos de las armas. No nos queda otra elección, en realidad.

Recogemos en pocos minutos todo lo que nos parece comprometedor y lo arrumbamos, sin orden, en el embute. Mujeres, conejos blancos y un escondite bien disimulado por su evidencia excesiva. Quizá haya llegado el momento de poner a prueba todo eso. De verdad.

Para que no nos tomen tan desprevenidas, Diana me pide que vaya a buscar el pan y mire si hay movimientos raros, coches de policía u otros automóviles que no sean los de los vecinos, con varias personas dentro.

—Si ves a varios tipos adentro de un auto, aunque no tengan uniforme, volvés y nos avisás. Si no tienen uniforme y son de ellos —concluye para sí—, estamos en problemas.

Afuera, no veo nada sospechoso.

En la vereda de enfrente, una nena salta a la soga. Un perro amarillo cruza la calle.

Entonces voy a comprar el pan.

En la panadería, una viejita señala una bandeja con tortas tan negras por encima que parecen quemadas, como si alguien las hubiera olvidado en el horno. Pero no están quemadas. Es solo el azúcar negra lo que le da ese aspecto y color a la masa blanquísima. La señora le pide a la vendedora, con unos labios temblorosos que escupen saliva sin querer, una docena de tortitas negras.

Entonces me llega el turno y pido pan, un pan del que no tenemos necesidad alguna. Como estaba previsto.

Al volver de la panadería, la nena ya no está.

Ahora no se ve más que una señora gorda de vestido floreado barriendo justo frente a su puerta. No escucho nada inhabitual. No percibo ningún signo que pueda alertarnos.

Pero no quiero volver tan pronto a casa.

No quiero.

Entonces se me ocurre ir al terreno baldío de la vereda de enfrente, a pocos metros de casa, a recoger un ramito de yuyos y de flores silvestres para los conejos.

A uno de los lados del terreno baldío hay un resto de muro que está todavía en pie, lleno de agujeros por donde asoman, cada tanto, unas plantitas. Por el suelo se ven pilas de escombros y, en torno a ellas, pastos altos. En una esquina, veo las plantas de hinojo silvestre que Diana me enseñó a reconocer. Trato de arrancar algunos tallos pero tiro tan fuerte que de pronto me encuentro con una planta entera en la mano, arrancada del suelo con raíces y todo. Busco las florcitas azules con las que Diana y yo hicimos un ramo tan bonito la última vez. Inútil.

Ya no hay flores azules.

Entonces vuelvo a casa.

—No vi nada —le digo.

16

Salvo cuando Diana me pide que haga compras por el barrio, ya casi no salgo de casa.

Sobre la mesa de la cocina, pasamos largas horas empaquetando centenas de ejemplares de *Evita Montonera* en un papel nuevo, rojo y dorado, que Cacho nos trajo de Buenos Aires. Diana se ocupa de cortar el papel, mientras yo me tomo mi tiempo para enrular las cintitas de color estirándolas con una tijera. Me parece mucho más divertido que cortar papel. Intento armar con las cintas algo así como grandes flores pero Diana refrena esos excesos ornamentales.

—Queda lindo, pero no hace falta tanto. ¡Ya vamos por el tercer carretel de cinta roja! Y mirá la pila de diarios que nos falta empaquetar. Pará un poco con las cintas y ponete mejor a pegar las tarjetas esas con las dedicatorias, si lo que te da pereza es cortar el papel.

Mamá, por su lado, pasa casi todo el tiempo en el embute. Salvo a la hora de comer, ya casi no me la cruzo por la casa. Desde el golpe de Estado, la rotativa *offset,* escondida detrás de las jaulas de los conejos, imprime el mayor número de periódicos posible, por lo que ya no tiene ni un segundo de descanso. Por eso paso la mayor parte del tiempo armando paquetes con Diana, mientras hablamos de los militares, de la guerra. Y del bebé que está en camino.

Cuando llamaron a la puerta, Diana también tuvo miedo. No esperábamos a nadie: Cacho solía volver mucho más tarde de Buenos Aires y César, ese día, no tenía que venir a casa.

De un salto me acerqué a ella y empecé a seguirla a unos pasos de distancia, incapaz de quedarme sola en la cocina. Había notado lo pálida que se había puesto. Yo sabía que los militares podían venir en cualquier momento, que las armas estaban en el embute precisamente para eso, por si no lográbamos fingir.

Diana descorrió apenas la cortina de la ventana de su cuarto, ansiosa por descubrir quién podía ser.

—Me parece que es para vos —me dijo, visiblemente aliviada.

Entonces se dirigió hacia la puerta de entrada.

Por un momento, mi miedo fue más grande todavía. Me agarré de su vestido con las dos manos, escondiéndome detrás de ella, caminando a su mismo ritmo. No sé si lo hice para estar más cerca de ella. Tal vez quería yo que Diana me abrazara. Creo que lo que quería era acoplarme a su movimiento, fundirme en él hasta desaparecer. Finalmente pensé que si era solo para mí, no debía de ser aquello que temíamos. No todavía. No, no podían ser ellos.

—Se me ocurrió que la nena tendría ganas de venir un rato a casa. ¿Está?

Dando un paso al costado, salí de mi escondite. Había reconocido la voz de la vecina. Tan fresca como siempre. Siempre tan rubia.

—¿Y? ¿Tenés ganas de venir conmigo un ratito?

Me sentía incapaz de decir palabra. Afortunadamente, Diana habló por mí.

—Claro que le gustaría, ¿no es cierto que sí?

Muda todavía, asentí con un movimiento de cabeza. ¿Si tenía ganas? Oh, sí, y tantas ganas. No podía imaginar ella hasta qué punto.

Después, hubo cada vez menos momentos de calma. El miedo estaba en todas partes. Sobre todo en esa casa.

Yo ya no conseguía creer que los conejos blancos pudieran protegernos. ¡Qué pésimo chiste! Tampoco las cintas y los moños de regalo.

Cada semana, César nos traía noticias que no siempre aparecían en los diarios. Cada día mataban a militantes Montoneros; grupos enteros desaparecían. Si bien a veces los asesinaban en la calle, lo más frecuente era que desaparecieran. Así, de repente.

Cuando Diana me propuso subir con ella a la furgoneta gris para acudir a una cita y entregar algunos periódicos, sentí una gran alegría y sobre todo un inmenso alivio. Una trampa, eso era esa casa. Cuando pienso en mamá, emparedada detrás de los conejos, haciendo girar las rotativas... Pero ese día, afortunadamente, Diana y yo salimos un poco.

Después de colocar en el asiento trasero un hermoso paquete de regalo lleno de cintas rojas alrededor de una etiqueta que proclamaba un inmenso «¡Felicidades!», Diana puso en marcha la furgoneta gris y partimos en dirección al centro.

Como la mayor parte de las citas, esta tiene lugar en una de las tantas plazas platenses donde los encuentros pasan más fácilmente desapercibidos. Teníamos que encontrarnos con una mujer igualmente acompañada de una nena, más o menos de la misma edad que yo. Nunca la había visto antes pero le sonreí y ella respondió a mi sonrisa. Estaba probablemente en una situación semejante a la mía. En todo caso, su mirada me bastó para comprender que ella vivía también en el miedo. El miedo sería el mismo después, ya lo sabía, y por todo el tiempo que aquello durara, pero cómo me confortó ver a esa otra nena. Ese día, entre las dos, durante un tramo del camino, fue como si cargáramos juntas con el peso del miedo. Claro, así resultaba un poco menos pesado.

Después de darle el regalo a la señora aquella, volvimos a subir a la furgoneta.

—¿Viste a esa mujer? La torturaron, pero no cantó. Le hicieron cosas horribles, sabés, cosas que no son para contarle a una nena como vos. Pero no abrió la boca. Aguantó todo sin decir una palabra.

No insistí para saber en qué consistían esas «cosas». Yo también sé callarme.

No hice más que imaginar.

Pensé en cosas que causan mucho, pero mucho dolor, con enormes clavos oxidados o un montón de cuchillitos ahí adentro, bien profundo. Y ella ni siquiera había despegado los labios. Entonces me dije a mí misma que eso era ser una mujer fuerte. Sí, eso era.

17

¿Cuánto tiempo hace que no voy a la escuela? Tres, cuatro meses quizá. Por mi culpa me es imposible volver a ver a las monjitas. De hecho, ya nadie toca el tema.

Estoy obsesionada por el miedo a volverme idiota, como la presidenta, que al final ya no entendía nada de nada. A ella habían terminado por vaciarle el cerebro. Fue sobre todo el Brujo el que le arrebató las últimas neuronas a fuerza de organizarle ritos mágicos que, se suponía, aumentarían su carisma y la ayudarían a tomar el lugar de Evita en el corazón de los argentinos.

No hay ningún chupasangre cerca de mí pero sé perfectamente que debería estar aprendiendo cosas nuevas, que todos estos días sin escuela me alejan más y más profundamente del resto de los chicos y de lo que pasa fuera de la casa. Ya no recuerdo nada de las lecciones de la hermana Rosa en el San Cayetano. Pero ahora que ya no voy a la escuela, tengo la impresión de que las extraño. Incluso aquel patio silencioso y esas nenas tan buenitas, extraño todo eso también.

A la tarde, una vez hechos los paquetes, saco de tanto en tanto el cuadernito que me hacían llevar las monjas y donde había copiado algunas de sus enseñanzas. Trato de reaprender las lecciones y de seguir por las mías, pero no sé muy bien cómo.

A veces, Diana hace de maestra para mí. Poco antes de empezar a preparar la cena inventa algunos ejercicios que tengo que resolver sobre la mesa de la cocina antes de que llegue el momento de poner los cubiertos. Casi siempre son problemas de matemática.

Lo que prefiero es que invente para mí problemas que son como trocitos de cuentos, como ese en que los habitantes de un pueblo tenían que repartirse el contenido de un saco de harina de 250 kilos, lo que debían hacer con sentido de justicia, 5 kilos por adulto y 2,5 kilos por niño. Al mismo tiempo, debían reservar un poco de harina para la escuela del pueblo, 30 o 40 kilos, ya no recuerdo, entonces yo tenía que calcular cuántos niños y cuántos adultos vivían en el pueblo, basándome en el dato de que había 1,5 veces más niños que adultos.

Para terminar, Diana me había pedido que ilustrara el problema usando muchos lápices de colores.

Un día le dije a Diana que yo también quería imaginar ejercicios, como ella hacía con sus problemas de matemática, y le pregunté si le parecía una buena idea inventar palabras cruzadas.

—¿Crucigramas? Sí, claro, debe ser muy instructivo practicar de esa manera. Dale, hacé uno y después te corrijo.

Yo quería darle una sorpresa imaginando palabras que, al entrecruzarse, hablaran un poco de lo que nos sucedía.

Era realmente muy extraño hacerlo en el cuaderno que me habían comprado para ir al San Cayetano, donde debía ocultar y callar todo, pero yo sabía que ya no tenía la menor importancia, que de todas maneras nunca volvería a ese lugar; hasta estaba segura de que ese cuaderno ya no saldría de aquella casa. Estas son las palabras cruzadas que imaginé:

HORIZONTALES:
1. Del verbo «ir».
2. Imitadora fracasada y odiada.
3. Del verbo «dar».
4. Patria o...

VERTICALES:
1. Asesino.

		V	A			
	I	S	A	B	E	L
		D	A	R		
M	U	E	R	T	E	
		L		E		
		A				

2. Casualidad.
3. Literatura, música.

Me encontré de pronto ante una grilla embrionaria y bastante imperfecta, llena de blancos —o de cuadritos negros—. En todo caso, no sabía muy bien cómo seguir. Llegado ese punto, me di por vencida.

Viendo que yo había dejado de escribir, Diana se me acercó y miró por sobre mi hombro. En un primer momento sonrió. Me puse muy contenta; aunque me costaba continuar, no le había errado completamente al blanco. Después, ejerció su papel de maestra.

—Acá hay una falta de ortografía, ¿ves? *Asar,* escrito así, es un verbo en infinitivo. Podrías sugerir: «Cocinar a las brasas»; como la palabra «asado», se escribe con ese. La palabra en la que vos pensaste es un sustantivo común que significa «ocasión», «hecho imprevisible». Pero se escribe con zeta.

De manera que mi crucigrama, que ya me parecía bastante pobre, tenía además una falta de ortografía...

Azar: la segunda palabra vertical era, al mismo tiempo, la más adecuada ya que se había formado sola, por azar. Yo había elegido las otras para hacer reír a Diana, sobre todo la cuarta palabra, la que repetía la consigna que servía siempre de colofón a los artículos más importantes del periódico *Evita Montonera* y a las declaraciones de Firmenich, y que yo había visto tantas veces pintada en los muros de la ciudad, en las épocas en que aún tomaba el colectivo. Me acuerdo incluso de una vez, hace ya mucho, antes de que papá cayera preso, me parece, en que vimos en una pared: PATRIA O MU. Ya no sé con quién estaba, con una de mis tías, quizá. De lo que sí me acuerdo perfectamente es de lo que me dijo la persona que me acompañaba: *Mirá, qué gracioso, un militante montonero sorprendido antes de terminar su pintada. Después de todo, quién sabe si así no dice mucho más, en todo caso da menos miedo: si no nos ocupamos de Argentina, nos vamos a convertir todos en vacas: ¡¡¡¡MUUUUUUUUUU!!!!*

Me había dado mucha risa, por eso mismo nunca se me había borrado la consigna. PATRIA O ¡¡¡¡MUUUUUUU!!!! Personalmente, me gustaba más así, pero Diana no habría entendido, es probable que ella no haya visto la pintada inconclusa.

Fuera como fuese, del mismo modo que la primera o la tercera palabra horizontal, *azar* se había encontrado ahí sin elegirla yo, solo para llenar unas casillas suplementarias y para que todo se pareciera más a un crucigrama.

Pero cuando Diana me señaló la falta que había cometido, inmediatamente me sentí convencida de que esa palabra debía permanecer. Costara lo que costase, a esa palabra había que darle una oportunidad.

Para evitar que mi grilla improvisada resultase un fiasco completo, opté por corregir la segunda de mis definiciones.

HORIZONTALES:
2. Imitadora fracasada y odiada (con una falta de ortografía). IZABEL.

18

Me acuerdo de varias reuniones que tuvieron lugar por esos días, siempre presididas por César, con una frecuencia cada vez mayor.

Fue en una de esas reuniones cuando surgió un tema nuevo: nuestra partida.

Resulta que mamá había conseguido encontrarse con mi abuelo, el abogado defensor de estafadores y contrabandistas. Espantado por lo que estaba ocurriendo, por los asesinatos y las desapariciones cada vez más numerosos, se había mostrado dispuesto a hacer lo que fuera para que saliéramos de Argentina.

—Sí, pero tu viejo no es un tipo solidario. ¿Lo ves capaz de darle dinero a la organización?

Yo sigo cebando mate, salvo a César. Como él lo toma dulce y todos los demás lo prefieren amargo, siempre le cebo unos mates antes de terminar la vuelta. Después de que él le pone azúcar ya nadie quiere aceptar la calabaza —es entonces el momento ideal para cambiar la yerba y empezar una nueva ronda.

—Mi viejo quiere que nos vayamos, la nena y yo. No pretende ayudar a la organización en lo más mínimo. Es peronista, pero un peronista de la primera camada, más bien tradicional y bastante de derecha. Así y todo, no es un gorila, no está a favor de los militares.

Sigo cebando mate en silencio, pero no me pierdo una sola palabra de la conversación y lo que acabo de escuchar me alivia enormemente. A mi abuelo lo adoraría de todas maneras, pero si fuera gorila, me dolería mucho... Mamá prosigue:

—Que yo me vaya puede ser útil... Puedo ayudar desde el extranjero. Ya se fueron muchos militantes, ¿o no? Es importante denunciar en Europa lo que está pasando acá.

—Es cierto que muchos militantes se fueron. Pero no los militantes de base, solo los jefes, solo la conducción.

Se hace un silencio incómodo. Perturbador...

¿Qué dijo? ¿Será verdad?

¿Los militantes de base dan su vida mientras los jefes buscan refugio en el extranjero?

César parece arrepentirse de lo que acaba de decir. Como si tomara conciencia de lo que su respuesta podría sugerir.

—Y además, necesitamos que tu nena nos explique cómo hizo para volverse culo y calzón con la rubia despampanante que ustedes tienen de vecina... Al fin y al cabo, ella es la única que consiguió acercársele, eso hay que reconocerlo.

Todo el mundo estalla en carcajadas.

Sin demasiada convicción.

La tercera o cuarta vez en que se toca el tema, por fin se toma la decisión. En realidad, no sé cuántas veces se volvió a hablar de la cuestión, quizá se necesitaron algunas otras reuniones, pero me acuerdo muy bien que César un día lo anunció así:

—Aceptamos que te vayas con tu hija. Pero no vamos a prestarte ningún tipo de ayuda. La organización no te va a dar dinero, como lo hace con los miembros de la conducción. Ni ninguna otra forma de auxilio. Si te vas, te vamos a cubrir, pero después vos verás cómo mierda te las arreglás sola...

Yo me acerqué a César con el mate y la bombilla en la mano.

—Enseguida voy a cambiar la yerba. ¿Querés que te cebe unos mates con azúcar?

—Si sos tan buena...

Hubo un silencio molesto.

César chupó lentamente su mate, haciendo varias pausas, hasta oír el ruidito tan característico que emite la bombilla cuando ya no queda agua en la calabaza y se sorbe en vano. Por fin, bajando la voz y mirando al suelo agregó:

—Los nuestros mueren día a día. Nos están masacrando. Todavía podemos luchar, tenemos que seguir, pero... yo no te voy a impedir que te vayas si tenés esa oportunidad... En fin.

Después de un largo suspiro, como si hubiese ido a buscar el aire muy lejos, muy profundo dentro de sí mismo, agregó:

—Ahora vamos a hablar de las modalidades. Sería mejor que la nena saliera de aquí...

—¿Te cebo otro mate, antes?

—No, está bien, me puedo arreglar solo —agregó con una risa que por fin relajó la atmósfera.

Así fue como partimos.

Mi madre logró dejar el país gracias a uno de esos hombres tan vinculados a mi abuelo para quienes las fronteras entre Argentina, Brasil y Paraguay, más precisamente ese punto en que los tres límites se tocan, carecía de secretos: era la manera, típica de un estilo, de retribuir algún servicio prestado, mucho tiempo atrás... De ese modo, mi madre pudo irse de Argentina y luego de América Latina para encontrar refugio en Francia. Yo, por el contrario, vine mucho más tarde. Mi madre no había tenido elección, se había visto obligada a salir del país clandestinamente, pero mi abuelo quería para mí una partida legal. Con mi padre en la cárcel y mi madre fugada, el trámite fue lento y engorroso.

Viví un tiempo en casa de mis abuelos, donde conseguimos preservar la bañadera nueva aunque vimos desaparecer más de un cenicero y un par de cajas de música... Pero también pudimos comprobar que muchos otros clientes de mi abuelo sabían devolver un favor como príncipes, justo cuando era necesario. De modo que *chapeau!,* y qué importan los ceniceros y los ruiseñores danzarines.

Curiosamente, el momento en que nos despedimos de Diana y Cacho se borró por completo de mi memoria. El clima del país no era, precisamente, de fiesta, pero ¿habremos aprovechado para comer un conejo? Puede ser.

Diana, de eso sí me acuerdo, ya estaba a punto de dar a luz. Me veo aún diciéndole lo triste que me ponía partir antes de que naciera el bebé. Más tarde, supe que ella y Cacho habían tenido una hija, Clara Anahí, nacida el 12 de agosto de 1976.

En cuanto a lo que ocurrió después de nuestra partida, las informaciones me fueron llegando por partes, a cuentagotas, a lo largo de los años y de modo bastante confuso.

Muchos años después, ya bien avanzado el nuevo período democrático, mi padre, en libertad desde hacía ya cierto tiempo —fue liberado unos meses antes de la Guerra de Malvinas, cuando la dictadura comenzaba a fisurarse—, me tendió un libro diciéndome: *Tomá. Acá se habla de la casa en la que viviste con tu madre.*

No dijo nada más. Es que nos cuesta mucho hablar de todo aquello.

El libro en cuestión lleva por título *Los del 73. Memoria Montonera.* Consiste en el testimonio de dos viejos militantes, Gonzalo Leonidas Chaves y Jorge Omar Lewinger. Busqué el pasaje al que mi padre había hecho alusión: no fue sino en las últimas páginas donde me topé con estas líneas:

«Me entero de un enfrentamiento producido en La Plata y salgo a comprar el diario. Leo en *La Gaceta* del 25 de noviembre de 1976 la siguiente información: *En un enfrentamiento producido ayer, poco antes de las 13:40 horas, cuando los efectivos de seguridad procedieron a rodear la manzana situada entre las calles 29, 30, 55 y 56, se observó que la atención de los custodios de la ley estaba concentrada en una vivienda situada entre las calles 29, 30, 55 y 56. Esta casa tenía una placa en la que figuraba la inscripción: "Daniel Mariani. Licenciado en Economía". [...] Poco antes de ser utilizado el mortero con el cual se acalló la resistencia, acudió al enfrentamiento el comandante del Primer Cuerpo del Ejército, general Carlos Suárez Mason, el comandante de la Décima Brigada de Infantería, general Adolfo Siggwald, y el titular de la Policía Provincial, coronel Juan Ramón Camps».*

Los tiros cesaron alrededor de las 16:55. Cuando la policía entró en la casa, encontró siete cadáveres: los de Roberto César Porfirio, Juan Carlos Peiris, Eduardo Mendiburu

Eliçabe y Diana Esmeralda Teruggi, más otros tres, total-mente carbonizados, que no pudieron identificarse.

Salvo en el caso de Diana, esos nombres me eran desco-nocidos. Más tarde llegaría a saber que Roberto César Porfi-rio nos había reemplazado en la piecita del fondo: su esposa había sido asesinada por un grupo paramilitar y necesitaba esconderse con su hija. Por suerte, el día del ataque a la casa de los conejos la niña estaba con sus abuelos.

Imagino que las demás personas asesinadas se encontra-ban allí en reunión. Ya hacia ese mes de noviembre, la situa-ción de los Montoneros había cambiado mucho, cada día nuevos miembros de la organización eran asesinados o se-cuestrados, para no aparecer más. La «guerra sucia» ya ha-bía entrado en una fase distinta.

El artículo reproducido por Gonzalo Leonidas Chaves no hace mención alguna al bebé de Diana, Clara Anahí Ma-riani, que sin embargo se encontraba con su madre al iniciar-se la agresión. Como todos los días, su padre se había ido a trabajar a Buenos Aires, lo que le valió unos meses suplemen-tarios de vida: exactamente ocho meses después del ataque a la casa de los conejos, Cacho fue asesinado por las fuerzas militares mientras entraba a otra casa de La Plata, en calle 35 esquina 132.

Meses después de la lectura del libro *Los del 73,* tuve ocasión de entrar en contacto con Chicha Mariani, la madre de Daniel —Cacho, para mí. Todo ocurrió gracias a un con-curso de circunstancias que todavía me maravilla: una cena absolutamente fortuita con la madre de un amigo que evocó al pasar el nombre de Chicha Mariani, ignorando que yo había vivido en la casa de los conejos y hasta qué punto todo aquello todavía estaba presente en mí. En fin, un azar prodi-gioso. Tras un breve intercambio epistolar con Chicha, tomé un avión a Argentina.

Acompañada por Chicha Mariani, casi treinta años después, en La Plata, pude volver a ver lo que queda de la casa de los conejos. Hoy una asociación se ocupa del lugar y trata de convertirlo en un espacio de memoria. Chicha está al frente.

Aún puede distinguirse el emplazamiento de la imprenta clandestina. Una placa explica de qué servía ese extraño espacio tan estrecho, encerrado entre dos paredes, hoy en gran parte destruidas. Pero la palabra «embute» no aparece, ni siquiera entre comillas.

Sí, creo que ese término ya ha desaparecido.

Todo muestra que el ataque fue de una violencia increíble.

No existen palabras para decir la emoción que me invadió cuando descubrí ese lugar que lleva todas las marcas de la muerte y la destrucción.

Un solo disparo de mortero horadó dos paredes. Perforó la fachada y luego abrió un agujero idéntico en el muro que separaba el cuarto de Diana y Cacho de la cocina.

En el garaje aún está la furgoneta: una chatarra oxidada y acribillada a balazos.

El techo fue incendiado casi completamente. Al fondo de la casa, allí donde se encontraban los conejos y la imprenta, no quedan sino ruinas de lo que fue ese lugar casi treinta años atrás. Ruinas y escombros, nada más.

Yo quería volver a ver la casa. Quería sobre todo hablar con Chicha, y tratar de saber más, cuanto fuera posible...

—¿Y la vecina? La rubia que vivía pared por medio. ¿Todavía está?

—La mujer de al lado quedó muy afectada. Imaginate. Militares tirando con armas largas desde su propio techo. Empezó a tener pesadillas terribles. Y no soportó seguir viviendo acá. Poco tiempo después del ataque se fue del barrio.

—¿Y la hija de Diana?

—Los vecinos dicen haber oído llorar a un bebé durante el tiroteo. No caben dudas de que estaba presente. ¿En qué otro lado, si no? Las personas reunidas en la casa fueron evidentemente sorprendidas por el ataque y Diana no tuvo tiempo de sacar de aquí a mi nieta. Pero su cuerpo no se encontró entre los escombros. Estoy convencida de que Clara Anahí sobrevivió y fue secuestrada por los militares, como tantos otros chicos.

—El ataque fue violento...

—Sí, de una violencia extrema. Tenemos varias hipótesis sobre el modo en que Diana logró proteger a su bebé de los disparos de armas pesadas y de las bombas incendiarias que se lanzaron sobre los militantes. Algunos dicen que Diana escondió a Clara Anahí bajo un colchón, en la bañadera del bañito. Como sea, sobrevivió. No tengo ninguna duda al respecto.

Yo ya sabía que Chicha Mariani era una persona notable, pero cuanto más la miro, más se me imponen su fuerza y su valor. Esa mujer que durante la dictadura perdió a su único hijo y a su nuera sigue buscando a su nieta desaparecida, Clara Anahí, sin duda entregada a una familia cercana al gobierno, quizá estéril. Centenas de bebés conocieron el mismo destino. Muchos de ellos fueron encontrados. Los familiares siguen buscando a muchos otros, como a Clara Anahí. En pocos meses más cumplirá treinta años.

Hay una pregunta que casi no me atrevo a hacerle a la madre de Cacho. Una pregunta que me obsesiona desde hace muchos años y a la cual no encontré respuesta en el libro de Chaves. Trato de formularla, torpemente. Chicha adivina lo que no me deja en paz.

—¿Vos querés saber quién los traicionó?

Sí, era exactamente lo que me preguntaba.

La organización de los Montoneros había tomado muchísimas precauciones. El asalto contra la casa de los conejos fue preparado con minucia: la magnitud del despliegue de fuerzas, los altísimos jefes que se dieron cita para la ocasión, todo hace pensar que los militares tenían informaciones muy precisas sobre la función de la casa y la importancia de la toma. Aparte de nosotros cuatro, solo César conocía la dirección.

—Fue César, entonces.

—¿Quién era César?

—El responsable, el que se ocupaba del grupo...

—No, él no fue. No lo conozco por ese nombre pero creo que la persona de la que hablás fue asesinada pocos días más tarde, en otra parte, aquí en La Plata.

Y después de un largo silencio:

—Durante mucho tiempo, buscamos una respuesta a esa misma pregunta. No sabemos su nombre exacto, pero la persona que permitió a los militares identificar la casa fue el mismo que construyó la imprenta clandestina.

—¡El Ingeniero! Pero no puede ser. Llegaba siempre escondido bajo una frazada, no podía saber dónde estaba la casa. Sabía que se encontraba en alguna parte de La Plata, nada más...

—Es posible que no supiera dónde estaba, pero pudo identificarla sin ningún problema. Cayó preso y se mostró dispuesto a colaborar. Describió el lugar, insistió en su importancia estratégica: era el corazón de la prensa montonera...

—Sí, pero...

—Sobrevolaron con él, en helicóptero, toda la ciudad. Metódicamente, barrio por barrio, manzana por manzana, pasaron un peine fino por la ciudad de La Plata, desde el aire. Ese hombre no sabía la dirección, puede ser, pero tenía el plano en la cabeza, conocía perfectamente el diseño y la construcción, sabía hasta los materiales de que estaba hecha. Pudo reconocerla sin ninguna dificultad.

—¿Y dónde está ahora?

—Al respecto, existen varias hipótesis. Algunos dicen que vive en Australia, otros hablan de África del Sur. También conocí a alguien que dice que los propios militares lo mataron después de todo esto.

Fue el Ingeniero entonces. Pero ¿había sido desde siempre un infiltrado o se había quebrado en la tortura? Fuera como fuese, sabía que una nena de meses vivía ahí.

Trato de imaginarlo en el helicóptero, dando vueltas encima de la casa. Lo imagino diciendo *es esa casa, ahí, estoy seguro...*

¿Es posible que viva hoy, tranquilamente, en algún lado?

Tranquilamente, no.

No puedo concebirlo.

Todo esto siguió dando vueltas en mi cabeza. Ya de nuevo en París, me precipité sobre un viejo volumen de Edgar Allan Poe y releí, en francés, «La carta robada», el cuento que el Ingeniero decía preferir entre todos los demás.

La acción transcurre en París. Un investigador brillante, el caballero Augusto Dupin, aplica allí con éxito, en efecto, la teoría de la «excesiva evidencia» que el Ingeniero me explicó, hace treinta años, ante la falsa última pared de la casa de los conejos.

Podía recordar con gran nitidez su mirada y su sonrisa mientras exponía la teoría. Era extraño volver a escuchar al Ingeniero por detrás de las palabras de Dupin, que yo estaba leyendo en la traducción francesa de Charles Baudelaire ya que era la que tenía a mano. Pero, de repente, al leer el famoso pasaje sobre la «excesiva evidencia», me quedé helada. Volví inmediatamente a releerlo. Incrédula al principio.

Luego espantada.

Desde entonces, lo he vuelto a leer más de una vez.

Aquí lo reproduzco:

«Hay un juego de adivinación —continuó Dupin— que se juega con un mapa. Uno de los participantes pide a otro que encuentre una palabra dada: el nombre de una ciudad, un río, un Estado o un imperio; en suma, cualquier palabra que figure en la abigarrada y complicada superficie del mapa. Por lo regular, un novato en el juego busca confundir a su oponente proponiéndole los nombres escritos con los caracteres más pequeños, mientras que el buen jugador escogerá aquellos que se extienden con grandes letras de una parte a la otra del mapa. Estos últimos, al igual que las muestras y carteles excesivamente grandes, escapan a la atención a fuerza de ser evidentes, y en esto la desatención ocular resulta análoga al descuido que lleva al intelecto a no tomar en cuenta consideraciones de una excesiva evidencia».

Desde que releí este pasaje oyendo en mi mente la voz del ingeniero retomando las palabras de Dupin, no puedo sino ver a los militantes Montoneros que creían protegerse exigiéndole que se ocultara bajo una frazada cada vez que iba a la casa de los conejos como a esos «jugadores novatos» de un juego bastante parecido al que evoca el personaje de Poe. Como «buen jugador» y como lector experimentado, el Ingeniero había traspuesto el juego que Dupin había visto realizar sobre un mapa a la configuración de una ciudad real. Solo que había cambiado la escala. Y la apuesta.

Si eso fue así, pudo no haber necesitado conocer, en efecto, el número de la puerta de la casa, ni siquiera el de la calle, puesto que era capaz de leer, desde lo alto del cielo, las líneas y los trazos que revelaban la casa. Él pudo descifrar las letras enormes. Las mayúsculas.

Pero no, no puede ser que un cuento de Poe haya servido de arma en la guerra sucia. No es posible que tanta sutileza e inteligencia hayan sido utilizadas para masacrar gente. Y si alguien lo hizo, en todo caso, no tenía derecho a ello.

Hay estrategias sutiles, demasiado sutiles. A veces, incluso, salvajes. Estrategias para dominar a los otros y tener la última palabra. Para encontrar una carta robada o para salvar el pellejo, ¿aun al precio de provocar una masacre?

No, no puede ser tan simple. Y Poe no puede ser un cómplice. No. Ni siquiera Dupin.

Quiero creer que existe el azar.

Quiero creer que hay muchas otras «excesivas evidencias».

Existen hombres dispuestos a hacer pasar fronteras a la hija de un amigo, aun a riesgo de quedar en la mirilla de un fusil, solo como una forma de decir gracias.

Clara Anahí vive en alguna parte. Lleva sin duda otro nombre. Ignora probablemente quiénes fueron sus padres y cómo es que murieron. Pero estoy segura, Diana, que tiene tu sonrisa luminosa, tu fuerza y tu belleza.

Eso, también, es una excesiva evidencia.

París, marzo de 2006

El azul de las abejas

Para vermos o azul, olhamos o céu.
A terra é azul para quem olha do céu.
Azul será uma cor em si ou uma questão de distância?
Ou uma questão de grande nostalgia?
O inalcançável é sempre azul.

CLARICE LISPECTOR
A descoberta do mundo

Detrás de mi nariz

Mi viaje comenzó en alguna parte detrás de mi nariz. Y mucho antes de salir de la Argentina. Ya no recuerdo si fue mi abuelo quien me anunció que pronto iba a empezar a tomar clases de francés —o si fue mi abuela o alguna de mis tías. Solo sé que un adulto me dijo que tenía que empezar cuanto antes y aprender muy rápido si no quería sentirme completamente perdida a mi llegada a París. La partida era inminente y tenía que prepararme. *En dos o tres meses te reencontrás con tu mamá.*

En La Plata, al principio aprendí a contestar en francés ciertas preguntas simples —*Comment t'appelles-tu? Quel est ton âge?*[*] — y más tarde a formular esas mismas preguntas a compañeritos imaginarios. Esforzándome por proponer variaciones a partir de las palabras que acababa de aprender. Fue una de las primeras cosas que me aconsejó Noémie, mi profesora de francés.

—Estoy segura de que podés hacer la misma pregunta de otro modo; a ver, pensá un poquito —me decía en español.

—Mmmm... *Toi aussi, tu as huit ans?*

—*Très bien!*[**]

Junto a Noémie descubrí sonidos nuevos, una *erre* muy húmeda que hay que ir a buscar al fondo del paladar, casi a la garganta, y ciertas vocales que se hacen resonar detrás de la nariz, como si uno quisiera a la vez pronunciarlas y guar-

---

[*] «¿Cómo te llamás? ¿Qué edad tenés?» *(N. del T.)*
[**] «Mmmm... ¿Vos también tenés ocho años?» «¡Muy bien!» *(N. del T.)*

darlas para uno. El francés es una lengua muy extraña: deja caer los sonidos y al mismo tiempo los retiene, como si en el fondo no estuviera muy seguro de querer liberarlos... y esto fue, me acuerdo, lo primero que me dije a propósito de mi nuevo idioma. Y también que me haría falta practicar mucho.

Pronto Noémie me descubrió caracteres que no había visto nunca, el acento grave y el circunflejo, y, después, la «ce cedilla». De este nuevo signo, «Ç», mucho más que de los otros, me enamoré enseguida; y en pedacitos de papel, y en los márgenes blancos de los diarios, y en el reverso blanco de los sobres de las cartas, me aplicaba a escribir esta simple palabra, *français,* y a veces ces cedillas solas, o pegadas unas a otras, *ççç,* hasta formar una especie de cadena o surco. Era una manera de pasar el tiempo hasta esa partida que yo creía inminente.

Mi madre se había refugiado en Francia en agosto de 1976, y mi permanencia en La Plata no habría debido ser más que un breve paréntesis antes de reencontrarnos al otro lado del océano. Pero pasaron los meses. Llegó a pasar un año y yo no me iba de La Plata. *Moi, j'ai neuf ans. Et toi?,*[*] era la pregunta que ahora le hacía a Noémie.

En esos últimos tiempos en La Plata yo iba a ver a mi padre a la cárcel, cada quince días, jueves por medio —allá, el jueves es el día de visitas, el único y sin apelación. Las visitas se hacen por la tarde y duran en realidad muy poco; pero, aunque la cárcel está en La Plata y estas visitas tienen lugar a una hora precisa, la cosa toma el día entero. Porque hay que formar fila ante la puerta de la cárcel. Después hay que pasar la requisa de una señora que permanece en silencio mientras las mujeres se desvisten bajo su mirada vigi-

---

[*] «Yo tengo nueve años, ¿y vos?» *(N. del T.)*

lante, tal como nosotras lo hicimos tantas veces, mi abuela y yo, una junto a la otra. No habla, esta señora, porque supone que las mujeres que han entrado en su cabina saben desde hace mucho cómo deben comportarse antes de ser palpadas. Y tiene razón. Por su lado, los hombres son sometidos a un tratamiento parecido por guardias que, supongo, deben de permanecer igualmente silenciosos. Después hay que hacer otra fila de espera, esta vez dentro de la cárcel, y luego avanzar por un corredor, y por último agruparse, unos tras otros, por familias y siempre en silencio, ante una reja enorme. Aquí suele suceder que alguien más se dedique a palparnos, aun cuando ya otros se hayan atribuido el derecho de revisación minuciosa mientras estábamos en bombacha ante aquella señora —pero esta segunda revisación es mucho más rápida, dura apenas unos instantes. Es como un reflejo que tienen allá en la cárcel: palpan solo por costumbre. Y después hay otra reja que dejar atrás y por fin una puerta. Mientras pasamos esta puerta, como todas las otras, es necesario que ciertos hombres con ametralladoras nos vean a todos muy bien, lo que a veces toma mucho tiempo. Por eso, durante mis últimos tiempos en La Plata, cuando iba a ver a mi padre a la cárcel, faltaba mucho a la escuela— y siempre en jueves. Y sin embargo nadie me hacía preguntas, ni mi maestra ni mis compañeritos de clase. Uno de cada dos jueves, yo desaparecía: eso era todo.

Cuando al fin llegaba junto a él, mi padre me hablaba mucho de ese viaje que muy pronto emprendería y para el que tenía que prepararme, sí. Decía que luego de mi partida los dos íbamos a escribirnos, y que era necesario hacerlo regularmente, al menos una vez por semana, de modo de mantener, en el papel, una especie de conversación. Me sentía capaz: sí, le escribiría. Jueves por medio le renovaba mi promesa.

La partida me daba miedo, por momentos. Y al mismo tiempo tenía muchas ganas. Ya no desaparecería los jueves

111

para ir a ver a mi padre, es verdad. Pero tenía tanta prisa por volver a ver a mi mamá, que estaba en Francia hacía ya tanto tiempo. Y cada vez más tiempo. *Hay un problema de papeles... Pero muy pronto te reencontrarás con ella, vas a ver, no puede demorarse mucho más.* No dejaban de repetírmelo. Y sin embargo no sucedía nunca.

Noémie es morocha, tiene el pelo largo y un lunar junto a la comisura de la boca, apenas por encima de los labios. Un lunar que asocié inmediatamente al idioma francés, esa lengua que ya quería hacer mía, con sus vocales escondidas detrás de la nariz. Desde mi primera clase en La Plata seguía los movimientos de aquella pequeña mancha negra estampada apenas por encima de los labios de Noémie, antes de repetir los sonidos y las palabras que aquel lunar había acompañado. Así fue como en La Plata, gracias a Noémie y a su lunar, aun cuando mi partida se postergara una y otra vez, me puse ya en camino. En alguna parte por detrás de mi nariz.

Noémie y su lunar pasaban dos noches por semana por la casa de mis abuelos para ayudarme a llevar a término el gran viaje que yo debía emprender *pronto, muy pronto, esta vez sí, ya está cerca.* Después de aquellos caracteres tan lindos y de aquellas preguntas que yo debía responder siempre haciendo mis propias variaciones, Noémie me enseñó canciones: «Au clair de la lune» primero, y luego «Frère Jacques». En La Plata, mi profesora pensaba que ese repertorio sería esencial a mi futura «integración», como ella misma decía todo el tiempo. *Tenés que saber cantar esas canciones para poder integrarte. «À la claire fontaine» también.*

Como mi viaje se pospuso todavía un poco más, Noémie se dijo que tendría tiempo para profundizar mi aprendizaje con la ayuda de un libro de texto. Fue en ese primer libro francés que me enteré de que aquí, en Francia, todos los perros se llaman «Médor» y todos los gatos «Minet». Y muchas otras cosas que en aquel momento me parecieron muy útiles.

Hasta la última clase, por mucho que Noémie se esforzara por hacerme avanzar con las lecciones sucesivas del libro, mi curso de francés se basó en aquel juego de preguntas y variaciones y encuentros con compañeritos imaginarios. *Toi aussi, tu as dix ans, pas vrai?**

Noémie encarnaba alternativamente personajes de diferentes niños, personajes que se nos habían vuelto familiares: Marguerite, Catherine y Jean, chicos a los que les habíamos inventado, juntas, un aspecto y una historia, y que, a lo largo de los meses y las estaciones, parecían crecer al mismo tiempo que yo. Marguerite tenía un perro, pero Jean adoraba los gatos. En cuanto a Catherine, mi preferida, veía el Sena desde la ventana de su cuarto, *et même la Tour Eiffel*.

Al principio, Marguerite, Catherine y Jean se deslizaban todo el tiempo por el *toboggan* y se hamacaban en las *balançoires;* después, cada vez menos, pero siempre comían *croissants* y *crêpes au sucre* y tenían todos un lunar junto a la boca. No se conocían entre ellos pero yo sí los conocía bien: nos encontrábamos en diferentes lugares de París que Noémie me enseñaba a ubicar en el mapa. En cada clase, en el comedor de mis abuelos, en La Plata, dos veces por semana y durante casi dos años, Noémie y yo nos transportamos *là-bas* —es decir, aquí.

Hasta que un día partí, y para siempre.

Fue en enero, en los primeros días del año 1979, hace unos meses apenas —o una eternidad, ya no lo sé.

---

* «¿Y vos? Vos también tenés diez años, ¿no es cierto?» *(N. del T.)*

Casi verdadero

Un día, por fin, me reencontré con mamá en Francia. Solo que no fui a vivir a París, como me habían dicho tantas veces, sino *cerca*.

Aunque ni dicho así sea del todo verdad.

Porque no puede decirse que el Blanc-Mesnil quede muy cerca de París; en realidad casi queda un poco lejos. A veces tengo la impresión de que queda muy lejos.

Pero fue eso lo que le conté a mi amiga Julieta en la carta que le mandé tan pronto como llegué a Francia. *Como podés leer en el remitente, no vivo en París sino muy cerca.* Escribí eso en principio porque es más simple, pero también porque París era el destino previsto para mí desde hacía mucho tiempo, el destino para el que yo me había preparado tanto. Si le hubiera escrito que para llegar a París desde el Blanc-Mesnil hay que atravesar Drancy, Bobigny y Pantin, ella, lo sé, se habría sentido profundamente defraudada y habría ido a contarle a Ana, a Verónica y a todas las demás que en realidad no vivo en París, oh no. Habría dicho, me imagino, que antes de partir me habían contado cualquier historia, que se habían burlado de mí. Por lo demás, decir que vivo *cerca* de París no es verdaderamente falso, podría decirse que es *casi* verdadero.

La última vez que nos vimos, Julieta me pidió que le contara cómo eran la torre Eiffel y «Notredam» apenas como estuviera «allá» al otro lado del océano. Por eso, en el sobre de esa carta que le mandé, deslicé también una postal en que se veía la Tour Eiffel, y le hablé de la nieve en pleno mes de enero —le conté todas mis anécdotas de frío, de nieve y de copos helados, con lo que estaba segura de causar gran asombro en La Plata en el corazón del verano austral.

A veces, uno tiene la impresión de ver por el suelo diamantes o trozos de cristal, pero son solo charcos que el frío congeló. Basta con golpearlos un poco para que se rompan en mil pedacitos. Si uno salta sobre ellos con los pies juntos haciéndolos estallar, después tiene la impresión de estar de pie entre las mil astillas de un espejo roto —esto, aproximadamente, fue lo que le dije a Julieta en castellano, en mi carta.

Julieta me respondió que, gracias a todo lo que yo había escrito y a esa linda tarjeta postal, había podido imaginarme perfectamente a mí bajo la torre Eiffel, con una boina de lana de colores y ante un cantero de flores coloridas. *¡Qué lindo!* Debo decir que la respuesta de Julieta me alivió, y mucho. Ella me imaginaba ahí: yo lo había logrado.

Tan pronto como llegué a Francia, también le mandé a Noémie una tarjeta postal. Para ella busqué una foto en la que se vieran los muelles del Sena: los muelles en que ella me había hecho dialogar, tantas veces, con nuestros personajes preferidos, Catherine y su abuela Marinette. En esa imagen que elegí para Noémie también se veía, de fondo, la catedral de Notre Dame y los tenderetes abiertos de algunos *bouquinistes:* casi el mismo lugar en que yo había conseguido por primera vez guardarme, en una misma frase, tres vocales sucesivas detrás de mi nariz. Algo que había hecho de una manera bastante creíble, o por lo menos eso había parecido decir la sonrisa de Catherine, seguida de inmediato por la sonrisa de su abuela, las dos rubricadas por el mismo lunar. En esa postal no le recordé a Noémie aquella conversación sobre los muelles de un Sena imaginario que había quedado en mi memoria como mi primera proeza nasal, el momento en que, en La Plata, en casa de mis abuelos, sobre la mesa de la cocina, por fin había empezado mi viaje. Pero tenía la esperanza de que, con solo ver esa imagen que había elegido para ella, Noémie lo recordara. En el reverso de la tarjeta repetí mis anécdotas de nieve y charcos de agua bajo capas de cristal. Pero me cuidé muy bien de decirle a Noémie que, en aquellos primeros días que pasé en Francia, no había entendido casi nada cada vez que había escuchado hablar francés *de veras*. Tampoco le dije que en mi edificio hay dos perros, un pastor alemán y otro chiquitito y morrudo, pero los dos se llaman Sultán. Eso la habría sorprendido aún más. Me imaginaba a Noémie con su lunar, ante otro alumno, inclinados los dos sobre el libro de francés en que se veía a aquellos dos personajes, el perro Médor y el gato Minet, y volvía a escucharla explicar que *así llaman en Francia a los perros y a los gatos*. ¿Podía hablarle entonces de los dos Sultanes de mi edificio? No, cómo iba a hacerle algo así.

Lo bueno de las cartas es que uno puede pintar las cosas como quiere, sin mentir por eso. Elegir entre las cosas que nos rodean, de modo que todo parezca más bello en el papel. La nieve y la escarcha del mes de enero, por esos mismos días en que en La Plata la gente pone la cabeza bajo el chorro de la canilla para poder aliviarse del bochorno del verano, son verdaderas. Y los charcos de agua congelados, brillantes como espejos, que parecen pedir que uno los rompa en mil pedazos una y otra vez, los he visto, desde la ventana de mi cuarto —durante los largos meses de invierno—, en las calles de la urbanización Camino Verde, o Voie Verte, en el Blanc-Mesnil, como marcando el camino de puntos suspensivos.

Barrio Latino

Vivo con mi mamá y Amalia en un edificio de cuatro pisos, en el barrio de la Voie Verte.

Allá en La Plata yo no imaginaba que las cosas pudieran ser así. Ni el Blanc-Mesnil —con su *Voie* que alguien, alguna vez, habrá visto verde— ni Amalia.

Amalia es bajita y rechoncha, y tiene un pelo raro que se enrula en las puntas, un pelo de un color indefinible. Dice que tiene la misma edad que mamá, pero parece mayor, mucho mayor en realidad. Le falta un diente, uno de los caninos de arriba, creo. Tampoco parece tener todos los dientes de abajo. Mamá vive con ella porque siempre es más fácil pagar un alquiler de a dos, aun en el Blanc-Mesnil, al final de la Voie Verte. Se conocieron en la universidad, las dos estudiaban Historia. Y cuando se reencontraron por casualidad en París, después de las desapariciones, los asesinatos y el miedo, siguieron camino naturalmente juntas, codo a codo.

Lo comprendo, claro, pero nunca imaginé que las cosas pudieran ser así. De verdad.

Entre Amalia y yo hubo, desde el principio, como un frío. Pero debo reconocer que ella hace grandes esfuerzos para que nuestra relación mejore.

Después de la distancia de los primeros días de pronto Amalia empezó a bromear. No paraba de decir que en realidad teníamos suerte de vivir de este lado de la gran avenida que separa los barrios del Blanc-Mesnil. Al otro lado empieza el barrio de los Quinze Arpents, donde los edificios son más altos y están en general mucho más sucios que el nuestro. En Quinze Arpents hay muchos negros y árabes, mientras que en este rincón en que vivimos la mayoría son portugueses, españoles y hasta algunos franceses. *Así que bien podés escribirles a tus amigos que vivís en el Barrio Latino..., muy cerca de África del Norte y de Sahel —solo que las distancias no son las mismas de este lado del océano. Está todo junto aquí, en este pañuelito en que vivimos. En fin: para nosotros, ¡este es el Barrio Latino, el verdadero-verdadero!*

Sí: después de aquel frío de los primeros días, Amalia hace grandes esfuerzos, es verdad. Pero yo habría preferido que parara de sonreír alguna vez, con aquella dentadura llena de agujeros.

Junto a mi cama, con unas pequeñas chinches azules, apenas llegué aquí clavé una hoja con un cronograma detallado para mis cartas. Tengo que escribir cinco cartas por semana, una por día, de lunes a viernes, antes de la pausa del fin de semana, que dedico a la lectura.

Los lunes le escribo a papá. Lógico: es el comienzo de la semana, el día en que tengo que cumplir mi promesa más importante. Luego viene una semana epistolar sin pausas hasta el viernes. Ya se me ha vuelto una costumbre. El martes y el miércoles les escribo a mis dos abuelas. El jueves a alguna de mis tías o a alguno de mis primos —pero son tantos, entre tías y primos, tengo tanto para elegir, que voy alternando. Para no escribir siempre a los mismos, llevo también una libreta donde anoto el nombre de la tía o del primo elegido y la fecha en que le mandé una carta. El viernes escribo a alguna de mis amigas que quedaron en La Plata. Y el fin de semana trato de avanzar con la lectura de los libros que mi padre me recomendó.

Fue él quien tuvo la idea. En la cárcel papá lee mucho, empezando por los libros que le permiten tener y siguiendo por los libros de los otros presos, ya que siempre encuentran el modo de hacerlos circular. Esto me lo contó mi abuela. En fin. Como mi padre sabe que a mí también me gusta mucho leer, pensó que podríamos leer ciertos libros los dos al mismo tiempo. Él los lee en castellano —el reglamento de la prisión le prohíbe leer en otros idiomas— mientras que yo, en el Blanc-Mesnil, leo en francés alguno de esos libros que él tiene en la celda. Eso me sirve de tema de conversación para nuestras cartas semanales, y al mismo tiempo avanzo mucho en mi aprendizaje de la lengua francesa.

A veces me cuesta encontrar los libros que él quiere que lea, como *La Vie des abeilles,* de Maurice Maeterlinck, que reclamé desde mi llegada a Francia, durante más de un mes, hasta que por fin mamá encontró un ejemplar usado en la librería Joseph Gibert, en París, en el verdadero Barrio Latino. Un ejemplar viejísimo y destartalado —tan reseco que si vuelvo demasiado rápidamente las páginas se me quedan minúsculos pedacitos de papel pegados en los dedos—, pero cuyo texto parece corresponderse palabra por palabra con aquel que mi padre tiene entre las manos, en la cárcel de La Plata.

En sus cartas mi padre copia, en castellano, pasajes enteros de *La Vie des abeilles —La vida de las abejas,* como él dice.

Es muy importante que él lo escriba de este modo pues, así como no tiene derecho a leer en otro idioma que no sea el castellano, tampoco tiene derecho a escribir en otra lengua, ni siquiera una palabra, ni una sola. En cuanto a mí, es lo mismo: cuando le escribo cartas no tengo derecho a deslizar en ellas ni una sola palabra en francés, por breve que sea. Pasa que nuestra correspondencia es requisada por los servicios de inteligencia de la cárcel, tanto las cartas que entran como las que salen, y nada debe escapárseles. Pero yo sé bien, claro, que el título del libro de Maurice Maeterlinck es *La Vie des abeilles* y que se divide en siete grandes secciones de las cuales la primera no se titula «En el umbral de la colmena» sino «*Au seuil de la ruche*»: un título que suena mucho más extraño a mis oídos, pero también mucho más lindo, en el fondo. Tengo el libro ante mis ojos, aquí estoy y puedo verificarlo todo. Por lo demás, los pasajes que mi padre me copia en español los encuentro sin mucha dificultad en mi pequeño libro de hojas amarillentas... del que a menudo se me quedan pegados trocitos minúsculos en los dedos, como una arena de papel.

Mi papá no se conforma con transcribir pasajes enteros de *La vida de las abejas;* también los comenta en frases muy complicadas que a veces, sin embargo, tengo la sensación de entender. Por mi parte, me cuido de embarcarme en largas exposiciones: tengo demasiado miedo de equivocarme. Solo trato de intercambiar alguna idea sobre las abejas, apenas para mostrarle que estoy jugando su juego y que evidentemente leo el mismo libro que él, como me lo pidió. Después yo misma copio en mi libretita, en francés, algunos de los pasajes que a mi papá le parecieron más interesantes, más hermosos o más misteriosos, y que a mí también me gustan. Como este comienzo de frase que subrayé antes mismo de que mi padre me hablara de él en una de sus cartas —quizá porque es uno de los raros pasajes que no tuve necesidad de releer como exprimiéndome las meninges, y desde la primera lectura entendí todo: *El azul es el color preferido de las abejas.*

Claparède

En el Blanc-Mesnil tuve que esperar más de un mes antes de empezar la escuela. Por eso una vez, cansada de quedarme todo el día sola en aquel barrio de la Voie Verte, acompañé a mamá a su trabajo. Fue a fines del mes de enero. Tomamos varios colectivos para llegar a París. Después, en París, muchos otros colectivos y metros; así durante todo el día. Sucede que mamá y Amalia se encontraron un trabajo raro. Acompañan a chicos que «están en tratamiento», como ellas dicen. Cada una por su lado va a buscar a estos chicos a sus casas en los barrios más lindos, a la otra punta de París, y los lleva a una casa grande llamada Claparède —que también se halla en ese sector de la ciudad en donde viven los chicos, y donde todo brilla. Después, cuando ellos terminan con lo que tienen que hacer, mi mamá y Amalia vuelven a llevarlos a su punto de partida. Así es su trabajo. A veces se cruzan, cada una con un niño, y cambian algunas palabras en la sala de espera de Claparède; pero solo al fin de la jornada, cuando están de vuelta en casa, se cuentan una a la otra sus idas y venidas.

Normalmente se desplazan con un solo niño por vez —de otro modo sería demasiado complicado. Porque aunque ellos ya no sean tan pequeños necesitan permanentemente que se los vigile. No solo cuando cruzan la calle, tomados de la mano de mamá o de Amalia. También bajo tierra, en los túneles del metro, estos chicos precisan un cuidado especial. Porque podrían tirar sin necesidad de una campanilla de alarma o arrojarse a las vías en el preciso instante en que el tren aparece como una tromba —y con una gran sonrisa, por lo demás. O bajarse los pantalones y agacharse a hacer caca delante de todo el mundo, sobre los escalones de una escalera mecánica, para después limpiarse con las manos —eso pasó una vez, mamá me lo contó. Lo cual no es tan peligroso como tirarse de cabeza a las vías tan pronto como el tren sale del túnel, claro, pero así y todo es muy molesto.

«Chicos con problemas», dice mamá. Necesitan vigilancia permanente: por eso ellas no pueden ir con más de un niño a la vez.

Pero, en aquel día del mes de enero, que yo acompañara a mamá hasta Claparède no sería ninguna molestia para ella. Aunque fuese con ella, no iba a ser en verdad *un chico más;* mamá sabía que nadie le reprocharía mi presencia. Porque en el ómnibus yo no me tiro al piso ni intento lamer las manos de las viejas poniendo ojos de loca; me porto muy bien, la gente de Claparède lo comprendería enseguida —mi compañía no iba a impedir que mamá hiciera correctamente su trabajo.

Así y todo es extenuante el empleo que encontraron; mamá y Amalia no tienen, como se dice, derecho a ningún error. Aun cuando ciertos chicos sean mucho más tranquilos que lo que ellas me anunciaran. Como ese rubiecito que fuimos a buscar a su casa, frente a una plaza hermosa en la que alguien había tenido la delicadeza de cubrir las plantas con pequeñas sombrillas transparentes para protegerlas del invierno.

Aquel chico tenía el pelo muy enrulado y cachetes blancos y rojos, como salido de un libro de cuentos rusos que yo había leído una vez; y no decía palabra. Cuando llegamos a su casa ya estaba esperándonos muy quieto, sentado en una silla de la entrada, al pie de un enorme espejo. Ya tenía puesto un sobretodo, y hasta un gorro y un par de guantes muy gruesos. Tan pronto como nos abrieron la puerta mi madre se disculpó ante una señora elegante, *lo lamento, madame, he venido con mi hija.* Pero ella le dijo que no tenía importancia. Y enseguida agregó que, al contrario, la novedad parecía gustarle mucho a Antoine —porque así se llamaba aquel chico tan rubio. *Es verdad,* dijo mi madre en castellano cuando ya habíamos salido de nuevo a la plaza, *parece que a Antoine le encanta que estés aquí.*

No bien subimos al primer metro, Antoine fue a sentarse en un estrapontín, apretando los codos contra el cuerpo como para ocupar el menor espacio posible. Al verlo, y aunque él no dijera nada, me pareció entender que me invitaba a sentarme a su lado, y así lo hice. A mí también, claro, me gustan los estrapontines. Lo bueno de esos asientos es que no tenés a nadie enfrente.

Antoine no me dijo nada durante ese primer trayecto. Casi ni se movió en su asiento: solo miraba hacia delante, como jugando a las estatuas. Sentada allí a su lado, yo tampoco hablé ni me moví mucho más —y sin embargo nada parecía molestarlo, todo lo contrario.

Luego tuvimos que hacer transbordo en una estación cuyo nombre he olvidado, pero cuyo túnel tenía la forma exacta de una rodaja de pan gigante. Al subir al segundo tren corrimos a sentarnos en dos estrapontines, el uno junto al otro. Y, como en el tren anterior, Antoine hizo bajar el suyo con un simple golpe de nalgas —como si quisiera, pensé yo, limitar sus movimientos a lo estrictamente necesario. En todo caso, Antoine había logrado inventar una técnica propia que dominaba a la perfección.

Fue en ese segundo tren cuando Antoine sacó de su bolsillo un caracol marino que tenía en el fondo escondido un caramelo, y empezó a hurgarlo con la lengua. Pensé que era una idea rarísima esconder un caramelo dentro de un caracol de mar; nunca había visto golosinas así. Pero entonces, sin una sola palabra, Antoine hizo algo que me sorprendió tanto como pareció asombrar a mamá: sin mirarme, apenas con un movimiento de su brazo hacia el costado, me acercó otro caracol, que por lo visto me regalaba. También este tenía un caramelo incrustado en el fondo, pero era de un color distinto. Tomé el caracol e imité a Antoine. Y a él pareció provocarle un extraño placer que, lado a lado, cada uno en su estrapontín, los dos pasáramos la lengua por dentro de un caracol brillante de azúcar; el suyo era casi del color de su pelo.

En la sala de espera de Claparède, sin mirarme tampoco entonces, me regaló otro más; en verdad, tenía los bolsillos llenos. Para saborearlo esperé que estuviéramos de nuevo en el metro, de regreso a su casa, de nuevo lado a lado en dos estrapontines.

Pero debo confesar que la mayor parte de los chicos que van a Claparède son mucho más inquietos que Antoine. Como uno que no para de mover los brazos. Pareciera que quiere apartar cortinas invisibles en las que ha quedado atrapado o espantar una insoportable nube de moscas. Pero a su alrededor no hay cortinas ni moscas: solo sus brazos que golpean en todas direcciones. He asistido al espectáculo una vez sola, pero parece que ese chico hace siempre lo mismo, mueve los brazos sin parar. Ya no sé cómo se llama; quizás aquel día nadie lo llamó por su nombre, a no ser que lo haya olvidado. Sin embargo de él me acuerdo perfectamente, como de esas muecas de dolor que le deformaban la cara y que, según su madre, nunca lo dejaban en paz —a causa de esos insectos y de esas cortinas que, aunque fueran invisibles, siempre le hacían tanto daño.

Cuando a mi madre le tocó ocuparse de ese chico, el día en que yo la acompañé, tuve que mantenerme a distancia, tanto en el ómnibus como en la sala de espera de Claparède. Aunque ya lo conociera, mi madre tampoco parecía muy segura con él. Y la noté muy aliviada cuando al fin consiguió dejarlo de nuevo en su casa en manos de otra señora que tomó su relevo; parecía extraordinario que no hubiese ocurrido nada durante todo ese tiempo pasado con nosotras, con esos molinetes de sus brazos que nunca querían detenerse. Que todavía tuviera puestos sus anteojos enormes, además. Porque no había dejado de lidiar contra cortinas e insectos imaginarios, y de sufrir enormemente en la batalla; pero los anteojos estaban aún sobre su nariz. E intactos, por si fuera poco.

Eran apenas las cinco de la tarde y ya se había hecho de noche cuando fuimos a buscar a Paul, el tercer chico. Lo encontramos solo en su casa, pero evidentemente estaba acostumbrado. Cuando nos abrió la puerta, Paul en sus pies solo tenía sus medias y sostenía en su mano izquierda la pierna de un robot, roja y azul. *Ponete unos zapatos y un sobretodo,* le pidió mamá. Entonces lo seguimos hasta su pieza, al fin de un largo corredor con paredes cubiertas de cuadros, al parecer muy antiguos. Era como un museo, salvo que allí no había nadie —nadie más que Paul, en medias, con una pierna de plástico en la mano.

El suelo del cuarto de Paul estaba como tapizado de juguetes rotos —autitos, trencitos y tractores, y sobre todo muñequitos, robots y superhéroes que muy raramente se veían enteros. Cabezas, piernas y pechos de plástico cubrían la alfombra. En el montón creí reconocer a Superman, al Hombre Araña y quizás a Goldorak, por lejos mi preferido. Pero célebres o anónimos, todos los héroes estaban hechos pedazos.

Paul primero se puso los zapatos y después fue a buscar el abrigo que había dejado sobre la cama, al otro lado del cuarto, colocando un pie delante del otro y casi sin doblar las rodillas, como un autómata. Tomó el camino más corto para alcanzar su abrigo, sin preocuparse de los muñecos y los héroes en pedazos que atestaban el suelo. Tanto a la ida como a la vuelta pasó por sobre varios de esos restos de muñecos que crujían bajo sus pies, pero sin prestarles la menor atención. Ni siquiera a una pierna roja y azul que aplastó con uno de sus botines, y que sin duda era el par de aquella que empuñaba cuando nos abrió —eso me dije una fracción de segundo antes de verla hundirse para siempre en la lana gris y enrulada que tapizaba el piso.

Lulú

Desde hace algunos meses voy a la escuela Jacques Decour. Estoy orgullosa: es mi primera escuela francesa.

Detrás de una reja, entre el barrio de la Voie Verte y el barrio de Quinze Arpents, hay varios edificios modernos, largos y bajos. Bueno, ahí es. A Jacques Decour van los niños de los dos barrios, pero también hay alumnos que vienen de unas casitas que hay detrás de la escuela, y que son bastante lindas. Hasta tienen, algunas, un pequeño jardín.

Para que me admitieran, tuve que pasar primero por el despacho de la directora, quien me hizo algunas preguntas a las que logré responder. Es cierto que la mayoría eran bastante fáciles —un poco como aquellas que mi profesora de francés me había hecho tantas veces en La Plata—, aunque después de tanto tiempo mis respuestas habían tenido que cambiar.

—Sí, pronto voy a cumplir once años.

Sin embargo, hasta el momento en que la directora dijo *bon, eh bien, d'accord, nous verrons si elle arrive à suivre,** no me sentí segura. Sobre todo porque, después de aquellas preguntas parecidas a las que Noémie intercalaba en nuestros juegos, la directora me había preguntado algo que no comprendí, aunque lo disimulé muy bien. Le contesté *oui* con una sonrisa, tratando de parecer siempre segura de mí misma. Por suerte ella se detuvo ahí.

Porque hay escuelas para los chicos que no hablan bien el francés. La directora no dejó de recordárnoslas al principio de aquella cita, pero mi madre le respondió algo que yo

---

* «Bueno, está bien, de acuerdo, veremos si puede seguir.» *(N. del T.)*

ya sabía: que eso estaba fuera de discusión, que ella no quería que fuera a esas escuelas. Porque confiaba sobre todo en la inmersión. Mi madre espera de mí que demuestre su teoría del «baño lingüístico», y que así me abra camino lo más rápido posible. Si ocurriera lo contrario se decepcionaría, y yo también. Creo incluso que me resultaría humillante después de todo lo que mamá me dijo acerca de la importancia de mi primer «baño de francés». Tenía que lograrlo.

En el patio de la escuela, sin embargo, trato de no hablar demasiado. Me cuido mucho de llamar la atención. No solo porque tengo miedo de entrar en una conversación que se me vaya de las manos, un diálogo en el que podría perder pie y que llevara a los chicos de Jacques Decour a decir a los adultos que, en mi caso, esa teoría del baño no funciona, que es necesario que me saquen cuanto antes de la piscina, sino también porque no me gusta mostrar mi acento. Me da vergüenza. Cuando me doy cuenta de que alguien lo percibe me siento como en esa pesadilla que tengo con frecuencia y en la que estoy de pie, al fondo de un ómnibus, y de pronto me doy cuenta de que me olvidé de vestirme y que he salido descalza y ahora no tengo más ropa puesta que la bombacha. Me doy cuenta, sí, pero no puedo remediarlo, y el ómnibus sigue adelante a toda velocidad, nada parece capaz de detenerlo, y me lleva no sé adónde, ineluctablemente. Aunque lo peor no es ignorar ese destino, sino que todos los pasajeros también se han dado cuenta y ahora tienen los ojos clavados en mí. Me han visto y, sobre todo, *saben*. Yo también sé que lo saben y en el fondo eso es lo más horrible: saber que ellos saben y no poder hacer nada. Sí, respecto de mi acento siento lo mismo que siento en ese ómnibus en que viajo tantas veces, dormida, cuando descubro en los ojos de los otros que también se han dado cuenta; y me gustaría de pronto desaparecer de allí, estar en cualquier otro lugar. Pero mi sueño en general termina con ese sentimiento de vergüenza, mientras que mi acento, después de la vergüenza, continúa. Eso es lo que me pone tan nerviosa y a veces también me enfurece tanto. Quisiera borrarlo, hacerlo desaparecer, arrancarlo de mí a este acento argentino. Por eso en Jacques Decour prefiero escuchar a los demás; no hablo sino cuando me preguntan algo o cuando realmente no tengo otra elección.

Pero tan pronto como me quedo sola, ante el espejo del baño, practico la pronunciación de las palabras más complicadas, esas con muchas erres, y vocales detrás de la nariz, y ges, y esas eses que chisporrotean entre dos vocales, haciendo cosquillas en todo el paladar —*arrosoir, paresseuse, gélatine, raison, raisin, raisonne*. Bien rápido practico la pronunciación de las «u» —*tu, tordu, mordu, pointu*— e incluso de las «u» solitas, uuuus muy largas que hago durar lo más que puedo, hasta que se me acaba el aire. Para poder pronunciar estas «u», en los tiempos de mis clases en La Plata, Noémie me había enseñado un pequeño truco: poner los labios como si fuera a decir «u» pero en cambio decir «i»: *Vas a ver, eso funciona.*

Y es verdad que funciona. Hay que hacerles creer a los labios que uno dirá una cosa y de pronto decir otra. Al principio, sí, es como tenderles una trampa. Resulta extraño descubrir que se los puede engatusar tan fácilmente: casi me decepciona que la trampa con forma de «u» cumpla tan bien su cometido. Pero poco a poco los labios se dejan llevar, aprenden a pronunciar la «u» francesa sin necesidad de engaño alguno. Espero que algún día se me vuelva una costumbre: sí, creo que voy a conseguirlo.

En la escuela Jacques Decour no hablo mucho; así y todo, ya me hice algunos amigos. Hacia el final de la primera semana, ya tenía tres: Luis, Ana e Inés. Aunque haya ingresado a mitad del año escolar y esté casi siempre en silencio, en los recreos estos tres chicos me piden que juegue con ellos.

Luis e Inés son portugueses, Ana es española; pero entre ellos hablan siempre en francés. Con ellos me siento menos incómoda al momento de hablar. Me parece más simple que con los otros chicos; siento menos vergüenza. Por sus familias, supongo, estarán acostumbrados a los acentos. A veces tengo la sensación de que formamos una pequeña banda. La banda del Barrio Latino del Blanc-Mesnil, como diría Amalia: esos somos nosotros, «los pibes del Barrio Latino». Yo soy el miembro más silencioso del grupo, pero la pasamos bien.

Como yo, mis amigos viven en los edificios que rodean la escuela. El de Luis queda al lado del gimnasio, muy cerca de Jacques Decour.

Cada mañana, antes de ir a la escuela, Inés y yo pasamos a buscar a Luis por la puerta de su edificio; aunque este se encuentre a pocos metros del portón de entrada, nosotras lo esperamos ahí. Sin necesidad de ponernos de acuerdo, muy pronto se nos ha vuelto una especie de cita. Las dos bajamos cada una de su casa más o menos a la misma hora. Nos encontramos en medio del pasaje, y vamos juntas a buscar a Luis. A veces también Ana se nos une a la entrada del edificio de Luis; pero ella, en cambio, viene por otro camino.

Luis tiene el pelo castaño muy oscuro, casi negro, lacio y sorprendentemente largo para un varón. Su voz es muy aguda y solo juega con las chicas. Por eso todos los chicos lo llaman Lulú..., eso los hace reír. *¡Eh, Lulú!*, le gritan. *Decinos la verdad, dale, ¿sos varón o nena?* Casi siempre es un tal Carlos el que abre fuego, un chico que vive en el mismo edificio que yo pero al que jamás le hablé. Carlos tiene siempre un grupito alrededor de él, cuatro o cinco chicos, siempre los mismos.

Por lo general Luis hace como si no los oyera. A ellos les gusta molestarlo y dar grandes carcajadas mientras Carlos, como alentando a su pequeña tropa, les reparte palmadas en la espalda. Luis sigue jugando al elástico o a la soga como si nada pasara. Nosotras las chicas lo imitamos, cerramos filas con él y seguimos jugando como si los varones no estuvieran ahí mirándonos, retorciéndose de risa. Pero ellos siempre vuelven a la carga. *¡Dale, Lulú! Decí, ¿nena o varón? Queremos ver, nos morimos por ver, ¡Lulita!* Y se ríen con más ganas, y a veces Luis se harta, y hasta se pone a llorar. *Basta, basta, ¡déjenme tranquilo!* Y después de las lágrimas a veces puede perder el control y ponerse a aullar, a pelearse a puntapiés con un enemigo imaginario, para caer de pronto de rodillas, como si ese adversario lo hubiera doblegado. Lo he visto hacerlo varias veces: es una imagen extraña la cólera de Luis, que al menos tiene el mérito de alejar a los burlones como si de pronto se hubieran aterrado de lo que acaban de provocar. Cuando Luis entra en ese estado, Inés es la única que puede calmarlo: lo toma por los hombros, *vamos, Luis, vení, no les des bolilla,* le dice, y se aleja con él. Ana y yo les vamos detrás. Me gusta mucho Inés. Me parece tan linda, con sus labios bien marcados, siempre rosados, casi rojos a veces, y su pelo castaño, largo y espeso.

Sin embargo, una vez me hizo poner triste.

Pasó así. No sé por qué razón se le había metido en la cabeza la idea de preguntarme sobre mi país de origen. Quería saber si yo también era española, como Ana.

—No, yo vengo de la Argentina.

—Y dónde queda eso.

Inés no había escuchado jamás hablar de ese país. Ni tampoco de América del Sur. *Et c'est où, ça?* Después me preguntó cómo había hecho para venir hasta Francia, por dónde había pasado para terminar en este barrio en mitad del año escolar.

Se sorprendió mucho al escuchar que yo había tomado un avión: me miró con unos ojos redondos y enormes. Tuve miedo de haber pronunciado mal la palabra por culpa de esas vocales de detrás de la nariz que todavía se me resisten, sobre todo si me emociono —y estas preguntas de Inés, no sé por qué, me han hecho venir lágrimas a los ojos. Cuando tengo que hablar *de verdad* ante los demás, resulta siempre más difícil que ante el espejo del baño; y, ante los ojos sorprendidos de Inés, ya no me queda más que un hilo de voz, como un balido. Tengo miedo de que ella haya escuchado algo parecido a *lavionne,* de modo que repito la frase, roja de vergüenza o quizá de furia contra mí misma, ya no sé, y le agrego algunos gestos. Por fin levanto el dedo índice en dirección a las nubes, hacia el cielo de nuestro barrio, y hago una última tentativa: *Oui, l'avion, là-haut.*[*]

—¿En avión? —desconfía Inés—. Ja, eso sí que es raro. Luis y yo vamos siempre en auto a Portugal. Y Ana también, ella siempre va en auto a ver a sus abuelos. ¿No es cierto, Ana? Es muy caro el avión...

Trato de explicarle entonces que yo no habría podido hacer ese trayecto por tierra, que si no hubiera tomado el avión habría debido venir en barco —un viaje que habría durado muchísimo.

—La Argentina está muy lejos. Al otro lado del mar.

Al ver su cara de sorpresa, una vez más recurro a los gestos: finjo dibujar sobre un globo terráqueo imaginario el camino que me condujo al Blanc-Mesnil.

—La Argentina está abajo de todo.

A la mañana siguiente, Inés no estaba esperándome en la puerta de su casa. Sorprendida, fui caminando sola hacia el edificio de Luis. Y recién cuando llegué a la entrada del edificio al fin los vi a los tres, a Luis, Inés y Ana: estaban ya en el patio de la escuela, al otro lado de la reja. De común acuerdo habían ignorado nuestra cita.

---

[*] «Sí, el avión, allá arriba.» *(N. del T.)*

131

Ya en el aula, me di cuenta de que Inés tenía una actitud extraña. Como también Luis. No miraban nunca hacia donde yo estaba, parecían hacer como si no existiera. Solo Ana, desde la otra punta del salón, volvía sus ojos hacia mí de tanto en tanto. Yo no habría sabido decir si parecía intrigada o afligida; para mí lo único seguro era que ya no me miraba como siempre.

En el patio, fue Inés quien se me acercó. Parecía muy enojada.

—Es mentira lo que dijiste ayer.

—¿Qué?

—Lo del avión, el barco, todo eso. La Argentina no está tan lejos.

—Pero...

—¡Nada! ¡Sos una mentirosa! Dijiste eso para hacerte la interesante. Y no sos más que una fanfarrona.

—Pero no...

—¡Pero sí! A la Argentina fue mi papá, nena. ¿Y sabés qué? Para ir hasta allí le bastó tomarse un tren y después el metro. ¿Querías tomarnos el pelo con esa historia del avión? Queda acá nomás tu país, mucho más cerca que nuestros países.

Yo ya no podía hablar. Me había quedado dura allí, como una idiota, mirándola en silencio.

—¡El avión! ¡Desde el otro lado del mar! Dijiste eso, ¿no?

Tomó a Luis por los hombros, y se alejaron así, juntos, a jugar al elástico. Ana, que había presenciado la escena, se fue tras ellos.

Yo tenía ganas de llorar.

¿Cómo explicarles?

Después yo también me acerqué, y le hice entender a Ana con un gesto que quería reemplazarla en un extremo del elástico. Es aburrido tener un extremo del elástico y sabía que ella, como yo, detestaba hacerlo.

Ana miró a Inés, e Inés se encogió de hombros como diciendo que, aunque no era más que una mentirosa, para eso daba igual... En realidad me necesitaban, pero fue como si me hicieran un favor: yo les daba lástima.

Creo que el elástico es un buen consejero. Justo en el momento en que sonó la campana, de pronto, tuve una idea.

—¿Te acordás, el año pasado, del fútbol...? ¿El Mundial de mil novecientos setenta y ocho? Preguntale a tu papá. Fue en ese país de allá abajo, en la Argentina, donde se jugó el último Mundial.

También entonces hice gestos para estar segura de hacerme comprender. Y pateé varias veces una pelota imaginaria mientras repetía esa palabra, *fútbol*.

Al día siguiente, Inés me esperaba en medio del pasaje, como siempre. Me uní a ella y empezamos a caminar en silencio hacia el edificio de Luis.

—Tenías razón con eso de la Argentina. Mi padre lo vio por la tele, hubo un Campeonato del Mundo allá.

Me lo dijo antes de llegar a la reja de la escuela, y después se lo repitió a Luis y a Ana tan pronto como estuvimos juntos, en el patio.

—No mintió en eso de la Argentina. Es un país que existe de verdad. Y también es cierto que allá juegan al fútbol.

La quinta foto

Mi papá solo puede tener cinco fotos en su celda. Así lo dispone el reglamento de la prisión. Y tienen que ser fotos de personas a las cuales lo una un vínculo de parentesco del que haya dado pruebas. Las autoridades de la prisión quieren saber quién es quién y por qué mi papá pretende tener esas imágenes consigo. No le dan derecho más que a estas únicas fotos, sea cual fuere su tamaño. Pueden ser pequeñas, minúsculas, no importa: solo puede tener en su celda cinco fotos, ni una más.

Creo que fue siempre así, solo que yo no lo sabía. Hasta ahora, ese asunto de las fotos nunca pareció ser importante. Nunca había escuchado hablar de eso, en todo caso. Pero desde hace algún tiempo, en sus cartas, mi padre vuelve al tema una y otra vez. Antes de despedirme hasta la semana que viene, desliza siempre un largo párrafo sobre la foto que espera: ... *como ya te dije, tengo derecho a cinco fotos. Y como no tengo más que cuatro, podés mandarme una tuya: esa sería mi quinta foto.*

Hace ya casi dos meses que la espera, *pero vos nunca me la mandás y no entiendo por qué.* En esta quinta imagen, que completará y cerrará su colección, él quiere que yo aparezca con mi madre —*será como tener dos fotos en una.* Papá quiere también que se vea el paisaje, *pero no mucho, porque en ese caso ustedes dos saldrían muy chiquitas, y yo quiero ver bien tu cara y también la de tu madre.* Además quiere que esta foto la tomemos cerca del lugar en que vivimos, a la entrada del edificio, por ejemplo, para poder imaginar un poco nuestra vida. O dentro del departamento. Pero que también en ese caso nos cuidemos de no salir muy chiquititas en la foto, insiste mucho en eso. Y también en que no se vea a nadie más... porque bastaría la sombra de un desconocido para que la foto le fuera confiscada.

¿Y este quién es? ¿Quién es, eh? ¿Te creés que somos boludos? Eso le gritarían, sí, y le arrancarían inmediata y rápidamente su quinta foto. Sin que él llegara a verla siquiera... Por eso hay que observar prolijamente esta regla: en la quinta foto no debe aparecer ningún desconocido, ni de paso, ni como invitado sorpresa.

En su última carta, papá parecía ya muy enojado conmigo. *¿Pero vos entendés que no puedo más con esta espera? ¿Por qué no me mandaste nada todavía? ¿Por qué no me decís nada, ni siquiera la mencionás? ¿Por qué hacés como si no te hubiera pedido nada?*

Ya nos sacamos varias fotos, mamá y yo, y hay algunas en las que se nos ve juntas. Además, le pedí que posara junto a mí considerando, justamente, cómo debería ser esa quinta foto que mi padre espera. Fue Amalia quien nos las sacó, ni de muy cerca ni de muy lejos, en un ambiente familiar pero despojado de toda otra presencia. Hay una en que se nos ve delante del arenero de la Voie Verte, donde juegan los niños; hay otras en que posamos en un jardín cubierto de nieve fresca. Son mis preferidas a causa de todo ese blanco espumoso que nos rodea, como si alguien hubiese arrojado una manta de algodón a nuestros pies.

Pero, cuanto más las miro, más me cuesta decidirme. Tengo un bloqueo con este asunto de la quinta foto. Mi padre no para de reclamar, no se rinde. Pero yo no le mando nada.

Algo que me gusta mucho, en las cartas que nos escribimos mi papá y yo, es que a veces logro olvidar dónde está él, y me pongo a hablar de las abejas y de los colores a los que son sensibles. Me encanta el tema. *¿A vos qué te parece? ¿Por qué prefieren el azul? ¿Y cómo se habrá dado cuenta el señor Maeterlinck?* Le hago a menudo las mismas preguntas. *Decir que uno sabe cuál es el color preferido de un insecto... es arriesgado, ¿no te parece? Y si lo que dice vale para las abejas de aquí, ¿será igual para las abejas de allá? ¿Y para todas las abejas del planeta?* En mis cartas, muchas veces escribo las mismas cosas, pero sé que no tiene demasiada importancia. En todo caso, mi papá no me reprocha que vuelva constantemente con las mismas preguntas, como si le gustase la repetición; aunque siempre sean las mismas preguntas, él se esfuerza por darme respuestas distintas cada vez, busca argumentos siempre nuevos para tratar de convencerme acerca del azul. Y así, como sin quererlo, hemos entretejido un verdadero debate sobre el tema. A papá le interesa realmente esta discusión que se nos ha vuelto también, poco a poco, una suerte de juego: nuestro juego preferido, por lo visto.

Según él, muchas experiencias pudieron haber permitido descubrir que el azul es el color preferido de las abejas. *Quizás hayan plantado, por ejemplo, alrededor de una colmena macizos de flores de muchos colores, en lugares apartados entre sí, y luego hayan obligado a las abejas a quedarse en la colmena varios días para liberarlas de repente y ver en qué dirección volaban todas.* Esa fue la primera respuesta que me dio, pero yo volví a la carga con mis dudas. *El experimento de los macizos de flores no da resultados seguros. Aun cuando las abejas se hayan arrojado en masa sobre las flores azules. ¿Cómo saber que las preferían por su color azul y no por su perfume? No, ese experimento no sirve; las flores azules no pueden probar nada.* Estaba extrañamente orgullosa de haber encontrado esa objeción, y contenta también de que él me reconociera, en la carta siguiente, que me había sumado un punto. *Tenés toda la razón, las flores azules no bastan como prueba.* Pero papá tampoco se rindió. *Por otro medio, los científicos pueden haber confirmado que ese era el color que las había atraído. Después*

136

de la experiencia de los macizos de flores, pueden haber creado puntos de referencia de muchos colores en un mismo campo. Postes o banderines completamente azules y desprovistos de olor. Esta vez fue él quien se apuntó un poroto. *Comprendo, de acuerdo. Pero, no sé por qué, todavía no me convenzo.* Por lo demás, habría que hacer estos experimentos con todas las abejas del mundo: ese es mi argumento más fuerte. *¿Y si en alguna parte del planeta hay una especie de abejas que no coincide con las demás?* Mi padre sentencia que uno siempre tiene derecho a imaginar, pero que él le cree al autor de *La vida de las abejas: Maeterlinck dice que les gusta también el fucsia y el amarillo, pero el color que prefieren es el azul; sobre este punto, según Maeterlinck, no hay discusión. Y él conocía muy bien a las abejas. Si algún día tenés la oportunidad de comprobarlo por vos misma, vas a concluir que el azul es el color que más les gusta, seguro. Siempre, en cualquier circunstancia, en cualquier parte del mundo. Eso dice Maeterlinck, y yo le creo.*

Adoro hablar de esto con papá, siempre busco argumentos nuevos para lanzarme una vez más al debate. Aun cuando en el fondo yo también, desde hace mucho, esté convencida de que el azul es el color que las abejas prefieren. No lo admito todavía, pero hace mucho que papá terminó por convencerme.

Es el color azul que las abejas aman por sobre todo, el azul tierno... Maeterlinck sabe de qué habla, pasó mucho tiempo estudiándolas. En su libro recuerda un viaje que hizo a Holanda, un viaje que evoca como un recuerdo lejano; quizá fuera un niño en esa época. No dice nada sobre la edad que tendría por entonces, pero afirma que fue en ese país donde vio las primeras colmenas, en una región plena de colores vivos, *con armarios y relojes que brillan al fondo de los corredores.*

En ese rincón perdido de Holanda, Maeterlinck conoció también a un anciano, su primer maestro en materia de abejas. Y escribió sobre él cosas muy raras. *Era una suerte de viejo sabio que se había retirado allí donde la vida podía pare-*

cer *más estrecha que en otros sitios, si fuera posible estrechar tanto la vida.* Busqué en el diccionario todas las palabras que no entendía de las páginas que se refieren a ese anciano, no quería que nada suyo se me escapara. Hice así una larga lista de palabras francesas nuevas: *pignon, enluminé, ouvragé, versicolore* y muchas otras: *pont-levis, vernissé, étain, faïence* —y paro aquí. Sé de memoria todo lo que se refiere a ese anciano holandés, conozco como si lo hubiera visto el muro blanqueado de su casa contra el cual había instalado sus colmenas. Fue él quien le habló a Maeterlinck del azul y las abejas. Y el anciano, por supuesto, sabía de qué hablaba —más que nadie, incluso. Todas esas palabras que copié en mi libretita se encuentran en la primera parte del libro de Maeterlinck, titulada *«Au seuil de la Ruche»*, mi preferida.

Pero desde hace algunas semanas, a pesar de las abejas, ya no puedo olvidar que mi padre está en prisión. Está en la cárcel, y solo tiene derecho a cinco fotos. A veces tengo la impresión de que por eso mismo no le mando nada.

En su celda, papá no puede tener más que cinco fotos, y solo le queda un lugar libre.

Cuanto más me lo repite, más me angustia.

Siempre vuelve sobre el tema, con más detalles aún. Antes de terminar cada carta, incluye un párrafo cada vez más largo sobre la quinta foto que yo le hago esperar.

Mi papá agrega muchas precisiones sobre la foto con que sueña, al punto de que a veces tengo la impresión de haberla visto: *... para que pueda ver tu cara, la de tu madre y un poco de lo que ahora las rodea, habría que hacer una especie de plano americano madre-hija. ¿Vos sabés lo que es un plano americano?*

Y no deja de asombrarse, cada vez más molesto. *Una vez más he recibido carta tuya, pero ninguna foto, ¿por qué?*

Pero es que yo también me lo pregunto.

¿Y si me equivoco al elegir la última foto? ¿Si la foto no le gusta, si no es bastante linda? ¿Tendrá papá derecho de volver a dejar libre un casillero, para que yo le envíe otra? ¿Me darán una segunda oportunidad?

Y en todo caso... Supongamos que elijo mal la quinta foto pero me dan derecho de enviarle otra: ¿qué harán con esa foto que no cumplió con sus expectativas? ¿La romperán? ¿La tirarán? ¿La quemarán? ¿La cortarán en mil pedacitos con grandes tijeras puntiagudas? ¿Y quién hará todo eso, eh? ¿Un guardiacárcel? ¿La señora que se ocupa de requisar a las mujeres, esa que se peina siempre con un rodete muy apretado en la coronilla? ¿Qué hará ella los días en que no hay visita? ¿En qué pasará el tiempo los días que no son jueves?

A eso, quizás: a hacer desaparecer fotos. Es muy probable.

Pero no me atrevo a preguntarle esas cosas a papá; tengo miedo de entristecerlo, como esas mismas preguntas me entristecen a mí. Y el quinto lugar queda siempre vacío.

Ya es tiempo, sin embargo, de que le mande la foto perfecta, la foto ideal, la imagen digna de ser su quinta y última foto. Aquella que naturalmente se impondría, la que él jamás pensaría en hacer desaparecer para reemplazarla por otra.

Cada lunes a la noche, sin embargo, al momento de cerrar el sobre en que he deslizado mi nueva carta a papá, vuelvo a dejarla sola, sin la foto reclamada tantas veces —como hoy, que es lunes. Sé que se enojará un poco más conmigo, pero no puedo hacer otra cosa.

También me gustaría que se lo pidiera a mamá. Pero ellos casi no se escriben, y esto es algo que yo sé sin conocer del todo las razones. También por eso no le mando nada, y hago como si este asunto de la quinta y última foto no existiera —aunque no dejo de pensar en ella.

No me atrevo a abrir la carta de papá que recibí ayer a la noche, porque de antemano sé que protestará, más aún que hace una semana, claro. Su carta semanal acaba de llegar; me escribió, como de costumbre. Pero tengo miedo de sacarla del sobre.

Como todos los sobres que vienen de la Argentina, tiene franjas azules, oblicuas, que forman una especie de marco alrededor de la dirección. Y la inscripción VÍA AÉREA en mayúsculas, arriba, a la derecha.

Tuberías

En el living de nuestro departamento, las paredes están cubiertas de un papel pintado con formas geométricas. Amarillo, anaranjado y marrón. *Es la moda de aquí,* me había dicho mi madre cuando entré por primera vez en aquel departamento del Blanc-Mesnil. No me había animado a preguntarle qué significaba aquel *aquí.* ¿Habría una moda exclusiva del Blanc-Mesnil? El diseño geométrico hace pensar en cañerías, en cientos de tuberías que rodean el living. O todo el departamento, mejor dicho, porque no hay ni un sitio libre de esas tuberías pintadas.

En la pieza de mamá, así como en la pieza de Amalia, muy cerca de la entrada, se ve ese mismo empapelado, aunque con una diferencia: cuando las cañerías son anaranjadas el papel es rugoso, como si las garras de un gato lo hubieran arañado, dejando sobre ellas pequeños rayones violetas. Pero no está dañado, no: es apenas una variante.

Aquella primera vez que entré al departamento mamá me señaló los muros del living con aire de desolación. Después alzó los ojos hacia el cielorraso del living y el de la pequeña cocina: porque hay tuberías pintadas por todos lados, hasta en los baños. *¡No pongas esa cara! A mí también me pareció horrible la primera vez. Es cuestión de costumbre, ya vas a ver.* No hay una sola pared blanca en el departamento, apenas los zócalos y las puertas se han salvado de los tubos, y tampoco del todo: alguien ha creído necesario llamar la atención sobre el centro de cada puerta, pegando allí un rectángulo del papel que muestra las tuberías que hay adentro, ya que nunca dos habitaciones contiguas lucen el mismo empapelado.

También es así en mi cuarto. Pero en cuanto a los tubos creo que tuve suerte: los míos son casi iguales a los que hay en el living, solo que color crema. Me alegra haberme salvado de las garras de gato.

En el living con tuberías de mi nuevo hogar, mientras espero que mi mamá y Amalia terminen sus trajines con los chicos de Claparède y me cuenten las aventuras del día —preguntándome si alguno las habrá mordido hoy, ya que al menos dos veces se han salvado por un pelo—, miro mucha televisión. Mamá dice que es un buen modo de familiarizarme con la lengua francesa. Invocando la teoría de siempre: la inmersión.

De la televisión no entiendo mucho. En general hago todos los esfuerzos que puedo por seguir lo que se dice. Pero a veces hago exactamente lo contrario: trato de entender lo menos posible para que los sonidos que salen del televisor me envuelvan como una música. Y puedo quedarme así mucho tiempo, dejándome acunar por la música de la lengua francesa —negándome a lo que quieren decir las palabras, interesándome solo por la melodía, por los movimientos de labios de todas esas personas que logran esconder vocales detrás de su nariz y sin el menor esfuerzo, sin pensarlo, *¡pum!*, dicen —*an, un, on*—, y todo parece tan simple —*en, uint, oint*—. Escucho, admiro, aprecio. En un sitio dentro de mí producirá algún efecto. Y la idea del «baño lingüístico» de pronto no me basta, quiero ir mucho más lejos: quiero hundirme en esa lengua para siempre, quiero estar *adentro*. Comprender cada sonido, del primero al último. Que las vocales de detrás de la nariz me revelen de una vez todos sus secretos —que vengan a alojarse en mí en un lugar nuevo, un rincón que no conozco aún pero que me descubrirá el itinerario que siguen, el mismo itinerario que recorren en todos los que las pronuncian sin tener necesidad de pensarlo tanto.

Lo que más me gusta son el noticiero y los debates políticos, sobre todo cuando participa Georges Marchais. Me quedo como encantada cuando su cara aparece en la pantalla; él también hace muchos gestos, grita, se enoja y se pone muy colorado.

Un ojo de muñeca

En la escuela Jacques Decour hay una chica, Astrid, que juega cada vez más seguido con nosotros. Al principio no era más que una amiga de Ana, pero ahora ya parece una más de nuestro pequeño grupo, y a veces me animo a hablar con ella. Astrid es realmente francesa: eso es lo bueno. Estaba tan contenta el día en que se lo anuncié a mamá.

—Y sin embargo no es muy francés ese nombre, Astrid. ¿Estás segura de que es francesa? ¿Cómo es su apellido?

Me decepcionó un poco saber que su nombre no era de aquí, y dudé antes de decirle a mamá cuál era su apellido; tenía miedo de que me confirmara que, como todos nosotros, Astrid venía de otra parte.

—Se llama Bergougnoux, Astrid Bergougnoux.

—Ah, entonces no cabe duda. Tenés razón. Es francesa. No podría ser más francesa... ¡Bergougnoux!

Qué orgullosa me puse. Al fin tenía una amiga francesa, una chica de mi edad. Había encontrado a una francesa de verdad, y hasta habíamos hablado, Astrid y yo. Mi experiencia con Antoine, el día en que acompañé a mamá a Claparède, había sido completamente silenciosa, no contaba. Me había encantado estar sentada a su lado en los estrapontines del metro, y también sus rulos rubios, pero, en términos de «inmersión», no me había hecho avanzar un solo paso. Necesito que me hablen, y escuchar todas las palabras posibles para poder guardarlas dentro de mí.

Desde que confirmé que no caben dudas sobre los orígenes franceses de Astrid, cada vez que abre la boca pongo mucha atención a todo lo que dice; su francés es forzosamente más auténtico que el de los demás, un francés de primera agua. Un francés Bergougnoux —quién puede dudarlo— es un francés que viene transmitiéndose de padres a hijos desde hace generaciones, quizá desde la misma noche de los tiempos. Imposible saber a qué profundidad llegan las raíces de esa lengua.

Además es muy linda Astrid. Mucho más linda que Inés. Su piel es clara y resplandeciente, como si su cuerpo estuviera iluminado por dentro. Tiene pequeñas manchas doradas en las mejillas, a uno y a otro lado de la nariz, y manchas sonrosadas dispuestas en dos semicírculos que se remontan hasta las sienes y parecen dibujar sobre su piel una sonrisa permanente. Así, cuando está contenta, parece que tuviera dos sonrisas: la de sus labios y la que dibujan esas manchas de rubor, apenas por encima. Y todo combina tan bien con su nariz ligeramente respingada. Si no fuera por el ojo, Astrid sería la chica más hermosa del mundo.

Astrid tiene también el pelo largo y castaño, y en esa cara blanca y siempre sonriente, esa cara capaz de sonreír doblemente, unos ojos grandes y verdes en forma de almendra. Al verla por primera vez, uno se dice que mi amiga es la misma belleza. Pero si la mirás más atentamente, notás que algo desentona; *qué pena, pero qué pena,* pensás enseguida.

Pasa que de sus lindos ojos, en realidad, uno solo es verdadero. El otro ojo es de vidrio. Como una de esas bolitas con que jugamos en el patio.

Pero la bolita verde de Astrid está muy bien hecha, el ojo de vidrio es exactamente del mismo color que el que le queda, y tiene algunas pequeñas vetas azules en el interior —exactamente como el otro, el verdadero. Hay que mirarla de cerca para darse cuenta de que el ojo es falso, que fue fabricado íntegramente y pintado como se pintan los ojos de una muñeca —y que ese ojo no cambia nunca, permanece siempre igual a sí mismo: eso es lo que delata que no es un ojo de verdad.

Parece que Astrid perdió el ojo anterior, el que tenía antes de que le encastraran esa perla de vidrio en la órbita, por pura casualidad. Ana me lo contó en un recreo, en el patio. No le había preguntado nada pero, como notó que el ojo de Astrid me llamaba la atención, entonces vino hacia mí y me dijo: *Astrid tiene un ojo de vidrio. ¿Y sabés por qué? Porque se cayó por la escalera.*

Me pregunté cómo podía haber pasado, y desde que Ana terminó de hablar no he dejado de imaginar la escena: Astrid, con su pelo largo, pierde el equilibrio en lo alto de la escalera de la escuela —no sé si pasó en la escuela, pero es ahí donde me la imagino—; Astrid cae rodando hasta el más bajo de los escalones, golpeándose con cada uno de ellos a toda velocidad, primero en la espalda, luego en un hombro, después en la cabeza; y cuando por fin termina abajo, sobre el felpudo marrón y verde, uno de sus ojos salta de su cara como impulsado por un resorte. Pero el resorte se rompe, y así la caída de Astrid da por resultado un agujero rojo en lugar de uno de sus ojos tan lindos. Astrid llora y sangra. Y al mismo tiempo pareciera que sonríe con esas manchitas rosadas que suben hasta sus sienes formando dos grandes semicírculos por delante de las orejas.

Ahora, cuando Astrid me habla, al tiempo que me concentro en beber del manantial de su francés Bergougnoux, no dejo de mirarle esa bolita verde y azul. Sé perfectamente que es el otro ojo el que le permite ver, y que debe de fastidiarla que yo le mire todo el tiempo esa esfera de vidrio que solo sirve para tapar un hueco, pero no puedo hacer otra cosa. Porque siempre es igual a sí misma: la pupila, inmóvil, luce como una pequeña mancha de tinta, perfectamente redonda; los pequeños trazos azules sobre el fondo tan verde tienen siempre el mismo brillo. Nada se mueve en ese ojo. El ojo de Astrid me hace bien.

¡Queremos la yapa!

Es verdad que ese día la carne del comedor estaba buena. Sobre eso todos estuvimos inmediatamente de acuerdo. Apenas olimos el humito que venía de la cocina nos volvimos locos. Además, como si fuera poco, sirvieron nuestra mesa antes que ninguna otra; una posición ideal para pedir más pedazos de carne, si es que quedaban restos en la cocina. Eso casi siempre pasa, *¡pero para poder pedir segunda vuelta tienen que estar bien vacíos los platos de toda la mesa!* Por eso, cuando la comida está buena, no bien terminan de servírnosla empezamos a comer a toda velocidad. Nunca falta el compañero que nos recuerda lo que tenemos que hacer: *¡Vamos, al ataque!* Y atacamos, sí: en menos de lo que canta un gallo limpiamos a toda velocidad los platos para reclamar *du rabe, ¡la yapa! ¡Queremos la yapa,* madame*!* Gritamos tan fuerte como podemos y blandimos nuestros platos vacíos por sobre las cabezas para llamar la atención de las señoras de servicio. Cosa que hay que hacer rápido si uno no quiere que otros nos birlen la yapa. Es casi una carrera. Incluso de entrar en el comedor, cuando sabemos que hoy hay papas fritas o fideos gratinados, nos preparamos —porque también los demás sueñan, sin duda, con pedir *du rabe.*

Me gusta mucho esa palabra, la primera, creo, que aprendí en Jacques Decour. En *rabe,* la e muda del final es más muda que de costumbre, y en ciertos casos llega a desaparecer del todo. Cuando corremos esa carrera por la yapa, pronunciamos la palabra cortando la respiración en la be, como para que todo sea más rápido, para poder repetirla muchas veces antes de que los demás empiecen por su lado a gritar *¡*Du rab, du rab, *queremos* du rab, *aquí!*

Aquel día en particular la competición se anunciaba feroz: por una vez era carne lo que nos lanzaba a la batalla. Ni papas fritas ni fideos, sino unas rodajas de carne muy finas y perfectamente redondas, bañadas en una deliciosa salsa beis y cubiertas de un delicado rocío de perejil picado. Fue aquel conjunto lo que nos decidió a competir desenfrenadamente, creo. Bastó que la señora dejara los platos sobre esa bandeja color naranja que hay al centro de la mesa para que nos echáramos cada uno encima del suyo —había que darse prisa, la carrera empezaba.

Como todos nosotros, Dalila devoró en pocos segundos su porción para ganar la carrera por la yapa: es importante actuar con espíritu de grupo. A veces hay chicos que se resisten a hacer como los demás y comen a un ritmo normal, pero no ocurre con frecuencia. Ya que, si en una mesa que acaba de lanzarse a la carrera alguno se distrae jugando con el tenedor, por ejemplo, los otros enseguida lo llaman al orden: *Pero apurate, ¡dale!* En fin: no es el caso de Dalila. Como todos nosotros, no tenía ninguna gana de que nos birlaran el primer puesto. Había sido una de las primeras en sacudir su plato por encima de la cabeza mientras gritaba *¡La yapa, la yapa, señora, acá, nosotros!* Y aún gritaba desgañitándose, cuando otra señora de servicio apareció con un plato lleno de huevos duros. Entonces comprendió.

Porque, siempre que nos sirven cerdo, también hacen huevos duros para los musulmanes. Pero ya era demasiado tarde. Cuando la señora de los huevos duros entró en el comedor, Dalila no solo se había comido ya su porción de carne, sino que había limpiado los restos con un pedazo de pan: el plato que acababa de sacudir por encima de su cabeza se veía perfectamente blanco. Dalila había devorado todo, hasta las hojas de perejil. Y por si fuera poco, le había gustado muchísimo: no había parado de dar grititos de contento, lo había disfrutado de verdad.

Pero, no bien vio los huevos duros en el plato plateado, Dalila cambió por completo. Se echó a llorar. Y ya no fue su plato sino todo su cuerpo lo que empezó a sacudirse entre hipos y sollozos. Volcó de pronto la cabeza entre las piernas, como queriendo vomitar aquella carne que instantes atrás había festejado tanto. Pero no conseguía hacerlo; del cuerpo de Dalila no salían más que lágrimas.

Había comido cerdo. Había comido un pedazo de puerco, y para colmo, lo había celebrado ante todos los demás.

Todos en nuestro grupo nos habíamos quedado mudos, y poco a poco fueron haciendo silencio cuantos nos rodeaban: la carrera por la yapa se había detenido espontáneamente. Algunos chicos incluso empezaron a salirse de su sitio, hacían a un lado el tenedor y se acercaban a ella, como si quisieran entender el misterioso accidente. Por su parte, los chicos musulmanes que no se habían equivocado como ella no parecían sentir ningún orgullo personal: miraban a Dalila con aire compasivo. Pero no se atrevían a acercarse, como si sus lágrimas e hipos los mantuvieran a distancia. ¿O sería ese error de Dalila el que los mantenía alejados, el pecado que había cometido a la vista de todos?

Cuando la escuchamos murmurar *tengo miedo,* no supimos qué hacer, y no hicimos nada. Parecíamos petrificados, un círculo de impotencia y de estupor se había creado en torno de Dalila. Solo Luis tuvo el valor de romperlo. Se acercó a ella. Trató de tomarla entre sus brazos. Pero la cabeza de Dalila seguía gacha, con los ojos clavados en el piso. Varias veces, con gestos y palabras de consuelo, Luis trató de hacer que Dalila se incorporase. Pero sus esfuerzos fueron perfectamente inútiles.

Y por fin Dalila dijo estas palabras:

—Comí cerdo, pero no me quiero morir. No me quiero morir.

Un libreto bien actuado

Carlos vive en el mismo edificio que nosotros, en el departamento que está justo encima del nuestro, con su mamá, su hermana, una morochita que todavía no tiene edad para ir a Jacques Decour y su perro, uno de los dos Sultanes. Carlos tiene una cabeza grande y redonda y unas manos inmensas, con dedos gruesos como los de un adulto. Está en mi mismo curso pero parece mucho mayor que yo. Ana piensa que debe de haber repetido, al menos una vez, porque es mucho más grandote que la mayoría de los chicos. Aun viéndolo de lejos se distingue perfectamente una sombra sobre sus labios, unos pelitos muy negros que forman como un esbozo de bigote, oscuro y reluciente aunque esos pelitos sean todavía muy finos. El Sultán de Carlos es el más pequeño, no el ovejero alemán sino el otro, ese perro diminuto de piel toda arrugada, como si llevara un pulóver demasiado grande para él.

Desde hace algún tiempo, todas las mañanas, Carlos me sigue. No camina conmigo; por lo demás, él y yo nunca nos hemos dicho una palabra. Si conozco el nombre de su perro, por ejemplo, es solo porque lo llama así cuando se estira para lanzarle un palo al otro lado del arenero, *¡Sultán, agarralo, es tuyo!*, y cuando el perrito, perdido en su cuero arrugado, resollando, se lo trae de vuelta, Carlos le dice: *Muy bien, Sultán, ¡sos un campeón, mi Sultán!* Parece que le gusta decir el nombre de su perro, quizá porque fue él quien lo eligió —nadie debió de explicarle aquello de los Médor en Francia.

Carlos jamás me ha dirigido la palabra y no parece tener intención de hacerlo, pero ha tomado esta costumbre: seguirme. Cuando atravieso el umbral de mi departamento

150

para ir a la escuela siento que él ya está acechándome arriba, en el tercer piso. Cuando cierro la puerta al salir, compruebo que está listo desde hace rato —y que me espera, justo encima de mí, en su palier, para ponerse en camino. Y cuando echo dos vueltas de llave, para él es como si alguien le diera la orden de partir. Comienza a bajar las escaleras al mismo tiempo que yo y al mismo a idéntico ritmo, solo que un poco más arriba: esa es la única diferencia.

Por eso, cuando poso la mano en el picaporte del portón del edificio para seguir hacia el pasaje de la Voie Verte, él aún está bajando el último tramo de escaleras. Sigue entonces *muy exactamente* el mismo trayecto que yo, unos metros atrás; por lo que, invariablemente, cuando ya los dos hemos partido, empieza a cumplir cada una de las etapas de mi itinerario hasta la escuela cuatro o cinco segundos después de que yo lo haga. Nunca antes, nunca después. Lo he comprobado tantas veces, llevo la cuenta en silencio —hace todo como yo, con unos segundos de diferencia. Más aún: reproduce cada uno de mis gestos, y los mismos ruidos se escuchan cuando avanza: ruido de talones que pisan los peldaños de la escalera, de bisagras que crujen cuando empuja la puerta, de suelas de goma que hacen vibrar esa grilla metálica que usamos de felpudo. Después la puerta del edificio que vuelve a cerrarse haciendo chirriar de nuevo las bisagras, aunque de modo diferente —los mismos sonidos que me acompañaron al salir del edificio resuenan como un eco, a mis espaldas, cinco segundos después.

Sin embargo, cuando me encuentro con Inés, Carlos empieza a caminar más despacio. Es evidente que trata de mantenerse siempre a la misma distancia, ahora de nosotras dos. Nos damos un beso, Inés y yo, y sigo teniendo esa impresión de eco a mis espaldas, aunque ahora los ruidos resuenen como estirados, como la banda sonora de una película que pasa en cámara lenta. Mantener sus cinco segundos de intervalo parece ser muy importante para él, y los preserva frenando, demorando su paso. Pero cuando volvemos a ponernos en marcha, claro, Carlos se acomoda de nuevo a nuestro ritmo, imitando cada paso que damos cinco segundos más tarde, regular como un metrónomo.

Así hasta el momento en que nos encontramos con Luis.

Porque entonces Carlos cambia de ritmo completamente. Tan pronto como aparece Luis, Carlos deja de ser nuestra réplica a escala y retoma la iniciativa de cada uno de sus gestos. Lo ve a Luis y parece salir de detrás de una pared, de golpe. Al vernos esperarlo al pie de su edificio se pone a correr como su perro Sultán cuando ve que un palo pasa volando sobre él y por sobre el arenero. Carlos llega como una tromba hasta nosotros y le da a Luis un empujón que suena como un pelotazo.

—Lulú, querida, ¿cómo estás?

Su esbozo de bigote tiembla perlado de sudor, a pesar del frío que hace a esta hora de la mañana.

Al principio Luis no dice nada. Se pone a caminar muy rápido, pegándose lo más posible a Inés y a mí, y a veces hasta se cuela entre nosotras: vamos los tres en bloque. Como los tramos anteriores del trayecto por el edificio y el barrio, también esta parte del guion matinal se cumple desde hace varios días del mismo modo. Hagamos lo que hagamos, los gestos y las palabras de Carlos no cambian en nada. Cada mañana se ajusta estrictamente a su papel, hasta el final del guion.

—Pero bueno, Lulú, querida, ¿qué te pasa? ¿Estás enojada, mi negrita?

Aunque sigue sin decir una palabra, Luis empieza a ponerse colorado. Acelera aún más el paso e Inés y yo lo acompañamos, apurándonos. Pero Carlos no ceja. Los tres nos esforzamos por no mirarlo, por avanzar lo más rápido posible, pero él nos sigue de cerca: podemos oír su respiración agitada a nuestras espaldas, y una especie de risa burlona. Cada mañana, desde hace un tiempo, ocurre así. Carlos camina detrás de nosotros sin que podamos verlo. Pero mientras sigue allí, impaciente y nervioso como su perro

Sultán cuando él le lanza un palo por encima de su cabeza, no dejo de imaginar que su bigote en ciernes se eriza de excitación. Sí: es extraño, pero aunque la escena siempre pase a nuestras espaldas, *la veo* perfectamente.

Somos tres, pero tenemos miedo.

Luis sobre todo, ya que es él quien pone a Carlos así: como nosotras, Luis sabe perfectamente que solo a él Carlos querría tirarlo al piso y golpearlo y morderlo. Y sin embargo Carlos se contiene; está muy excitado, como cada mañana, pero se contiene: eso también parece escrito de antemano.

Y en este punto, como en todos los otros, siempre sigue las indicaciones del mismo guion, al pie de la letra. Se limita a hacernos notar su presencia pateando el suelo con los zapatos —y un montón de piedritas saltan y nos pegan en los tobillos— poco antes de tomar por fin su propio camino. No porque su excitación se haya aplacado, al contrario: tengo más bien la sensación de que solo cuando esta toca el máximo Carlos entiende que ha llegado el momento de alejarse.

Entonces, apretando los dientes, le da a Luis un último empujón, su cara reluce de sudor y se sacude en una risa nerviosa. Un empujón que se oye mucho más fuerte que los anteriores y que hace que Luis pierda casi siempre el equilibrio. Antes de esfumarse, Carlos grita: *¡Maricón!*

Es entonces cuando Luis rompe en sollozos: sus lágrimas también forman parte del guion matinal. Las dos lo abrazamos, pero es siempre sobre el hombro de Inés donde Luis apoya su cabeza. La masa de su largo pelo negro y lacio se desliza de golpe y oculta toda su cabeza, formando como un telón espeso detrás del cual lo oímos llorar convulsivamente. Todo su cuerpo se subleva para aplacarse de a poco, jadeando cada tanto.

En esos momentos en que Luis estalla, siempre tengo la impresión de que esta vez nada podrá detenerlo, que su tristeza es mucho más fuerte que las anteriores. Sin embargo, Luis siempre termina por calmarse. Y nos olvidamos de lo que acaba de ocurrir —hasta el día siguiente.

Les fleurs bleues

Si elegí este libro, fue por su título: *Les fleurs bleues.*
Y fue pensando en el color que prefieren las abejas que lo tomé de los estantes de la biblioteca del Blanc-Mesnil. Apenas descifré esas palabras sobre el lomo, me dije que quizá podría encontrar en él alguna pista para develar el misterio de la colmena. O al menos el relato de experimentos semejantes a esos que a mi padre le gusta tanto imaginar en sus cartas. Con otros insectos, tal vez, pero con macizos de flores muy azules también, y acaso con postes, cintas o inmensos globos en mitad del campo. Puede ser que este libro confirme que las flores azules son preferibles a todas las otras, incluso que incluya una demostración: eso, exactamente, fue lo que me dije. ¿Y si además aquello que vale para las abejas valiera también para otros insectos y, quién sabe, para todos los seres vivos?, ¿y si todo el mundo prefiriera el azul en materia de flores? Quizás encontraría en ese libro respuestas a todas mis preguntas, revelaciones que luego reportaría a papá: fue por eso, en principio, que lo elegí.
Por lo demás, aun cuando no tuviera nada de todo aquello, el título en sí mismo —estaba segura— a papá le encantaría. Aunque ese libro no nos revelara nada, sabía que lo pondría contento que pensara en el color azul, que siguiese investigando por mi lado. Y que no me olvidase de las abejas que él había querido que fuéramos conociendo juntos, al mismo tiempo, uno a cada lado del Atlántico. Por eso, sí, quise llevarme ese libro, ese y ningún otro. Tan pronto como lo vi supe que lo mencionaría en mis cartas de los lunes, fuera cual fuese su contenido, aun cuando tuviera que decirlo en español: *Las flores azules.* Aun cuando —pensé ya

entonces, mientras me encaminaba hacia el escritorio de la bibliotecaria, al otro lado de la sala— nunca fuera lo mismo que decirlo en francés.

Pero elegí ese libro por algo más que las abejas y el azul. Me encanta el título: *Les fleurs bleues*. Tal cual. Si pudiera, me gustaría mencionarlo en mi próxima carta sin tener que traducirlo. Amo cada una de las letras que lo componen, y sobre todo la «e» muda al final de la palabra *bleues;* me llamó la atención enseguida, casi tanto como el color, esa vocal que no se escucha pero que es indispensable para que las flores sean verdaderamente *bleues,* al fin y al cabo.

Las «e» mudas me fascinan desde siempre. Las amo desde aquellas primeras clases de Noémie, en La Plata, desde que mi primera profesora de francés me hizo descubrir, antes que ninguna otra, la «e» muda que se esconde al final de su nombre. Una vocal muda. Cuando uno solo conoce el castellano, no puede imaginar que existan cosas así: una vocal que está pero que no se oye, ¡nada menos! Cuando lo supe quedé más que sorprendida —literalmente estupefacta. Y como exaltada, de pronto: quería saberlo todo de un idioma que podía hacer cosas semejantes.

Amé aquella primera «e» muda como todas las que vinieron después. Pero más que eso, en realidad. Creo que a todas, por el solo hecho de existir, las admiro. A veces llego a entrever por qué las «e» mudas me emocionan tan profundamente. Ser a la vez indispensables y silenciosas: he ahí algo que no pueden hacer las vocales en castellano, algo que no lograrán jamás. Amo esas letras mudas que no se dejan atrapar por la voz, o apenas. Como si no mostraran más que un mechón de pelo o la punta de un dedo del pie y se escondieran de inmediato. Apenas se las percibe, vuelven a desaparecer en la oscuridad. ¿A no ser que permanezcan al acecho? Cuando alguien me habla, aunque no las oiga, tengo la impresión de *verlas*. Y cuanto más aprendo el francés, más rápido las descubro. A veces imagino que las vocales mudas me ven también a mí. Cada vez mejor, incluso, a medida que avanzo, como si ellas también hubieran aprendido a conocerme. Como si, desde su escondite, me prestaran atención. Como si tuviesen hacia mí una mirada, un gesto, una manera de responder a lo que siento por ellas. Me gusta imaginar que nos comunicamos así, en silencio. Llego a sentir la complicidad de la ortografía francesa. Y es algo que me encanta.

Sin embargo, la bibliotecaria parece convencida de que esas *FLEURS BLEUES* no son para mí.

Desde el mismo momento en que abrí la boca.

Porque a pesar de los esfuerzos que hago, a pesar de todas las vocales que consigo esconder detrás de mi nariz —y cada vez mejor, además, en este mes de abril del año 1979—, todavía hablo con acento argentino. Un acento que sigo detestando. En cuanto abro la boca, antes mismo de hablar, ya siento vergüenza.

No bien la bibliotecaria me escuchó, su voz se volvió meliflua, empezó a hablarme como se le habla a un bebé o como si acabara de descubrir que era un poco idiota.

—¿No querés llevarte, mejor, una historieta? ¿Una de Tintín o de Asterix? O en todo caso *Le petit Nicolas,* si lo que querés es un libro. Ese es más para tu edad. ¿Ya leíste *Le petit Nicolas?*

Por culpa de mi acento, suelo pasar por tonta; no hay nada que me irrite más. Y como si esto fuera poco, la bibliotecaria empieza a repetir la frase, separando bien las sílabas, alargando las palabras como suenan las voces en cámara lenta.

—*TU-AS-DE-JÀ-LU*-LE-PE-TIT-NI-CO-LAS?

La bibliotecaria articula exageradamente, supone que no comprendo la lengua en que me habla. Aun cuando yo pase mucho tiempo inmersa en ella, cada vez más tiempo cada día. Pero la bibliotecaria no se da cuenta de nada. Ni se imagina que veo las «e» mudas, y que estoy convencida de que ellas por su lado me ven también a mí. Que estamos juntas, a nuestro modo. Es ella la tarada.

Por fin ladea un poco la cabeza y se inclina hacia mí, para acercarse a mi oreja, sonriendo estúpidamente. Porque sonríe con todos los dientes afuera, con una de esas sonrisas exageradas que se suponen enternecedoras —pero que a mí me causan un verdadero horror.

Me parece verla todavía, inclinada sobre mí, con el carmín de sus labios brillando demasiado y manchándole algunos dientes.

Quizá todavía me cueste pronunciar ciertas palabras, es cierto, pero entiendo perfectamente adónde quiere llegar ella, y no voy a dejarme avasallar.

—Prefiero este libro. Prefiero *Les fleurs bleues*.

—Pero es un libro muy difícil, ¿sabés? Hay muchísimos juegos de palabras. Es para lectores adultos, mayores que vos, no vas a entender nada.

Aferro firmemente el libro en mi mano derecha, no estoy dispuesta a dejarlo. La señora tiende una mano, y yo lo aprieto con más fuerza.

—*JE-PRÉ-FÈ-RE-CE-LI-VRE.*

También repito mi frase insistiendo en cada sílaba, aplicándome a pronunciar cada una de las letras, como lo hago ante el espejo del baño cuando practico las «u» y las vocales mudas de detrás de la nariz.

—*CE-LI-V-R-E.*

Por un rato las dos seguimos en silencio, en un casi insoportable cara a cara. No tengo la menor intención de abandonar la lucha. Sigo firme y la miro desde lo alto de mi metro cuarenta.

Hasta que al fin comprende que me importan demasiado esas flores azules.

—Pero si de todas maneras querés llevártelo a casa, al menos tenés que dármelo para que lo registre.

Sigo sin moverme.

—Por favor, pasame el libro un momento, después te lo doy de nuevo, tengo que sellarle la hojita de atrás. ¿Podés dármelo, por favor?

Pero yo sigo sin moverme.

Ya no sabe qué hacer, entonces recurre a los gestos. Conozco muy bien eso: tener miedo de que no te hayan comprendido y aferrarse a los gestos. Me divierte dejarla hacer el ridículo. Ella tiende una mano hacia mi libro, toma del escritorio el sello, lo blande por encima de mi cabeza y sella con dos golpes el vacío como para que yo vea, literalmente, lo que ha querido decir.

Pero no suelto el librito.

Porque tengo miedo de que todo sea una trampa. Que coloque el libro en una estantería demasiado alta para mí y que de nuevo intente encajarme a cambio un Asterix o *Le petit Nicolas*. Hasta que al fin le tiendo *Les fleurs bleues*. Entonces sella una lengüeta de cartón adosada a la última página del libro y escribe mis datos en una ficha.

—Ya está, podés irte.

Me parece verla sonreír con aire de suficiencia a la señora que trabaja junto a ella poco antes de agregar, dirigiéndose a mí:

—Si Raymond Queneau te resulta demasiado difícil, volvés y elegís otro autor, ¿de acuerdo?

Pero yo me voy sin mirar atrás, con mis *fleurs bleues* bajo el brazo, decidida a llegar hasta el final del libro. De este y de muchos otros. Y completamente determinada, además, a no abrir *nunca* en la vida *Le petit Nicolas*.

Mesitas ratonas

Una mañana Raquel y Fernando desembarcaron en el barrio de la Voie Verte, en un auto muy blanco y lleno de regalos. Son dos amigos de mamá que se refugiaron en Suecia, argentinos también, antiguos guerrilleros, como mis padres y Amalia, que también los conoce. Han debido hacer un largo viaje para llegar hasta aquí; si hasta parece que con su auto debieron subirse a un barco —salieron de Estocolmo dos semanas atrás. Antes de llegar han hecho varias escalas en casas de otros argentinos, en Alemania, en Leverkusen, y también en el norte de Francia, por el lado de Amiens. Casi un tour del exilio.

Ya los había visto en la Argentina, hacía mucho tiempo, no recuerdo muy bien dónde ni cuándo exactamente. Pero lo que he olvidado por completo son los nombres con que los conocí. Porque en aquellos tiempos de clandestinidad deben de haberse llamado de otra manera, claro. Como todos los demás, habrán llevado nombres de guerra transitorios, Paco y Rita, Pepe y Mabel, Óscar y Jimena, vaya uno a saber. Habría podido preguntarle a mi mamá, que aún debe de acordarse, cómo no, pero qué importan ya los nombres del pasado. A veces llego a pensar que no quiero acordarme; estamos al otro lado del océano, y es lógico que los nombres antiguos hayan quedado allá. En todo caso sus caras son las de siempre, y las reconocí, y también la sonrisa con que Raquel gritó mientras abría la puerta de su auto reluciente: *¡Al fin llegamos!*

Ellos tampoco me habían olvidado: no bien me vio, Raquel empezó a acariciarme el pelo y a exclamar: *¡Cómo creciste!* Lo que se dice siempre a los chicos. *Y sí, hace tres años ya,* dijo mi madre. *¡Tres años! Sí, tres años,* repitieron Fernando y Raquel a su turno. *¡Dios mío!* Y nadie dijo nada más; eso era suficiente, todos teníamos de pronto un nudo en la garganta.

Ya lo sabemos y ellos también. Inútil decir más. Estocolmo, Amiens, Leverkusen y la Voie Verte: todo es consecuencia de lo que pasó allá lejos. Y eso mismo nos reunía también ahí, junto a ese arenero, en el Blanc-Mesnil. Todo parecía absurdo, de repente. *¿Dérisoire?** Esa fue la palabra que me surgió de pronto, aunque no estaba segura de saber qué significaba. Y por un instante al menos el mundo quedó atrás, la escena se congeló —de golpe todos volvimos a estar un poco *allá,* un poco *en aquella época,* como suele decirse. Angustias, miedos, imágenes diferentes deben de haber surgido en nuestras mentes, pero ninguno los mencionó. Y nadie los nombrará, nunca, aunque los sepamos diferentes pero a la vez comunes, porque así es el exilio, no hay por qué decir más. Basta y sobra quedarse un momento en silencio, junto a un arenero en el cual, aquí y allí, brillan todavía unos charquitos de escarcha. Muy pequeños ya: sí, es temprano, hace frío, pero el invierno ya se ha alejado, ya pasó la temporada de los canteros blancos de nieve.

El baúl del autito de Raquel y Fernando estaba lleno de objetos y de muebles pequeños envueltos en papel de estraza: había una bolsa enorme con objetos de decoración, tres taburetes, un banco y dos mesitas ratonas. ¡Y eso sí que era una verdadera sorpresa!

Cuando Raquel nos mostró todo aquello, Amalia, mamá y yo abrimos grandes los ojos —porque además sabíamos que cargaban con más cosas al salir de Estocolmo, y que en cada escala habían dejado regalos. Aunque lo más importante lo habían guardado para nosotras, porque al-

---

* Irrisorio. *(N. del T.)*

guien les había dicho que nos vendría bien. *Pero, Raquel, qué locura,* dijo mamá, llevándose las manos a la cabeza, *qué locura.* Mamá no podía creerlo.

Es cierto, nos habían anunciado que nos traerían sorpresas, mamá me lo había dicho la noche anterior, mientras comíamos junto a Amalia fideos con manteca. Pero ninguna de nosotras esperaba tanto.

Amalia había apostado a que nos traerían un frasco con arenques —y yo había hecho una mueca de disgusto de la que enseguida me arrepentí. *O quizá gorros de lana,* había arriesgado mamá. *O carne seca. Porque ponen a secar la carne de reno allá por el norte, ¿no?* Pero ninguna había imaginado todos esos muebles y objetos: por eso nos quedamos las tres paralizadas ante ese baúl lleno casi hasta reventar, apretándonos las mejillas con las dos manos en uve, como para impedirnos gritar, en ese mismo gesto que hacen los personajes de los dibujos animados. Mamá gritó de nuevo en castellano: *¡Qué locura, Raquel, no tenían por qué!* Pero ya era tiempo de vaciar el baúl, porque hacía en verdad un frío de locos.

Amalia les pidió a Raquel y Fernando que no se molestaran, que nosotras nos ocuparíamos, *es lo menos que podemos hacer,* dijo mi madre, *lo único que falta es que ustedes tengan que subir las escaleras con todos estos regalos..., porque no hay ascensor, ¿saben?* Pero como buen argentino Fernando se rebeló, *¡ni se te ocurra...!* Y se acabó la discusión. Lo sabíamos: era el único hombre junto a aquel arenero, y por lo tanto, sin duda, el hombre de la situación. Era así y así sería siempre. En menos de un segundo se había echado al hombro izquierdo los taburetes y el banquito sueco, y había cargado las mesitas bajo su brazo derecho. Yo no podía creerlo. Y, por si fuera poco, lucía una gran sonrisa, como diciendo a las chicas que no le costaba nada; cosas así debían considerarse normales dado que él estaba allí. Fue entonces cuando mamá hizo el comentario obvio: *Si hay un hombre en casa todo es distinto, ¿verdad?* ¿O fue Amalia? Fernando, siempre canchero, acababa de indicarme por señas que yo fuera con él, *por dónde es, decime, yo te sigo*. Quería hacer su trabajo cuanto antes y dejar a las mujeres cotorreando a su gusto junto al auto, con todo lo que tendrían para contarse. Unos minutos más tarde, estaríamos reunidos en aquel departamento como enrejado de tubos.

Lo más sorprendente de aquel montón de regalos eran los objetos de decoración, las primeras cosas de este tipo que entraban en el departamento del Blanc-Mesnil: Fernando y Raquel nos habían traído de Suecia floreros y recipientes de vidrio de colores que me apliqué a desembalar, uno por uno, con lentitud, como para prolongar el placer. Serían unos diez objetos en total, de todos los colores, *¡qué locura, Raquel!* Floreros largos y tan angostos que no podrían alojar más que una o dos flores por vez. Y también unos cuencos o boles, unos recipientes de fondo redondeado que te hacían preguntarte para qué podían servir, pero que no por eso eran menos hermosos. Casi todos dejaban ver unas burbujas presas en la masa del vidrio. Debían de haber nacido en la materia aún candente, poco antes de que esta se endureciera de golpe y las dejara atrapadas. Estaban todas dispuestas de manera distinta, algunas eran grandes y alargadas, pero en su mayoría redondas y diminutas como globitos de soda.

Mientras desembalaba aquellas cosas podía sentir la mirada de todos fija en mí. Mi deslumbramiento los complacía, sobre todo a Raquel.

—Podés llevarte algunos a tu cuarto, ¿no? Si tu mamá está de acuerdo, claro.

Mamá estaba de acuerdo, claro; ella misma me propuso repartir los regalos suecos por toda la casa, como más me gustara, incluso los pequeños muebles. Y así empecé a correr en todas direcciones. Puse el taburete en el pasillo, junto a la puerta de entrada, y los bancos más chicos alrededor de aquella mesa en la que hacíamos casi todo. Ah, ¡nos venían tan bien estos banquitos para los días como aquel en que teníamos visitas! Y al terminar, como correspondía, hice una reverencia a Raquel y Fernando.

—Silla o banquito, lo que ustedes prefieran.

Con los vasos y los cuencos de colores no sabía bien qué hacer —en casa no hay muchos muebles, solo los imprescindibles, comprados en Emmaus.* De modo que ubiqué los floreros unos junto a otros en el aparador, por delante de la fila de libros. Y estuve dudando bastante respecto de aquellos cuencos: me parecían demasiado bonitos como para acabar en la cocina. ¿Qué harían los suecos con ellos?, me preguntaba. ¿Los llenarían de piedras o caracoles? Sí, lo mejor sería disponerlos sobre las mesitas ratonas, en círculo. Solo que todavía me faltaba encontrar un sitio para aquellas mesitas.

Mientras trajinaba no me perdía palabra de lo que decía Raquel, que había empezado a hablar de Estocolmo y de Suecia.

Parece que allá al norte hay muchísimos lagos y bosques de árboles altos, inmensos, como en la Argentina para el lado de Bariloche y San Martín de los Andes. Por eso, de tanto en tanto, los suecos talan algunos y hacen con ellos puentes, casas y muebles. Sobre todo muebles, en gran cantidad. Se han vuelto especialistas, famosos en el mundo entero.

Yo tenía la impresión de que Raquel se interrumpía cada tanto para mirar, en torno de sí, aquellas tuberías pintadas en las paredes y hasta en el cielorraso. Otras veces miraba por la ventana el sendero que atraviesa el barrio. Y por momentos sentía un poco de vergüenza, cuando creía ver en sus ojos que todo le parecía triste. Pero Raquel volvía a hablar de Suecia, y yo ya no pensaba en ello.

Los suecos adoran, también, las chucherías. Mejor dicho, aman sus casas y todo lo que puedan meter adentro. Es por lo del frío que hace allá. Y a causa de esos días que son

---

* Institución de caridad. *(N. del T.)*

tan cortos durante buena parte del invierno, esos meses en que no salen casi de noche. Para poder soportar su larga época de sombras, han tenido esa idea: ocuparse del interior de sus casas.

Todo muy moderno, comentaba mi madre todo el tiempo, y nadie sabía muy bien si era una crítica o un elogio de la vida a la sueca.

Ah sí, coincidía Raquel, *todo lo sueco es forzosamente moderno, están muy adelantados en todo, no paran de inventar. ¿Qué, por ejemplo?* Esta vez era yo la que preguntaba. Entonces Raquel explicó que los suecos crean todo el tiempo aparatitos nuevos, todo lo que tenga que ver con la vida cotidiana los apasiona e inspira, desde el sacacorchos hasta la cafetera. Allá todo es muchísimo más moderno y práctico que en la Argentina, e incluso que aquí en Francia: en Suecia la gente destapa las botellas y las latas de conserva sin ningún esfuerzo, se sirve el té y no derrama una gota, y hasta se lava los dientes sin fatigas inútiles. Los suecos tienen en sus casas toda suerte de cuchillos eléctricos, sacacorchos mecánicos, y hasta unos juntamigas largos y finitos que después de cada comida limpian la mesa solos y como por encanto. Todo es siempre sorprendente y nuevo —*moderno.* Como aquellas mesitas ratonas que nos habían traído, un ejemplo perfecto de la fantasía sueca: mesitas ovales pero no del todo, con uno de los extremos extrañamente *bombé.* Porque no era un defecto de fabricación: aquella asimetría había sido hecha a propósito.

Muy bien; esas mesitas, justamente, yo seguía sin saber dónde ubicarlas. *Son el tipo de mesas que uno pone delante de un sofá,* explicó Raquel, viéndome cambiarlas de lugar tantas veces. El problema es que no tenemos sofá, y creo que Raquel se dio cuenta en el mismo momento en que lo dijo: la vi ponerse colorada e incómoda. Finalmente ubiqué las dos mesitas en el mismo lugar donde las había puesto al principio, juntas y al pie de la ventana del living. Después me senté en el piso, ante la más chiquita de ellas, al tiempo que los adultos se acomodaban en torno de la mesa grande, unos en sillas, otros en aquellos banquitos flamantes, a tomar mate y charlar un rato.

Mientras los mayores hablaban, retomé el tejido: mi última bufanda en punto espuma. Tenemos una larga historia en común, las bufandas en punto espuma y yo. Desde que mi abuela me enseñó a tejer, en La Plata, hace ya más de dos años, me lancé tres veces a hacer una bufanda en punto espuma, pero a las dos primeras las dejé sin terminar. Porque a cada rato me doy cuenta de que se me escapó un punto, y entonces tengo que destejer algunas filas, volver atrás a cubrir el agujero. Antes de retomar el tejido a partir del lugar en que me equivoqué. Y corrijo mi error. Pero algunas filas más adelante me equivoco de nuevo.

Se tarda mucho en hacer una bufanda. Los dos últimos inviernos abandoné el tejido porque aún iba por la mitad cuando ya se hacía sentir la primavera. Esto pasó en la Argentina, a mediados de septiembre, a fines del invierno austral. Pero ahora, a solo meses de mi segundo fracaso, había vuelto a empezar aquí, como para acomodarme un poco mejor a estas estaciones invertidas que me resultan tan raras; mi partida de la Argentina, a comienzos del año 1979, en pleno verano, me había llevado demasiado pronto al corazón del invierno francés: apenas en el tiempo de un viaje en avión; por eso no había tenido necesidad de esperar un año entero para animarme a una nueva tentativa. Claro que no bastaba con que el invierno hubiera empezado al revés, en este otro hemisferio: no bien comencé a tejer, sentí que era muy probable que volviera a fracasar. La nieve y el peor frío ya habían quedado atrás, y mi bufanda aún estaba lejos de ser una bufanda. Pero no me daba por vencida. Por eso, mientras ellos hablaban, me acomodé con mis ovillos y mis dos agujas, decidida a hacer prosperar lo que aún no era, lo confieso, más que un pequeño rectángulo de lana roja.

Fue Raquel quien empezó, después del segundo mate. De repente se puso a pasar lista de ausentes. Por momentos, Fernando la relevaba aportando el nombre de alguien que él recordaba, pero en general era Raquel la que iba enumerándolos. Parecía guardar en su cabeza no una sino muchas listas, listas interminables. *Juan se refugió en Suecia, en Göteborg. María murió en junio del 78. Cristina también, el mismo año, pero en septiembre.* Raquel evocaba a cada una de estas personas por su nombre verdadero —y si daba a veces su nombre de guerra lo hacía en segundo lugar, como entre paréntesis, apenas para asegurarse de que todos comprendieran de quién estaba hablando. *Violeta (Carmen) está desaparecida. José (Miguelito) igual.* Pero con muchos de ellos no sabía qué había pasado: por eso decía los nombres en voz un poco más alta. A veces retomaba todo desde el principio, incluso aquello de lo que estaba segura, para cernir mejor lo que ignoraba. Raquel nunca hacía directamente una pregunta, pero todos comprendían qué esperaba cuando, al pronunciar un nombre, su voz quedaba como suspendida en lo alto. Si a algún nombre solo seguía un silencio, era porque invitaba a sumarse a sus amigas, a llenar las lagunas, si podían.

—Julio...

—¿Cuál? —preguntó mamá—. Había varios Julios.

—Julio, el de Ensenada. Julio, el *Polaco*.

—Desaparecido. Fue en el setenta y seis.

Cuando algún blanco se llenaba, Raquel hacía una pausa. Y ese tiempo que necesitaba para incorporar un nuevo dato parecía ser el mismo que tardaba en tomarse un nuevo mate. Solo después de ese ruido tan típico que hace la bombilla cuando la calabaza se vacía, solo después de devolvérsela a mi mamá para que ella le cebara a quien le tocaba el turno, Raquel volvía a retomar la palabra esperando que Amalia o mamá la ayudaran a completar el inventario de los exiliados, los desaparecidos y los muertos. *Magda, en México. Gustavo, en la cárcel. ¿Y Ernesto?*

Ante las mesitas suecas yo seguía, mal que mal, con mi tejido. Cada tres o cuatro filas debía volver atrás. Y sin embargo no me perdía una sola palabra de la lista de Raquel, tratando también de grabarla en mi memoria. Aun cuando muchas veces no lograra entender lo que decían. Pero sabía muy bien que no importaba, que a veces se registra mejor de qué se está hablando cuando no se entiende del todo. Cuando se mira para otro lado mientras se escucha una voz, tratando al mismo tiempo de seguir un tejido. Como pasa con las lenguas, quizás así los recuerdos se nos graben mejor, precisamente porque se ha bajado la guardia, porque uno se ha dejado llevar. Lo mismo ocurre con las canciones infantiles que nos sabemos de memoria sin que nos lo hayamos propuesto. En algo que tiene que ver con esto pensaba yo mientras escuchaba la lista de Raquel. Amalia y mamá llenaban algunas lagunas, pero otras, en cambio, seguían siendo vacíos. Por momentos, de varios nombres consecutivos ninguno podía decir nada. Absolutamente nada.

A pesar de todo, seguía prestando atención a la lista. Trataba de memorizar incluso los silencios, mientras seguía tejiendo mi bufanda en punto espuma. Y me decía también que en verdad eran raras esas mesitas suecas. Demasiado altas, sobre todo. De repente, entonces, mientras escuchaba a Raquel y hacía y deshacía mi tejido, reparé en algo. Estaba sentada en el piso, pero la mesita me llegaba a nivel del mentón. Aun cuando cambiaba de postura, sentándome sobre mis pies como si fueran un almohadón que me alzaba un poco, las mesitas seguían siendo casi tan altas como yo. Habían sido concebidas para suecos altísimos, para esos gigantes rubios del gran norte —eso entendí de golpe, y se me escapó un punto que varias filas más adelante me obligaría a destejer.

Esa misma noche pensé que, probablemente, no lograría terminar la nueva bufanda antes de que llegase la primavera, como me había ocurrido con mis intentos anteriores. Que el tejido corría el peligro de pasar largos meses al fondo de un cajón, a medio camino entre el ovillo y el cuello. ¿A no ser que destejiera la bufanda inconclusa para hacer con todo aquello una nueva madeja? Por qué no.

Señorita

La palabra me encanta y al mismo tiempo me da miedo. *¿Ya se hizo señorita?* Eso le preguntó Raquel a mamá un día que estaban solas las dos en la cocina. La escuché perfectamente. También yo estaba por entrar en la cocina, pero al oírlo me quedé dura y me escondí en la penumbra del pasillo. Sabía que estaban hablando de mí, y no quería perderme nada de lo que dijeran creyendo que no podía oírlas.

Si Raquel preguntó eso, lo sé, fue por mis pechos. Todavía no puede decirse que tenga, verdaderamente, tetas, pero creo que muy pronto las tendré: mis pezones están distintos de un tiempo a esta parte, son como dos retoños que crecen uno a cada lado del pecho. En la escuela, un chico se burló de mí. *¿Y?*, me dijo, *¿te crecen o no?* Al principio yo no lo entendí, pero cuando Inés me tomó del brazo y me dijo *no le des bolilla, ¡vamos!*, supe que se refería a esos dos brotes cada día más salientes, y me puse colorada.

Había sido mamá la primera en notarlo, algunos días atrás. Yo, hasta entonces, no me había dado cuenta de nada. Acababa de darme una ducha, había dejado la puerta abierta. Y de pronto ella, que pasaba por ahí, se detuvo ante el umbral y se puso a observarme mientras yo me secaba con el toallón. Parecía a la vez hipnotizada y triste. Por fin, como en un sobresalto, gritó: *¡Vení a ver!* Y no era a mí a quien llamaba, claro, sino a Amalia, que apareció enseguida: vi su cara en el marco de la puerta, pegada a la de mamá. Amalia empezó a acercárseme mientras mamá le hablaba bajito con esa mezcla de sorpresa e inquietud que ahora también afloraba en su voz. Después hizo un gesto con el mentón, como señalándome. *¿Ves...?* Porque su voz parecía haberse enmudecido de pronto, cuando evidentemente se disponía a hacer una pregunta. Mamá quería saber si también Amalia podía ver eso que ella acababa de notar en mí. Necesitaba una confirmación. *A ver, sacate ese toallón, ponete derecha. Sin miedo, dale, estamos entre chicas.* Y yo abrí el toallón y mi madre insistió.

—¿Ves?

—Ah, sí... Claro que veo.

Amalia al principio hizo una mueca extraña, como si no alcanzara a descifrar del todo lo que tenía ante sus ojos, pero después optó por sonreír, quizá para tranquilizar a mamá, que por su lado parecía cada vez más espantada. *Va para señorita,* dijo. Y mamá alzó los ojos al cielo, como si una desgracia terrible acabara de abatirse sobre la Voie Verte. Amalia esta vez largó la carcajada, *pero no seas dramática, che, vamos. ¡Ni que fuera tan grave!* Hablaban de mí, pero lo hacían como si yo no estuviera allí delante —quizá porque sin darme cuenta había empezado ya a ser otra. Estaba a punto de *hacerme señorita,* como se dice en la Argentina.

Por eso, cuando Raquel dijo esa palabra, *señorita,* no me sorprendió demasiado: ya se lo había oído decir a otros. Eso es lo que me espera, y ya se nota. ¿Pero *había ocurrido?*

No, no, todavía no, respondió mi madre, *todavía no.* Las dos parecieron aliviadas por la respuesta. *Pero no falta mucho, me parece,* reiteró Raquel.

Yo no podía ver a mamá porque seguía allí, quieta, en la penumbra del pasillo, con la espalda pegada a la pared. Solo sus voces llegaban hasta mí. Pero estaba segura de que mi madre acababa de llevar una vez más los ojos al cielo como diciendo *por favor, no mandes la desgracia, ¡es lo único que nos faltaba!* Y entendí que es inminente. Ya casi he dejado de ser niña. *Señorita:* así se llama lo que se me viene encima.

Cada noche, en la cama, me toco mis dos retoños para apreciar el avance de la transformación. A veces me parece que me duelen un poco, pero no sé si es dolor la palabra apropiada. ¿No será apenas, quizás, una sensación nueva? Algo nace en esa parte de mi cuerpo junto con esa sensación, pero todavía falta un tiempo para que pueda enterarme de qué se trata exactamente.

Les enfants réfugiés... ¡somos nosotros!

El invierno ya había abandonado el Blanc-Mesnil cuando me enteré de que aún resistía en las montañas, en la cumbre de los Alpes. Mi madre me lo dijo después de preguntarme si me gustaría pasar unos días de las vacaciones escolares, que empezarían muy pronto, con una familia francesa que quería ayudar a los chicos refugiados. Le habían propuesto llevarme con ellos a la Alta Saboya, adonde iban a menudo a hacer esquí. Era un regalo maravilloso el que querían hacernos: *Pasar algunos días con una familia francesa en la nieve y las montañas.* ¿Qué mejor forma de inmersión?

Y así, mi mamá y yo tuvimos que ir hasta Meudon, a casa de una pareja que tenía cuatro hijos. Pero solo los mayores vendrían a la Saboya; su madre se quedaría cuidando a los más chicos.

Meudon no queda lejos del Blanc-Mesnil, y sin embargo es muy distinto. La luz, por ejemplo —hasta el aire, que en Meudon es puro y transparente. No sé cómo explicarlo, pero en pocos kilómetros, cuando uno llega del otro lado de París, parece que una mano hubiera logrado aventar ese velo de polvo que cubre todas las cosas aquí en la Voie Verte. Aun en los días más lindos, en el Blanc-Mesnil todo parece más opaco, más sombrío que del otro lado de París. En el Blanc-Mesnil el blanco nunca es del todo blanco, salvo cuando cae del cielo, cuando se nos impone. ¿Y de quién fue la idea de poner este nombre al Blanc-Mesnil? ¿O habrá sido blanco y luminoso en otros tiempos? No sé si Meudon lleva el nombre que le corresponde, pero lo cierto es que allí está todo en su lugar. Como en el departamento de la familia que nos esperaba: a pesar de los bolsos, los esquís y las botas enormes que vimos a la entrada, listos para subir al auto; y aunque todos parecían muy atareados preparando el viaje, todo estaba exactamente en el lugar que le correspondía.

Desde la primera vez que escuché ese nombre, Meudon, sentí que allí sí era probable que muchos perros se llamaran Médor; fue algo así como un convencimiento inmediato. Más aún que el barrio de Claparède, con sus «petit-hoteles» de jardines tan cuidados, Meudon me transportó a las clases de Noémie y a esa Francia que en La Plata yo había descubierto con ella en las páginas de un libro de texto, con láminas hermosas en papel de ilustración. Aquel país existía, por fin, en este decorado perfecto, muy lejos del *Barrio Latino* versión Blanc-Mesnil, de la Voie Verte y de los Quinze Arpents.

Tan pronto como entramos al departamento de Meudon otro chico llegó acompañado de sus padres: un chico chileno, Eduardo, que también participaría de aquel viaje a la Saboya. Era lindo Eduardo, grande y fornido, con una cabeza enorme y el pelo castaño levemente ondulado.

—Todo bien —me dijo mamá en medio de las valijas y las bolsas de dormir.

O quizá fue una pregunta: ¿todo bien? Ante la duda respondí como si lo fuera, para darle y darme seguridad al mismo tiempo.

—Sí, claro, andá nomás si querés.

Los padres de Eduardo se marcharon con ella. Y nosotros dos nos quedamos con la familia de Meudon, ya que *les enfants réfugiés* somos nosotros.

La mayor de los hijos, Valérie, tiene mi misma edad y el pelo castaño atado en una coleta.

—Mostrale todo —le dijo su papá.

Y la seguí a su cuarto.

Sobre la cama había varios trajes de esquí esperándome, desplegados unos junto a otros; eran las posibilidades que se me ofrecían para luchar contra el frío, cuando estuviera junto a los otros chicos, en la nieve.

—Llevate el que más te guste —dijo Valérie.

También podía prestarme guantes si los míos no eran abrigados, un gorro y lo que quisiera. Al ponerme todo aquello encima de la ropa, sentí que me calzaba una armadura de colores. En unos minutos ya estaba equipada.

Valérie y yo simpatizamos con sorprendente rapidez. Me hacía feliz comprobar que podíamos comunicarnos sin grandes dificultades —y que mi francés del Blanc-Mesnil servía también para Meudon, que no desentonaba demasiado en ese lugar. Pero cuando de pronto Valérie me pidió que le repitiera algo que yo acababa de decir me puse colorada, sentí que hervía por dentro.

—A qué distancia está la montaña, ¿eso querés saber?

Sí, exactamente eso le había preguntado; Valérie quería una confirmación. Entonces repetí mi frase y la acompañé con gestos.

Pero también me preguntaba qué distancia me separaba de un idioma francés completamente mío. *¿Lo lograré algún día? Hace tanto tiempo que me puse en camino.*

En cuanto a Eduardo, fue gracias a Cyril —el hermano de Valérie— que encontró ropa de su talla. Cuando irrumpió en el cuarto con un gorro azul y verde con pompones, largamos la carcajada todos a la vez, y él empezó a hacerse el tonto.

—¡A ver dónde está esa nieve!

Y avanzaba con los brazos extendidos, como si se aprestara a hacer una toma de karate, buscando con los ojos a un enemigo imaginario, listo para vérselas con el anunciado invierno, mientras junto a sus orejas los pompones verdes se sacudían en todos los sentidos.

Para Eduardo también era la primera vez: primeras vacaciones de esquí y primera inmersión en una auténtica familia francesa. Eso le dijeron sus padres a mamá, en castellano, mientras cruzaban el umbral y nos abandonaban en la luz de Meudon. Eduardo y yo nos habíamos saludado con una sonrisa pero sin una sola palabra. Sucedía, creo, que él estaba como yo: con miedo pero con ganas de zambullirse en el francés y no perderse una sola gota. Mientras nos mirábamos me hice a mí misma esta promesa: hablarle lo menos posible, y nunca en castellano, salvo en caso de necesidad extrema. No quería que hiciéramos rancho aparte, que empezáramos a jugar a los chicos refugiados que se consuelan. No quería *estar pegada a él*, como dice todo el tiempo Inés. Como tampoco quería que él *se me pegara*. De ninguna manera.

Muy pronto otras dos personas hicieron su aparición en el departamento: un hombre con su hija. Porque no íbamos a viajar con una sola familia, ¡eran dos! La otra madre tampoco vendría con nosotros: nos iríamos solo con los dos papás, Paul y Denis, que parecían conocerse muy bien. Seríamos en total cinco chicos.

Nunca había visto tanta nieve junta.

Allá todo era blanco, por todos lados. No solo en las cumbres sino también al borde de los caminos y alrededor de la casa, un chalet de madera como solo había visto en los libros. Pero en este caso era de verdad, y yo estaba allí —esa fue la primera impresión que tuve, la de haberme metido en la ilustración de un libro, la de haberme deslizado en él sin darme cuenta. Qué increíble. Todo era blanco, todo, y la gente estaba *adentro*. Nada que ver con la nieve que ya había conocido, ahora parecía decididamente una broma. Porque estar allí arriba era como haberse hundido en un pote de crema fresca, sentirse una mosquita posada en un plato de puré.

Podría pasarme horas mirando el blanco que me rodea, deseando que el tiempo se detenga para siempre —lo sé desde aquel primer día en la montaña. Desde el primer instante amé esa nieve que lo cubre todo, la amé definitivamente. El color blanco y yo estamos unidos para siempre. Y esa paz que da el blanco, el silencio en que parecía acurrucarse el pequeño chalet.

Allá arriba todo sonaba de manera distinta. Cada ruido se destacaba perfectamente sobre el fondo blanco: la voz de Valérie, que preguntaba si cada cual tenía su bolso poco antes de que su padre cerrara el baúl del auto, *¡blam!;* el ruido de la llave que Denis deslizó en la cerradura, *cric;* el chillido de la puerta abriéndose sobre un interior color ocre, *uuuuim,* y cada paso nuestro por el sendero que llevaba del auto al chalet, *floc, floc, floc.* Allá arriba, todo existía plenamente. Hasta las palabras más comunes, dichas en un decorado de nieve, parecen ocupar mucho más espacio e incluso durar más tiempo. Como el humo que sale de todas las bocas, las sílabas cuajan en el aire frío y se vuelven piedritas centelleantes.

Fue al día siguiente de nuestra llegada cuando empecé a esquiar. En fin, no exactamente. Porque a mi alrededor la gente se deslizaba en todos los sentidos mientras que yo apenas si descubría el desequilibrio absoluto. Todo aquel blanco que no me había sugerido más que paz y dulzura —ahora tenía algo muy distinto que decir. *¡Ya vas a ver!* Porque la nieve a veces acolcha y amortigua, pero también puede arrastrarte, sacudirte, y hasta echarte por tierra. Y a mí me sacudía, me daba vuelta, me hacía caer, *¡pum!* Era imposible quedarme quieta, ni aun en ese lugar de la ladera aparentemente playo que Paul había creído apropiado para iniciarme. ¿Cómo podía ser? Toda aquella dulzura no era más que apariencia, y por debajo todo se movía sin cesar, como si el blanco escondiera un mar tumultuoso. Y sin embargo los demás chicos habían salido ya esquiando; hasta el mismo Eduardo con sus movimientos más vacilantes que los de los demás.

Yo era la única que se despatarraba a cada movimiento, la única que gritaba cada vez que Paul intentaba levantarme del suelo.

—No tengas miedo, no hay ningún peligro.

Los demás ya estaban lejos, pero yo gritaba aferrándome desesperadamente a Paul. Más de una vez perdí mi gorro; incluso esos bastones que se suponía que debían ayudarme volaron por los aires. Con todas mis fuerzas hubiera querido al menos incorporarme y mantenerme en pie, pero no lo conseguía.

Fue durante la más fuerte de aquellas sacudidas que de pronto me puse a pensar en Astrid. La escena de la caída en que había perdido el ojo, ¿podría haber sucedido aquí, en esta misma ladera resbalosa de nieve? Imaginé su ojo verdadero saltando de su órbita en medio de ese paisaje como de crema, en la Alta Saboya. Mientras mis piernas salían disparadas en direcciones opuestas poco antes de aplastarme la nariz contra la nieve, recordaba su ojo, aquella bola blanca y verde con esas lindas vetas azules en el iris. Hasta tuve la impresión de ver su ojo perdido flotando en un charco rojo, justo delante de mí. Porque debió de sangrar mucho, Astrid, el día en que el ojo antiguo le saltó de la cara. Pero no era más que mi gorro, que una vez más había volado por el aire, el gorro rojo con pompón de colores que Paul me ayudó enseguida a encasquetarme en la cabeza al tiempo que me ofrecía un brazo para ponerme en pie.

Al otro día, por suerte, el mar no fue tan feroz. Y lo fue cada vez menos, con el pasar de los días. Creo que poco a poco terminé por domesticarlo.

Cada anochecer volvíamos al chalet a comer, casi siempre, pastas y queso. Queso *reblochon** sobre todo: un apren-

---

* *Reblochon:* queso de la Alta Saboya, a base de leche de vaca de raza Abundancia, Tarine y Montbéliarde. La pasta es suave y su corteza es amarilla azafrán, cu-

dizaje esencial, digamos, de esta semana de inmersión; para Eduardo también, creo, aunque, fieles a nuestro pacto, nunca lo comentamos. Porque cada vez que el *reblochon* hacía su aparición al fin de cada comida nuestras miradas se encontraban: era como una forma de compartir la experiencia, de transitarla juntos. De darnos ánimo, también.

Lo más importante, en cuanto al *reblochon*, es no dejarse acobardar. Hay un inconveniente claro, al principio: esa barrera de olor que el queso levanta entre sí mismo y el resto del mundo. Pero no hay que equivocarse. No es ninguna agresión, es solo la manera en que el queso nos dice: *¿Tenés ganas realmente? ¿Estás listo?* El hedor es la herramienta que el queso ha encontrado para reinar en la mesa —porque detestaría ser tragado sin más, engullido como si nada y sin que nadie se diera cuenta.

Al otro lado de la mesa, cada vez que llegaba el momento del *reblochon*, poco antes de clavar sus dientes en la pasta cremosa, Eduardo me miraba. Y era como tomarnos de la mano —necesitábamos hacerlo para poder saltar esa valla de hedor. Uno enfrente del otro, nos dábamos coraje con la mirada para decirle juntos al queso: *Sí, estamos listos, estamos aquí, con vos.* Cada vez llegábamos más rápido a este instante con el correr de los días, cada vez con más ganas también: porque, detrás del olor, la materia del queso no se le parece en nada; después de que su olor áspero se apodera de tu nariz, el gusto te dice otra cosa. *Reblochon:* con su «e» casi extinta en la primera sílaba y su sílaba final que se esconde detrás de la nariz, el nombre de este queso le calza perfecto.

Durante el viaje de regreso, en auto y en camino a la región de París, me pareció entender otras cosas importantes.

---

bierta de una fina «espuma blanca» que da prueba de un buen refinamiento en bodega fresca. *(N. del T.)*

Las altas cumbres seguían blancas de nieve, pero abajo ya era primavera, plena primavera. Habíamos atravesado una región de valles con lotes y parcelas de todos los colores, salpicada de pueblitos, campanarios y casas que parecían sin edad. Era la misma región que habíamos atravesado a la ida, claro, pero solo a la vuelta me deslumbró, y ese paisaje, que una semana atrás me había parecido bonito, de pronto me atrapó para siempre. Quizá porque los colores, mientras estábamos allá arriba en la Saboya, habían tenido tiempo de volverse más intensos. O porque una semana atrás había sido incapaz de verlos así, tal como se me aparecían a la vuelta. Aquellas colinas eran como un mosaico que cubría el paisaje entero, un *collage* infinito de materias y colores, una inmensa manta, hecha de retazos de tierra y de historia. ¡Qué increíble! ¿Y a esto llamaban el campo, aquí, en Francia? Hasta entonces, el campo no había sido para mí más que un paisaje plano y siempre idéntico, una única extensión de un verde terroso y sucio: un paisaje al que basta con mirar unos pocos segundos, ya que siempre parece decir lo mismo. La pampa es el aburrimiento infinito. No. Esto que había estado esperándonos al pie de las montañas no tenía nada que ver con el campo que yo conocía de antes: era como un vergel, un inmenso jardín habitado en que las gentes, allí donde uno mirara, habían sabido dejar sus huellas.

Creo que avancé mucho durante esa semana en la nieve. Salvo con *Les fleurs bleues*.

Empezaba a decirme que quizá tuviera razón la bibliotecaria del Blanc-Mesnil. Porque yo no entendía nada. O, por lo menos, no mucho. Me había llevado el libro conmigo a la Saboya, esperando que mi semana de inmersión francesa me ayudara a llegar hasta el final. Pero no había servido de nada. Y es que además era un libro extraño, que no trataba de abejas. En absoluto. Ni siquiera de flores azules. A veces la acción transcurre en el Sena, en una barcaza. Y al rato, muy atrás en el tiempo, con otros personajes que parecen ser los mismos que los primeros. Pero no. Personajes que beben. Y que duermen mucho. Como yo, para ser sincera, cada vez que intentaba avanzar en la lectura: al amanecer de mi última noche en el chalet me desperté con la cabeza sobre las *fleurs bleues;* había arrugado varias páginas del libro sin quererlo.

Sin embargo seguía aplicándome a la lectura, quería con todas mis fuerzas llegar hasta el final —aunque perdiera pie tantas veces. Las frases y las escenas se embarullaban en mi cabeza, como un ovillo de lana caído entre las patas de un gatito juguetón. Pero qué me importaba.

Porque ya me la imaginaba, a la bibliotecaria del Blanc-Mesnil, preguntándome con una risita burlona en la voz: *¿Qué tal ese libro? ¿Lo leíste hasta el final?* Solo por escapar de esa escena anunciada me empeñaba en llegar hasta la última página. No quería darle el gusto de haber adivinado lo difícil que sería esa lectura, que mi acento se lo hubiese anunciado. Ni el gusto de que insistiera con *Le petit Nicolas.* De ninguna manera.

Además, lo sé bien: uno siempre encuentra la punta de un caos de lana, aun cuando el culpable haya sido el más revoltoso de los gatos.

Los vestidos tiroleses

Era mi primera primavera de este lado del Atlántico, una primavera incontestable que se había adueñado de la Voie Verte en unas pocas horas. Y de pronto mamá tuvo que salir a buscar ropa nueva: había que completar nuestro guardarropa con prendas más livianas.

Una noche mamá irrumpió en mi cuarto cargando sus trofeos: polleras y camisas para ella y Amalia, más una bolsa que una señora de Cáritas, que ya nos conocía muy bien, había apartado cuidadosamente para mí.

Tuve la impresión de que la ropa de esa bolsa provenía del mismo armario que mi madre había revuelto dos meses atrás, cuando todavía estábamos en el corazón del invierno. Adentro había algunas remeras a rayas, una musculosa de mujer a rombos amarillos y marrones y *dos vestidos que te van a quedar como pintados,* al menos eso fue lo que me dijo mamá.

Al parecer, los vestidos estaban sin estrenar. *¡Mirá! ¡Si todavía tienen las etiquetas con el precio...! Acá la gente se desprende de cosas nuevas, ¡no se puede creer!* Mi madre se asombraba cada vez, y yo con ella. Porque del otro lado del océano nadie tira nada: con los manteles viejos se hacen repasadores, y los pulóveres que ya nos quedan chicos se destejen para hacer medias.

El primer vestido de Cáritas que mamá sacó de la bolsa era rojo y azul, con un gran delantal blanco cosido a la altura del talle y pequeñas cintas negras en el pecho. Mamá lo identificó enseguida: *Un vestido tirolés.*

181

—Para que te acuerdes siempre de esa semana en los Alpes, ¿qué más querés?

—Hmm... ¿Y el otro?

El segundo vestido no era, es cierto, lo que se dice *tirolés*. Venía también con delantal incorporado, pero lucía decenas, cientos, miles de florcitas bordadas: rosadas y rojas sobre el pecho y la espalda, verdes de la cintura para abajo y hasta el borde del ruedo.

—Este también parece un vestido de montaña...

Por fin, del fondo de aquella bolsa, mamá sacó un par de zuecos demasiado chicos para ella y todavía demasiado grandes para mí. Pero tarde o temprano terminarían por calzarme, aseguró: en previsión de ese día los deslicé bajo la cama.

Mientras me probaba el segundo vestido —el que parecía evocar un paisaje de montañas aunque no exactamente del Tirol— tuve la impresión de que mi madre se contenía de soltar la carcajada. Pero quizá no fuera más que una idea mía.

—No me río, me sonrío... —dijo ella—. Si te queda precioso ese vestido. Falta que te hagas las trenzas y quedás igualita a Heidi.

Me parecía que seguía tomándome el pelo, aunque dijera lo contrario.

—Pero terminala. Si te queda perfecto, te digo. Como sea, tenés que tener algo para ponerte mañana...

El vestido con florcitas al menos me parecía más discreto —porque era menos tirolés, sin duda.

—Está bien, mamá. Me lo voy a poner.

Ya había salido de casa y estaba en medio del pasaje esperando que saliera Inés cuando de pronto, cómo decirlo, tomé verdadera conciencia de las flores. Eran minúsculas y pululaban por todos lados, todo el vestido, hasta en las mangas y en una especie de lazo que hacía las veces de cinturón;

porque, entre mi pecho cubierto de flores rojas y rosadas y la falda cubierta de flores verdes, alguien había tenido la idea de añadir, en la cintura, una franja de tela en que alternaban las flores en sus dos versiones, rojas y verdes. Y apenas me movía sentía que, contrariamente a lo que mamá y yo habíamos creído el día anterior, aquel vestido de montaña no era de mi talle: me apretaba extrañamente en las axilas, quizá por causa de esos brotes de mi pecho —tenía la impresión de que por la noche habían crecido cantidad.

Aquella mañana, como de costumbre, Carlos había empezado a seguirme. Pero de un poco más lejos esta vez, o eso me parecía, como si mi vestido montañés lo mantuviera a distancia.

Inés gritó en cuanto me vio:

—Pero bueno..., ¡vestido nuevo!

No dije nada. Era nuevo, sí: imposible que pasara desapercibido.

Cuando Inés y yo nos reunimos con Luis tuve la impresión de que también él iba a decir algo. Pero por suerte se contuvo.

En cuanto a Carlos, esta vez siguió en silencio durante todo el camino. Mi vestido floreado parecía haberlo calmado misteriosamente. Por una vez, nuestro guion matinal se había alterado un poco.

Magnolias for ever

Nadine vive detrás de la escuela, en un barrio de casas bajas. La que ella habita con su mamá y su abuela queda al final de un pasaje, por detrás de una pérgola con flores. Es el rincón más lindo del Blanc-Mesnil. Como un retazo de Meudon perdido aquí, en pleno corazón de la grisura. Un miércoles me invitó a su casa, a disfrutar de todo aquello.

Nadine es francesa, como Astrid, pero habla extrañamente, mucho más extrañamente que yo con mi acento argentino. A veces la gente apenas si le entiende, y, por muy francesa que sea, le piden que repita algunas de sus frases. Cosa que al parecer la irrita mucho más que a mí cuando me lo piden. Todo porque tiene un *pelo en la lengua,* como dice Inés, y aún hoy me parece que lo escucho a ese pelo. Nadine cecea, desliza zetas por todos lados, baña todas las vocales con su saliva. Y todo el tiempo se lo recuerdan, por si acaso lo hubiera olvidado.

—Ah, zeguro que zí, Nadine, tenéz razón. Aunque, la verdad, no zé, Nadó querida, ¡no te entendimos nada!

No soporto que se burlen de ella, y Nadine lo sabe; en cuanto alguien empieza a imitarla me pongo tan colorada como ella y con la misma rapidez, no puedo evitarlo. Basta que la furia y la vergüenza le suban a la cara para que también yo las sienta subir en mí, y mis mejillas arden, y bajo la cabeza hasta que Nadine consigue responderles algo o pasar a otro tema, ignorándolos. Creo que por eso me invitó a su casa aquel miércoles. Aunque, en el fondo, sé que me gusta que Nadine hable de manera tan extraña, que tenga ese defecto de pronunciación que todo el mundo percibe. Esas vocales ahogadas en su propia espuma que hacen reír a los demás me ponen muy triste y al mismo tiempo, secretamente, las disfruto, es raro. Por todo eso la quiero mucho a Nadine.

En casa de Nadine se adora a Claude François. Para su madre, para su abuela y para Nadine, es una verdadera pasión. Solo que Claude François murió el año pasado. Inés me contó que se electrocutó en el baño, pero *no hagas nunca la menor alusión a su muerte delante de Nadine: se pondría muy triste.* En aquella casa por detrás de la pérgola, nadie ha podido superar el golpe.

En la entrada, un retrato del cantante descansa sobre una silla, delante de una pared tapizada con flores rosas y blancas. Allí mismo lo van a instalar, según me explicó Nadine. Su abuela lo bordó, en punto cruz y en los mismos tonos pastel de la tela. Fue también ella quien pintó el marco tratando de reproducir los colores de las flores del tapizado. Los pétalos del marco parecen abrirse hacia la cara del cantante como si las flores del círculo de madera crecieran en su dirección. Por algunos instantes, Nadine alzó el cuadro hasta el lugar que le asignaron y lo apoyó contra la pared para que yo pudiera imaginar aquel zaguán cuando la cara de Claude François se encontrara al fin en su lugar.

—Azí va a quedar, máz o menos.

En el cuarto de Nadine se ve aquel mismo rostro en todas las paredes. Hay tantos afiches colgados que sus bordes a veces se enciman. Pero la falta de espacio no ha podido frenar la pasión de coleccionista de Nadine: sobre las imágenes más grandes del cantante, en los lugares que no presentan ningún interés o cuando es solo un fondo en que su cara se destaca, ha pegado más fotos de Claude François, pequeñitas, recortadas de diarios y revistas.

Tiene todos sus discos. *Ez la colección completa,* me decía mientras iba cubriendo su cama de decenas de discos de 45 y 33 revoluciones, y se la veía extrañamente orgullosa. Porque Nadine tiene todo Claude François solo para ella, y a veces repetido.

En una de las fotos que cuelgan sobre la cama de Nadine, Claude François recuerda muchísimo a Luis, salvo porque es rubio. El parecido es verdaderamente sorprendente: en uno y otro caso, el pelo lacio se abre en dos sobre la frente como un telón portátil, para terminar arqueándose levemente a la altura del cuello. Apuesto a que Claude se escondería tras esos telones de pelo, tal como lo hace Luis, a veces, cuando Carlos lo hace llorar.

Tan pronto como Nadine llegó de la cocina, adonde había ido a buscar un paquete de tarteletitas de frutilla, cerró la puerta de su cuarto. Y quedamos como protegidas, en el corazón de su pequeño templo. Luego tomó algunos discos y los acomodó unos sobre otros en un orden preciso: sabía exactamente qué canciones quería escuchar y cómo cada una debía engancharse con la siguiente. Porque Nadine no solo conoce todas las canciones de Claude François, sino también el efecto que provocan: unas ganas locas de bailar. O de tirarse sobre un almohadón con los ojos fijos en el cielorraso; y ha preparado nuestra tarde de acuerdo con su perfecto conocimiento del repertorio. Empezando por «Alexandrie Alexandra», cuya letra repetía al tiempo que se echaba a bailar ante mí. Era rarísimo, pero habría jurado que, cuando cantaba sobre la voz de Claude François, Nadine ya no ceceaba ni un poquito.

Yo la miraba a Nadine, que de pronto pegaba un grito y llevaba sus manos al pecho como tirando de una cuerda, ¡*rah!*, y el grito parecía salir del fondo de su garganta con todo el aire de sus pulmones. Después lanzaba los brazos hacia delante, como si arrojara la cuerda lejos, espirando con un ronco ¡*hah!* Era raro verla inmovilizarse bruscamente en mitad de un contoneo, con una mano en la cintura y la otra sobre un muslo. Me miraba sonriendo y sacudía las nalgas un buen rato antes de volver a empezar como una tromba.

—¿Voz no bailáz?

Yo hacía que no con la cabeza, pero con una seña de la mano le pedía que siguiera. Porque me encantaba mirarla.

Sin embargo, al terminar la primera canción, y después de haber bailado con tanto entusiasmo, Nadine se ensombreció de pronto. Porque habíamos cambiado de registro, y «Comme d'habitude» era la canción ideal para ceder a las confidencias. Entonces Nadine se derrumbó de espaldas en la cama y me invitó con un gesto a hacer lo mismo, junto a ella.

—Ah, fue tan trizte, tan trizte; lloramoz tanto mamá y yo. ¡Y mi abuelita! No te imagináz, eztaba deztrozada.

Ese «deztrozada» me emocionó a mí también. Porque nos comunicamos extrañamente, Nadine y yo: sentí que mis ojos se llenaban de lágrimas al mismo tiempo que los suyos. Y pensé que sí, de verdad había debido de ser terrible todo aquello en la casa de detrás de la pérgola.

De pronto Nadine pareció muy agitada. Se puso de pie de un salto, empezó a hacer gestos y grandes ademanes y a mirarme fijo con los ojos húmedos, hasta que por fin se tapó la boca con la mano, como para impedirse gritar de horror. Sin embargo, ningún sonido escapó de su boca, ni un suspiro siquiera —y es que no tenía palabras para decir qué le pasaba. Estaba literalmente desbordada por la emoción. Yo no sabía qué hacer, cómo ayudarla; no tenía más palabras que ella misma, así que me levanté y la abracé. El cantante desaparecido, desde todos los rincones de la pieza, tenía la mirada fija en nosotras.

Pero poco después Nadine recobró su impulso. Dejó mis brazos para ensartar un nuevo 45 revoluciones en su tocadiscos. Algo bailable, esta vez.

—Voz también te habráz puezto trizte cuando ze murió, ¿no ez zierto?

—No estaba en Francia en esa época, Nadine, llegué después de la muerte de Claude François.

—¿Azí que no eztabaz acá cuando él vivía?

Aunque se había alegrado al cambiar de disco y escuchar el comienzo del ritmo de la canción, Nadine parecía de nuevo muy triste.

Se acercó a mí y me tomó de la mano, como si hubiera llegado su turno de consolarme.

—Entonzes... ¿no lo conozizte? ¿Llegazte dezpuéz que él ze murió?

Sus ojos se veían húmedos otra vez, pero lo que ahora la entristecía era que yo me hubiera perdido aquella época, el tiempo en que Claude François vivía aún. Que hubiera llegado después, demasiado tarde.

—Pero ¿conozéz zuz canziones, por lo menoz?

Preferí mentirle un poco, para no perturbarla más.

—Sí, conozco varias, claro...

Estábamos escuchando *Magnolias for ever:* el nombre estaba escrito en letras rosadas en el sobre del disco, por encima de la cabeza del cantante con sus dos telones de pelo rubio.

—Esta precisamente es mi preferida.

Era cierto, además: desde los primeros compases me encantó esa canción. Y, para convencerla, esta vez fui yo quien se puso a bailar, las manos muy abiertas, los dedos apuntando al cielo.

Mis tuberías

Durante mis primeros meses en Francia, me preguntaba cómo funcionaba la cabeza de las personas que hablaban francés desde siempre.

Muchas veces me tocaba vivir la misma escena, de manera idéntica. Estaba con alguien que de pronto se ponía a hablar en francés a toda velocidad, demasiado rápidamente para mí, claro. Y las frases pasaban por mi cabeza sin que pudiera atraparlas; apenas si conseguía aferrarme a las palabras que conocía intentando descubrir los lazos entre ellas, lazos que iluminaran un destino para todas las que iban quedando a la sombra. Hacía mentalmente mis hipótesis. Varias interpretaciones me parecían posibles, llegaba a entrever diferentes salidas. Pero, mucho antes de que hubiera podido decidirme por una de ellas, las personas ya habían lanzado varias ráfagas nuevas de francés, más veloces todavía. Tres, cuatro descargas suplementarias, y perdía pie, me sentía completamente perdida. Ya me era imposible aferrarme a lo que fuese, no distinguía nada más, hasta esas pocas palabras que desde hacía tiempo me resultaban familiares terminaban por desaparecer, arrastradas por la corriente de todo lo que no entendía. Ciertas veces tenía la impresión de que me arrastraban a mí pero otras, por el contrario, que se me escapaban para siempre. Como ajena a la escena, las veía alejarse en el torrente de ese idioma que me excluía y me dejaba así, impotente, en la orilla. Era en ese momento cuando me preguntaba cómo operaba el francés en la cabeza de los otros. *¿Por dónde pasa?*

Y aunque ya hiciera uno o dos meses que no perdía pie de esa manera, una noche del mes de mayo antes de dormir me puse a pensar de nuevo, largamente, en mis tuberías.

Estaba en mi cama, con la luz apagada. Mientras trataba de distinguir en la penumbra de mi cuarto las tuberías del empapelado, procurando seguir el dibujo con la yema de los dedos, una vez más intentaba comprender: ¿qué pasaba en la cabeza de Astrid? ¿Y en la de Nadine? ¿Cómo hacían para pensar en francés y hablar casi al mismo tiempo, en el mismo impulso? ¿Cómo sería ese circuito? *¿Por dónde pasará?* Me daba la impresión de que nunca iba a encontrar la entrada y, como cada vez que pensaba en aquellas cañerías por las que no podía deslizarme, me puse muy triste.

Porque yo hablaba cada vez mejor, claro, y eran cada día menos las palabras que verdaderamente no entendía, pero el problema —y yo lo sabía bien— era que todo pasaba en dos tiempos: pensaba en castellano, traducía mentalmente las palabras, y solo después abría la boca. Muchas veces, incluso, solía hacer una especie de resumen de lo que quería decir para que la tarea no me resultara tan pesada. Era eso lo que no funcionaba: tenía que encontrar la entrada de aquellas tuberías y, para hacerlo, tenía que actuar directamente, sin tantas vueltas.

Hasta que un día, por fin, pensé en francés. Sin darme cuenta, y sin quererlo. Pensé y hablé en francés *al mismo tiempo*.

Sucedió una mañana, muy temprano —aunque ya era de día: estábamos, creo, en pleno mes de junio. La luz entraba en mi cuarto por la ventana sin cortinas que daba al pasaje. En las paredes, las tuberías color crema emitían unos reflejos dorados que se colaban por la minúscula hendija del ojo que trataba de abrir. Estaba todavía entre la vigilia y el sueño, la cabeza apoyada en las *fleurs bleues* cuya lectura había terminado justamente la noche anterior. Llevaba por lo menos un mes de retraso en la biblioteca del Blanc-Mesnil, pero estaba tan contenta de haber podido llegar al final de la prueba. Y de poder anunciárselo a la bibliotecaria, sobre todo. La noche anterior, mientras me dormía, de solo imaginar la escena me había puesto feliz por anticipado, y por eso aún tenía el libro junto a mí.

En fin: todo pasó por la mañana. Mi mamá se preparaba a abandonar la jaula de tuberías que era el living —donde los tubos son anaranjados, marrones y amarillos— para salir a ocuparse de los chicos de Claparède. Arreglaba sus cosas mientras yo, mirando esas tuberías que la luz de la mañana doraba ligeramente, seguía con la cabeza posada sobre *Les fleurs bleues* de Raymond Queneau. Y de pronto me escuché preguntarle a mamá desde mi cama: *Tu m'as laissé les clés?*[*]

¡Se sorprendió tanto! Porque fue verdaderamente así como le hice la pregunta, *Tu m'as laissé les clés?*, así, y no de otra manera.

Yo también me había quedado estupefacta.

¿Por dónde habrían podido llegar aquellas palabras a mis labios, de repente?

—¡Hablaste en francés!

Mi madre se había asombrado en castellano: *¡Hablaste en francés!*, repitió. Y de verdad era raro.

Yo estaba maravillada y desconcertada a la vez.

La sorpresa fue tal que me quitó el sueño de un golpe. Y seguí largo rato con los ojos fijos en las tuberías de mi cuarto. Por primera vez no había traducido. Había encontrado, sin necesidad de buscar, la entrada.

Al fin me había deslizado por esas tuberías que durante tanto tiempo había creído inaccesibles.

---

[*] «¿Me dejaste las llaves?» *(N. del T.)*

Lunes

Fue a la semana siguiente cuando conseguí agregar a mi carta de los lunes la imagen que papá esperaba hacía tantos meses. No sé qué relación habrá tenido esto con mis tuberías, pero sé que solo después de haber logrado deslizarme por ellas pude elegir la quinta foto que él tanto me reclamaba.

La elegida era casi la ideal, se parecía muchísimo a la foto que papá tantas veces había imaginado por escrito. Todavía hoy la tengo en mi memoria.

En la quinta foto que terminé por enviarle, se nos ve a mi madre y a mí —lo que equivalía a dos fotos en una, exactamente como él quería. No posamos muy cerca de la cámara pero tampoco muy lejos; podría decirse, creo, que se trataba de un verdadero *plano americano,* también como lo había reclamado. Se ven muy bien la cara de mamá y la mía, de frente, y parte de nuestros cuerpos —de los muslos para arriba en el caso de mamá, y un poco menos en mi caso, porque aún soy más bajita que ella. Estamos apoyadas contra la pared, a uno y otro lado de la ventana abierta que deja ver algo del barrio. Papá por fin sabría qué era la Voie Verte: un pasaje que avanza entre edificios grises y un arenero al medio. Mamá tiene el pelo suelto, yo lo tengo atado en dos largas trenzas, pero al menos no me he puesto el vestido tirolés. Y, por cierto, también se ven las tuberías, aunque no muchas. Apenas las necesarias como para servir de decorado.

Sí, esta foto le gustaría a papá, estaba segura. Porque además no se veía en ella a ningún desconocido, ningún invitado sorpresa podía distinguirse afuera, caminando por el pasaje de la Voie Verte. Ni siquiera el reflejo de Amalia en el cristal de la ventana, aunque hubiera sido ella quien había oprimido el disparador de la cámara ante la cual posáramos para esa quinta foto. Aquella imagen lo tenía todo para triunfar. Y para escapar de las tijeras de los guardiacárceles.

Todavía hoy me recuerdo deslizándola en el sobre como si nada, sin dar explicaciones por aquella espera tan larga ni disculparme por mi persistente silencio. Como si todo ese tiempo hubiera sido necesario para que la foto apareciera.

Creo que en la carta de aquel lunes, la que llevó la quinta foto, le hablé a papá de esas palabras francesas que habían salido de mi boca sin necesidad de pensarlo. Y que también me atreví a hablarle del libro de Queneau. Pero apenas un poco.

Porque, claro, aunque lo hubiera leído hasta el final, me daba cuenta de que en el fondo no había comprendido mucho. Había devorado las palabras y las frases, me había tragado el libro de la primera a la última línea. Pero qué me había quedado, al final, me era imposible decirlo. Y sin embargo, aunque tantas cosas se me hubieran escapado, estaba segura de que el libro había terminado por provocar, a su manera, algún efecto.

Por eso alguien podría pensar que la bibliotecaria tenía razón. Aunque yo sentía que en el fondo estaba equivocada. Más aún, completamente equivocada: porque ahora me moría de ganas de decir algo sobre el libro. Nada demasiado preciso, sin embargo. Porque, de lo contrario, habría en mi carta muchas tonterías. Pero algo quería decir, sí, y algo es algo.

Así que simplemente le conté a papá que me había gustado la historia de Cidrolin y la del duque de Auge, y que me había hecho feliz que hubieran podido reencontrarse, hacia el final, para charlar un poco: porque eso, estaba segura, sucedía en el libro.

Después traduje para él, al castellano, la última frase de la novela, en principio porque era más prudente citarla que seguir comentando el libro, pero también porque me parecía realmente perfecta. Además, en esa frase, las famosas flores del título habían hecho por fin su aparición. Al cabo de doscientas setenta páginas. Aunque tantas cosas hubieran quedado en sombras para mí, aunque hubiera sido tan difícil llegar al fin de la lectura, tan pronto como la leí pensé que esa sola frase justificaba tanta, tanta pena:

Un manto de lodo cubría aún toda la tierra; pero ya, aquí y allí, asomaban pequeñas flores azules.

Este libro nació de ciertos recuerdos persistentes aunque muchas veces confusos; de un puñado de fotografías y de una larga correspondencia de la que no subsiste más que una voz: las cartas que mi padre me envió de la Argentina, donde estaba preso hacía varios años por razones políticas. Entre el mes de enero de 1979 y el momento en que pudo también él salir del país, papá y yo nos escribimos una vez por semana. Mis cartas desaparecieron, pero yo conservo las suyas. La primera está fechada el 21 de enero de 1979, la última el 21 de septiembre de 1981, es decir, pocas semanas después de su liberación. Durante más de treinta años las había conservado conmigo, pero no tuve el coraje ni la fuerza de releerlas. Lo hice durante la primavera francesa del año 2012.

Gracias a Jean-Baptiste por su apoyo y su paciencia. A Hélène, torbellino travieso que inspiró tantas de estas páginas con su mirada y su sonrisa. A Augustin y Emilien, por la felicidad que me dan. Y a Cathy, la mejor de las amigas y la más exigente de las lectoras, a quien, una vez más, le debo mucho.

La danza de la araña

Persigo una imagen, nada más.

GÉRARD DE NERVAL

Mi brújula

En la Capsulerie, enseguida se siente el ascenso.

Después de cruzar la calle Robespierre, se sube una pendiente empinada hasta la Noue. Nuestra torre está en el número 45, casi en lo alto de la cuesta. Pero trepar la calle no basta. Es que nuestro edificio está más arriba aún, un poco retirado, erguido sobre una colina. Después de haber subido hasta el número 45, todavía falta afrontar unas escaleras larguísimas para acceder al edificio, además vivimos en el noveno piso. En fin, acá, en la Capsulerie, la subida no termina nunca.

Desde hace diez días, mamá, Amalia y yo estamos instaladas en Bagnolet. Sigue sin ser París, pero la capital está muy cerca, esta vez, justo detrás de las curvas de la autopista A3, debajo del periférico, allí donde se esconde la estación Gallieni.

Mamá dice que en Gallieni termina la línea de metro, la 3, la que se ve de color caqui en el mapa. Pero yo no veo las cosas como ella. Para mí, sin ninguna duda, en ese lugar la línea de metro no termina, sino que empieza —cada vez que explica lo bien que estamos ahora en términos de suburbios para luego seguir con eso del *final* de la línea, no puedo evitar corregirla. Entonces se ríe, no entiende por qué insisto tanto. *¡Pero si el final o el principio de la línea es lo mismo, date cuenta!* Bueno, puede ser que desde cierto punto de vista sea lo mismo. Para los otros, tal vez. Pero entonces, razón de más. Si es lo mismo, prefiero decir que acá es el principio. Porque si la línea empieza en Gallieni, yo siento que, en el fondo, a partir de ahí todo es diferente.

Desde el balcón de nuestro departamento, en la continuación del living que sirve también de habitación a Amalia, es increíble todo lo que ya aprendí a reconocer, en apenas unos días. Frente a nosotras, está París —de verdad. Mamá me lo había dicho después de haber visitado el departamento por primera vez, pero hasta que no me encontré delante de esa vista, me costó creerle. Y ocurre que a veces me pongo a dudar. Todos los días, salgo dos o tres veces para comprobar que es verdad, que París está realmente ahí, justo delante de la Capsulerie. Siempre me quedo largo rato admirando lo que se pueda ver y todo lo que se alcanza a adivinar, con las manos aferradas a la baranda de cemento gris que rodea nuestro noveno piso.

Mis ojos se detienen inevitablemente en Gallieni, en los edificios altos que se alzan al lado de la autopista. Después contemplo ese paisaje que parece calmarse a medida que se avanza en la ciudad, del lado del Père-Lachaise. Más allá, se distingue la silueta del Centre Pompidou, la de la torre Saint-Jacques, creo. Tal vez Notre-Dame, a lo lejos. Pero para Notre-Dame, al fondo del paisaje, hace falta que el día sea muy claro, sin olvidar agregar al cielo más puro mucha buena voluntad. Posiblemente, también, una pizca de imaginación. Lo seguro es que, a medida que uno se aleja de los empalmes de la autopista, París no para de apaciguarse —cuanto más olvidamos el periférico y el nudo de las intersecciones, más suave se vuelve la ciudad, como una promesa.

Pero si en lugar de mirar tan lejos, la nariz en el aire y parada en puntas de pie, me detengo en lo que está más cerca de la Capsulerie, si me concentro en lo que está justamente ahí, frente a mí, lo que veo es el periférico. La autopista A3, la que nos permitió salir de Blanc-Mesnil. El parque Jean-Moulin. Y luego, las gemelas que están a orillas de la autopista, las Mercuriales: imposible pasarlas por alto, además de que el nombre está escrito en mayúsculas en la cima de cada torre. A primera vista, parecen idénticas, pero si se las mira atentamente, uno se da cuenta de que no es así. Además, alguien nos dijo que el nombre no termina ahí, muchos creen que solo son las Mercuriales, pero una es la torre Poniente y la otra la torre Levante, prueba de que son distintas y que no hay ningún motivo para confundirlas.

Amalia me explicó que Poniente y Levante es una manera de decir que una está al oeste y la otra al este, pero se les dio ese nombre porque es mucho más bonito así. Además, con eso de Poniente y Levante, es como si evocasen mejor el sol y su trayectoria. Por más que se encuentren a orillas de la autopista, las Mercuriales, a su manera, encontraron la manera de hablar en primer lugar del cielo.

De inmediato, a esas torres gemelas las amé. Hay una un poco más pequeña que la otra, pero parece que eso suele ocurrir con los gemelos. También son levemente azuladas, y si se las observa concentrándose en ese color, se ve que difunden un poco de azul a su alrededor que, como si nada, azulan una pizca lo que las rodea. Las Mercuriales no se contentan con parecerse —cuando se las tiene delante, se entiende de inmediato que están juntas de verdad. Con sus paneles de vidrio, se lo pasan reflejándose la una a la otra, siempre sobre fondo azul, incluso cuando el cielo está gris —Poniente sobre Levante, Levante sobre Poniente, por más que las Mercuriales indiquen el este y el oeste, también juegan a confundir las pistas.

A veces me digo que es una pena que nadie haya pensado en completar la brújula que se encuentra a orillas de la autopista. ¿Por qué haber dejado las cosas por la mitad? ¿Dónde están el norte y el sur, en todo esto?

Aunque, si se piensa bien, Poniente y Levante es ya un primer paso. En el fondo, basta con trazar una línea imaginaria entre los dos rectángulos de vidrio para inscribir en el paisaje los cuatro puntos cardinales, sin que falte ninguno.

Papá se encuentra al extremo sur —en alguna parte de la línea invisible.

Tiro al arco

Hoy me llegó una nueva carta de papá.

Ahora sabemos muy bien cómo se las arreglan en el correo con el océano y los once mil kilómetros que nos separan. En un sentido como en el otro, con el tiempo aprendimos a apuntar. Después de un año y medio de experiencia podemos prever, con un margen de error mínimo, cuánto le va a llevar cruzar el Atlántico a una hoja de papel guardada dentro de un sobre —nuestras estimaciones son cada vez más precisas—. Pero para llegar a eso nos hizo falta mucho entrenamiento, algunos rotundos fracasos y una buena cantidad de aproximaciones. *Esta carta debería llegarte después de año nuevo,* me escribió papá el último 20 de diciembre. A lo que respondí *Casi, pero no del todo* —estábamos todavía en 1979 cuando abrí el sobre que él había imaginado en mis manos al principio del nuevo decenio. Pero unos meses más tarde, cuando leí *Esta debería llegarte el día de tu cumpleaños,* no se equivocaba, la carta llegó en la fecha exacta, el 10 de abril de 1980, puntual para mis doce años, con el correo de la mañana. *Esta vez sí que acertaste.* Para mandar un mensaje en el momento justo desde el otro lado del océano, la experiencia termina por servir.

La mudanza que nos ha acercado a París no ha cambiado en absoluto el asunto. Cuando él escribió en su celda de La Plata la carta que tengo ahora entre las manos, mamá, Amalia y yo estábamos dedicadas a cargar el auto de Carlos con nuestros trastos, felices de abandonar el Blanc-Mesnil y los monoblocks de la Voie-Verte. *Por lo que anunciabas en tu última carta, hoy se mudan de departamento,* dijo papá, y *cuando leas esta, sin duda ya habrás pasado más de una semana en Bagnolet.* Exacto.

Charlar entre los suburbios de París y la cárcel argentina en la que se encuentra papá, la Unidad Nueve de La Plata, es un poco como el tiro al arco —con cierto entrenamiento y algo de aplicación, se llega a dar en el blanco, el punto preciso del calendario en el que tenemos cita. Cuanto más pasa el tiempo, con más facilidad nos encontramos exactamente allí donde nos habíamos imaginado. Tal día, a tal hora, frente a los casilleros de las cartas, al pie del edificio A. De acuerdo, allí estaré. Tan solo hay que esperar que introduzca mi nueva llavecita en el casillero metálico de las cartas, luego que abra el sobre. Ya llego, ves. Ya está, estoy con vos.

Así es, con toda naturalidad, como reanudamos hoy, en el promontorio de la Capsulerie, la conversación que habíamos empezado en el Blanc-Mesnil.

Siempre esa historia de la tarántula que yo quisiera tener. Papá se muestra cada vez más escéptico. *No sé si es una buena idea. En realidad, me parece bastante complicado.*

Ya van casi dos meses que hablamos de eso. Nuestra correspondencia tiene ciclos, así. Desde el verano pasado, tanto en mis cartas como en las suyas, hay por lo menos media página sobre las tarántulas argentinas, esas arañas que papá llama *las arañas pollito.*

Todo empezó con un amigo de mi tía y con lo que ella le contó a papá en la última visita que le hizo en la cárcel. Era el día de *la visita de contacto,* cuando el visitante puede estar al lado del detenido que ha ido a ver. No sé por qué papá me dio ese detalle, él que, por lo general, no habla jamás de la cárcel, pero en la carta que me envió al principio del verano, me decía exactamente eso: el día de *la visita de contacto,* mi tía le habló de uno de sus amigos que tiene una tarántula como animal de compañía. La trajo del norte de Argentina, después de una estadía del lado de la frontera chilena donde vive parte de su familia: la araña en cuestión es una *araña pollito* andina, una especie muy particular, que se puede domesticar —*escuchá un poco cómo sigue esta historia,* me escribía papá en su carta de principios del verano.

Parece que cada vez que el hombre vuelve a su departamento de La Plata después de una jornada de trabajo, la tarántula se pone a bailar en la jaula de metal que tiene como casa. La araña da tales saltos cuando entiende que el hombre ha vuelto que los barrotes vibran y tintinean. Como si no estuviera encerrada en una jaula, sino dentro de un inmenso cascabel. Sobre todo, la araña parece reconocer los pasos del hombre. A menos que el desencadenante sea para ella el ruido que hace la llave al girar en la cerradura de la puerta de entrada. En todo caso, desde el principio de su vida en común, cada vez que el hombre vuelve a su casa después de una jornada de trabajo, la tarántula le hace fiestas. Entonces, tomó la costumbre de liberarla para mimarla un poco, a la araña le encanta —sin duda es por su liberación cotidiana y la breve sesión de caricias que sigue que la tarántula se apegó tanto a él, mostrándose cada vez más feliz y agradecida—. Por eso, desde que viven juntos, cuando el hombre está de vuelta, la danza de la araña es cada vez más demostrativa. Y el vínculo entre el hombre y el animal, más fuerte. Cuanto más pasa el tiempo, más se conmueve el amigo de mi tía ante la idea de esa secuencia cotidiana —cuando sabe que el reencuentro se aproxima, con solo pensarlo, si bien él no baila, se emociona de antemano—. La llave en la cerradura y la araña que se despierta. Sus pasos sobre el parqué y la araña que se entusiasma. Las piruetas detrás de los barrotes que tintinean de impaciencia. Una vez más, sabe que le va a tocar todo eso.

Papá se pregunta si el hombre se encariñó realmente con la araña, si lo que le gusta, en el fondo, no es ese pequeño ritual, que no termina ahí. Porque después de la danza de la araña, el hombre abre una segunda puerta —minúscula— con el fin de liberarla. Entonces, la jaula se calla. De golpe. *Sus encuentros son siempre silenciosos,* escribe papá. No solo porque la tarántula ha abandonado el cascabel donde habitualmente está prisionera —cada vez que está afuera, la araña deja de saltar. Su danza se detiene de repente. Se queda increíblemente tranquila —en cuanto está afuera de la jaula, incluso ha tomado la costumbre de ponerse patas arriba para que el hombre la mime rascándole la panza. Por cierto, él siempre se esfuerza por ser lo más suave posible ya que su familia andina le ha advertido, *ojo, nunca te olvides que puede picarte si se asusta.* Entonces el hombre es prudente. Pero en el fondo está convencido de que no tiene nada que temer, tal como la araña parece haber entendido que es inútil tenerle miedo a él. De hecho, después de cada una de sus salidas, la tarántula pasa cada vez más tiempo con las patas en el aire. Juguetona y perfectamente inofensiva —como un perrito cariñoso.

No sé qué es lo que me impresionó más en ese relato. ¿Acaso las fiestas que puede hacer una araña enorme, negra y peluda, en apariencia espantosa y repugnante, pero en realidad una dulzura de animalito? ¿Su danza, cada vez más alegre? ¿El sobrenombre *araña pollito*? ¿El perrito afectuoso y juguetón? ¿El hecho de que papá se haya enterado de esta historia el día de *la visita de contacto*? Lo cierto es que, desde que sé todo esto, yo también quiero tener una tarántula por mascota.

Llevamos un buen tiempo hablando del tema. Por cierto, no le dije nada a mamá —la tarántula es un secreto entre papá y yo. Sin embargo, no paro de pensar en ella, sobre todo desde que estamos en nuestro nuevo departamento.

Me gusta imaginarme con mi araña argentina, sentada en el balcón que da sobre el parque y la autopista, frente a Poniente y Levante. Desde el primer día, ya de noche, la haré salir de su jaula nada más que para acariciarla un poco. Ella subirá por mi brazo y se izará hasta mi hombro para acurrucarse en el nacimiento de mi cuello el tiempo que dura una breve siesta. Allí, muy cerca de la oreja, sé que me hará un poco de cosquillas. Pero no me va a molestar. Al contrario, si me hace cosquillas con sus pelos, mejor. Después se pondrá en camino para alcanzar el otro costado de mi cuerpo tras haber escalado mi cabeza, aferrándose a mi pelo —donde desde el principio encontrará, y de eso estoy segura, sus lianas preferidas. Es que pronto habrá entendido que yo también puedo ser dulce y delicada. Estoy segura de que lo sabrá en cuanto haya aprendido a conocerme.

Cuando papá me contó lo de la tarántula, inmediatamente le revelé lo que se me había ocurrido. Me gustaría que fuera el mensajero de mi pedido, que fuera él y nadie más quien me ayude a realizar mi plan. En cuanto mi tía vuelva a visitarlo a la cárcel, quisiera que él le preguntara. ¿Su amigo podría conseguir una segunda tarántula andina cuando vaya a ver a su familia en los Andes? Podrían enviármela por avión para que yo la domestique en Bagnolet, ahora que sé cómo se hace. La tendría en una jaula y yo también la haría salir todos los días para mimarla. Cada vez pasaría con ella un poco más de tiempo que el día anterior. Así, muy rápido, nos apegaríamos la una a la otra. Tanto como a nuestro pequeño ritual cotidiano.

Pero, si bien en la primera carta de papá todo parecía muy simple, desde que se enteró adónde quería llegar yo, ya no me alienta. Piensa que habría que conseguir una autorización, *es muy complicado enviar una araña argentina a Europa. Además, necesitaría papeles, una suerte de pasaporte animal. ¿Te das cuenta del lío?*

Pero trato de oponerme a los obstáculos que se interponen entre la araña pollito y yo. *¿Y si le consiguiésemos una lata opaca y rígida, si le pusiéramos adentro con qué sobrevivir durante el viaje? Podría atravesar el Atlántico a salvo, llegar a Bagnolet, como si nada. Eso podría ser, digo yo, ¿no?*

Sin embargo, cuanto más avanzo en la elaboración de mi plan, más parece lamentar papá su entusiasmo inicial con respecto a las arañas de compañía. En esta historia de tarántula que él mismo inició, ya no puedo contar con su apoyo.

En su última carta acumula argumentos para disuadirme —el clima de Bagnolet, nuestro noveno piso, el balcón de hormigón gris, piensa que nada de eso le haría bien a una araña andina. Sin olvidar el dolor de cabeza del pasaporte. Y además, aun cuando llegáramos a sortear este asunto de los papeles, si pudiéramos hacerla viajar como pasajera clandestina, infiltrarla muy discretamente en un avión, la tarántula muy probablemente no sobreviviría al periplo. Y arrancar a una tarántula de su cordillera para que muera lamentablemente en el fondo de una caja de plástico, escondida en la bodega para escapar de la policía aduanera —*sería terrible, ¿no te parece?*

Desde que leí todo eso en su última carta, temo que papá tenga razón. Pero me puso muy triste. Es que estos últimos días me imaginé tantas veces con mi araña pollito.

Mientras observo las Mercuriales, tengo la impresión de haberla perdido, aunque la tarántula de compañía no haya llegado nunca hasta mí. O que alguien vino a arrancármela sin que haya podido yo oponer resistencia.

Esta noche, volviendo a pensar en todo aquello, siento que extraño la tarántula e incluso mucho más. Como en el caso del hombre de La Plata, creo que lo que más me conmueve, en el fondo, es el pequeño ritual cotidiano —ese al que el hombre está tan ligado y que yo también estuve a punto de conocer. Sí: lo que realmente extraño, esta noche, es reencontrarme con la danza de la araña. Y saber que lo que resuena ahí, apenas a unos metros de mí, es una vez más la jaula que tintinea de impaciencia.

El sendero de la Fosse-aux-Fraises

La semana pasada descubrí mi colegio, la escuela secundaria *Travail*, Trabajo.

Me habían avisado que se llamaba así. Pero, como con el paisaje parisino que se ve desde la Capsulerie, hasta que no lo vi con mis propios ojos, me lo creí a medias.

Ahora sé que se llama realmente así. Es incluso lo primero de lo que uno se entera cuando llega al colegio, subiendo la calle Sadi-Carnot, desde Gallieni. GROUPE SCOLAIRE TRAVAIL: está escrito con letras enormes sobre una placa de hormigón en lo alto de una pared de ladrillos rojos, junto a una mujer que lleva en la mano izquierda una hoz, en la derecha algunas espigas de trigo, y cuyo pecho está oculto detrás de un inmenso martillo.

El camino para ir al colegio no puede ser más simple, perderse es imposible.

Después de Radar Gigante, el supermercado que está frente al metro, hay que seguir derecho, y luego adentrarse en la ciudad sin dejar la calle Carnot, dándole siempre la espalda a París.

Para mí, es el rincón más bonito de Bagnolet.

Por ahí no solo hay monoblocks de viviendas sociales, hay también casas particulares con patios e incluso a veces minúsculos jardines. Sobre todo después de la calle Lenin, una vez que se pasa la iglesia Saint-Leu-Saint-Gilles.

Posiblemente es lo que más me gusta, esa iglesia tan pequeña pese a sus dos nombres. No se sabe qué hace ahí, tan cerca de la autopista, de los empalmes y de las torres. Si solo estuviera la iglesia, uno podría imaginarse en un pueblo inmóvil, en medio del campo. Pero ahí, en la esquina de la calle Carnot y de la calle Lenin, hay que reconocer que la iglesia está como perdida. Creo que es por eso que me gusta tanto. Porque parece que alguien la puso ahí sin querer, y que luego se olvidó de ella —a menos que sea la iglesia quien quiera que se la olvide. Podría ser que ella misma quisiera diluirse en el paisaje, pasar el resto de su existencia de incógnito —de hecho, tiene siempre la puerta cerrada.

Es por todo eso, sin duda, que ese barrio de Bagnolet me gusta tanto. También por el parque que está frente al colegio, ya que ahí donde se encuentra resulta tan grande como inesperado. Y, además, está su nombre. Un nombre en el que al principio tampoco podía creer, hasta que, después de mi primer día de clase, leí con mis propios ojos la placa pegada a la verja. Crucé la calle para asegurarme de que se llamaba así, que era realmente lo que estaba escrito en el cartel: *Parque del castillo del estanque.* Qué idea más rara, porque detrás de la verja no hay ni castillo ni estanque. Si existieron algún día, debió ser hace mucho. En todo caso, en el parque no hay nada de eso, tan solo una gran casa. Con una gran escalinata, es cierto. Pero una casa, nada más, en el centro de un espacio vacío invadido por el pasto. Pienso que, si lo llamaron así, debe de haber alguna razón, puede ser que hubiese un estanque en ese lugar, antes, hace muchísimo tiempo. Aunque no se vea, me gusta imaginar que sigue ahí. Que tan solo se ha puesto a salvo —que está escondido, debajo del pasto húmedo. Si es así, debe de tener motivos para ello.

Después de clase, aun cuando se conozcan bastante poco, los chicos se alejan del colegio y del parque en pequeños grupos: están los que suben hacia el barrio de Malassis o que se dirigen a los monoblocks de la Noue, pasando por la parte alta de la ciudad. Otros desaparecen un poco antes de la calle Lenin, del lado de las casas con jardín. Después están los que bajan hasta Radar antes de seguir hacia el mercado de pulgas de Montreuil o de volver a subir en dirección a la Capsulerie, como Fatou y yo. Pero Fatou no va hasta allá arriba, ella vive más abajo.

No me molesta terminar sola el ascenso de la Capsulerie, al contrario. Después de que Fatou desaparece en su torre, yo acelero el paso, por poco me echo a correr, contenta de ser la única en vivir al final de las escaleras. Siento una pizca de orgullo cuando subo hasta nuestro promontorio, trepo los escalones de dos en dos, como si supiera que un secreto me espera allá arriba.

Hoy, antes de irse por su lado, Fatou quiso saber hasta dónde yo seguía sola cada vez que nos separábamos.

—Tu edificio es el que está allá, justo antes del sendero de la Fosse-aux-Fraises, ¿no es cierto?

Nunca hubiera imaginado que el pequeño callejón que sale de la calle de la Capsulerie, justo después del número 45, pudiera tener un nombre semejante —porque sé perfectamente que no hay en la esquina ni fosos ni fresas.

Sin embargo, a Fatou le creí de inmediato. No necesitaba confirmar cómo se llama el callejón que se encuentra después de la última torre, la mía. De antemano, sabía que Fatou decía la verdad. Es que empiezo a acostumbrarme a Bagnolet y a todos esos nombres que hablan de cosas que ya no están. Ignoro si se trata de un simple juego o de una costumbre que tienen en este lugar de conservar el rastro de lo que ya no existe —como si, antes de desaparecer, sendero, castillo, fresas y estanque se hubiesen tomado el trabajo de dejar piedritas al pasar, como ocurre en los cuentos infantiles. Imposible olvidar que estuvieron por aquí: los que nombraron todo lo que nos rodea vieron las piedritas y se esforzaron por cuidarlas.

Entonces, repetí el nombre que me revelaba Fatou, sin asombrarme. Como si yo también, desde hace mucho tiempo, tuviera esa costumbre. Muy orgullosa, incluso, de vivir en este lugar, tan cerca del callejón dotado de memoria:

—Sí, eso es. Vivo justo antes del sendero de la Fosse-aux-Fraises.

La tía de Sagar

Fatou es grandota. Su piel es muy negra y el pelo crespo le forma como un casco alrededor de la cabeza. Además, tiene tetas inmensas. Dos globos enormes que se adivinan siempre apretados uno contra el otro. Y nalgas muy redondas e increíblemente llenas. No se puede decir que sea gorda; sin embargo, su cuerpo es más denso que todos los que he podido ver hasta ahora. Como si tuviera, bajo la piel tensa, más carne que los demás, o como si su carne fuese dentro de su cuerpo más compacta que en cualquier otro. Por más que su ropa la cubra, no llega a esconder todo eso. Parece que, pese a su extraña densidad, hay algo en las tetas y en las nalgas de Fatou que se resiste a la gravedad. A pesar de ser tan abundantes, visiblemente hay algo ahí dentro que apunta hacia el cielo.

Tiene el aspecto de una mujer —en mi clase hay chicas, más o menos grandes. Y después está Fatou.

Hoy, mientras volvíamos del colegio, se dio cuenta inmediatamente:

—¿Te pusiste corpiño?

Sí. Y era la primera vez. Lo compré el sábado pasado en el centro comercial que está al lado de Radar Gigante. Ante su pregunta, sentí que me ponía colorada —respondí con un simple movimiento de cabeza, no tenía muchas ganas de extenderme.

El día de la compra, sin embargo, me había sentido increíblemente orgullosa. Estaba con mamá, fue ella la que me explicó cómo abrocharlo. *Al principio hay un truco muy simple.* El *truco* es abrochar el corpiño sobre el pecho, como si se tuvieran las tetas en la espalda. Luego, se lo hace girar alrededor del torso para que las tazas se acomoden en el lugar adecuado, solo después hay que deslizar los brazos en los breteles. *Más adelante, podrás abrocharlo sin tener necesidad de pasar por todas esas etapas, ya verás, no es tan complicado.*

Pero al lado de Fatou siempre me siento un poco ridícula. Debe de hacer mucho tiempo que ella no tiene necesidad de dividir la operación en tres tiempos.

¿Tendrás con qué llenarlo? Yo sabía que la pregunta sobre mi corpiño escondía esa otra, en realidad. No se atrevía a decirlo, pero evidentemente dudaba de que yo pudiera tener bajo el suéter materia suficiente para rellenar la cosa.

Lo elegí demasiado grande, es verdad. Pero también fue un poco culpa de la vendedora.

El sábado pasado, cuando entramos en la tienda y mamá dijo *Venimos por mi hija, necesita un corpiño, su primer corpiño,* la vendedora dijo *¡Ah, eso es importante!* E inmediatamente sacó varios modelos de un cajón que se encontraba bajo el mostrador, entre ellos uno rosa ribeteado con una cinta plateada y tres perlas minúsculas entre las dos tazas, como tres pequeñas lágrimas o gotas de agua que se hubieran congelado. Yo estaba muy impresionada —el momento era importante, en eso tenía toda la razón.

—El rosa me gusta.

—El color es muy bonito, es una buena elección. Pero antes hay que probarlo.

Cuando me quité el abrigo, sin embargo, la vendedora cambió inmediatamente de opinión.

—No, en realidad... creo que va a ser muy grande, demasiado grande. Voy a buscar los corpiños infantiles, seguramente esos servirán.

Y se marchó para regresar con dos bandas de algodón que ofreció a mamá, mientras sonreía, segura de sí misma:

—Esto es exactamente lo que ella necesita.

Al ver lo que nos ofrecía, dos tiras de algodón blanco que ni siquiera tenían broches, entendí por qué había tenido que desaparecer al fondo de la tienda para irlas a buscar. *Los corpiños infantiles* son la clase de modelos que no se exponen. Alguien debía haberlos ocultado al fondo de una caja con todo lo que no se había vendido los años anteriores, toda la ropa interior con la que nadie había tenido ganas de verse. Parecían pedazos de tela para hacer vendas, como si me hubiera hecho un esguince o me hubiera quebrado una costilla, como si tuviera que reparar algún trozo de esqueleto.

La vendedora se dirigió a mamá, casi murmuró, pero yo la escuché perfectamente:

—Un corpiño infantil le va a bastar de sobra...

Yo no tenía para nada la intención de dejarme manejar.

—Pero querría probarme el primero. El corpiño rosa con el ribete...

La vendedora miró a mamá como si le dijera ¿vale la pena?, pero como mamá dijo *sí, podés probártelo también,* se fue a buscar el corpiño que había quedado sobre el mostrador.

Dentro del probador, después de que mamá me explicara su *truco* y me hubiera ayudado a superar la primera etapa, la de abrocharlo, le pedí que saliera —había entendido, pero quería seguir sola. Mientras ella daba sus explicaciones, la escuché con los brazos cruzados sobre el pecho, apoyándolos muy fuerte —no quería que viera mis tetas de tan cerca, quería guardármelas para mí. Si no me dejaba sola, estaba decidida a quedarme así, con las tazas en la espalda, bloqueada en la primera etapa, como si alguien hubiera armado mi torso al revés o como si me hubieran brotado dos jorobas en la espalda.

—¡Quiero que me dejes!

Entonces mamá desapareció del otro lado de la cortina y yo hice girar el corpiño como me había explicado.

En el espejo veía que la tela sobraba sobre mi pecho. Pero el corpiño era realmente lindo. El ribete que bordeaba las tazas era de un rosa ligeramente más intenso que el resto

—con las perlas minúsculas y la cinta plateada, justo en el punto en que se unían las dos tazas, eran cuatro colores diferentes. En ese preciso lugar, se insistía sobre algo, yo no sabía bien por qué —pero cada detalle, eso sí que lo sabía, tenía su importancia. Alguien había pensado en todo eso. ¿Qué había querido decir? No tenía la más mínima idea, pero un experto en la materia había posado allí su índice bien chato, tal vez su pulgar, y después había dicho: *Aquí vamos a coser una cinta plateada y tres pequeñas perlas, en racimo.* En un momento, hasta me pareció sentir la presión de ese dedo —justo en el lugar donde las dos tazas se unían, como si el pulgar hubiera dejado allí una huella. Todo eso era fruto de un saber que yo todavía desconocía, pero del que no dudaba en absoluto. Era el principio de mi iniciación —saboreaba cada uno de mis pasos.

—Vas a probarte también los corpiños infantiles, ¿te parece? Es muy simple, basta con pasarlos por la cabeza, como si te pusieras una camiseta...

Era mamá la que hablaba, del otro lado de la cortina.

—Sí, sí, claro...

Pero ni loca. *Los corpiños infantiles,* de ninguna manera. Ni siquiera los toqué, los dejé sobre el banquito, en el sitio en que los había puesto la vendedora.

Me quedé un buen rato así, delante del espejo, intentando descifrar lo que el corpiño tenía para decirme.

Después apliqué el *truco* de mamá para sacármelo, no quería arriesgarme a estropearlo. No era difícil, bastaba con desandar el camino —deslicé los breteles sobre los hombros para liberar mis brazos, el corpiño pudo dar un giro completo y los broches volvieron a quedar bajo mi nariz, verdad que era simple. Una vez más, tenía las tazas en la espalda. Pero no me habían armado al revés, no —de paso, aproveché para mirarme las tetas en el espejo. No son tan chiquitas. Parecen dos mandarinas. Además, solo tengo doce años, sé perfectamente que, en cuanto al pecho, aún no he dicho mi última palabra.

Aunque ni había tocado los corpiños infantiles, al salir del probador no vacilé ni un segundo:

—Los corpiños infantiles me aprietan demasiado, el que me queda bien es el corpiño de verdad.

Por supuesto, hoy, en el camino de vuelta, no dije ni una palabra de todo eso.

Pese a la pregunta de Fatou, seguí caminando a su lado, en silencio, contentándome con un movimiento de cabeza y un encogimiento de hombros, como diciéndole *bueno, ¿y qué?*

El ribete rosa de mi corpiño hace pliegues sobre mi piel y, pese al suéter, se nota —estoy al tanto. Va grande, ya lo sé. No tengo en absoluto con qué llenar el corpiño en cuestión. Tenés razón. Pero mis tetas van a seguir creciendo. Con este corpiño apenas me anticipé un poco a mi pecho por venir. La mía es lencería previsora. La tela que sobra bajo el suéter está haciendo reconocimiento. Mi corpiño se adelantó uno o dos años, ya está en el futuro, listo para sostenerme cuando lo alcance. Me muestra el camino, anuncia lo que vendrá y al mismo tiempo me alienta, en lo referido al pecho. Dos pájaros de un tiro. Además, alguien ha posado sus dedos allí donde las dos tazas se juntan, en ese sitio ha dejado un mensaje secreto, lo sé perfectamente. Es un experto. Además, puede ser que un día mi corpiño llegue a estar tenso sobre mi piel. Dentro de poco, quién sabe. Tal vez ceda la tela, quizás termine por reventar. ¿Y si un día me diera risa no haberme imaginado lo que podía llegar a tener yo? Podría ser que alcance a tener dos globos enormes, como Fatou. ¿Y por qué no? Olvidemos las mandarinas, me paso a los melones. Dentro de dos años, quizás. En tres, como mucho. En tres años, sí. Seguro que entonces ya estaré acercándome a los melones.

Mientras caminaba al lado de Fatou, iba pensando todo eso, pero no le dije nada. No me animé.

Ella quería saber por dónde andaba, exactamente.

—¿Ya te vino la regla?

—Sí, el verano pasado.

—Ah, no me lo imaginaba, te veía más chiquina.

Chiquita, sí, ya lo sé. Pero eso no me impide crecer a mi manera.

Entonces le dije:

—En África, ¿es verdad que se puede morir por eso?

—¿Qué querés decir? No entiendo...

—Por la regla... ¿Es cierto que en África, a veces, las chicas se mueren porque les vino la regla?

Fatou soltó una carcajada. Como respuesta, se contentó con reírse como si yo le hubiera hecho un buen chiste. Me parece que aún seguía riéndose cuando desapareció dentro de su torre.

Habrá pensado que mi flamante corpiño se me había subido a la cabeza. Espero que no se burle de mí mañana, y sobre todo que no se lo cuente a nadie, que mi pregunta quede como un secreto entre las dos.

Sin embargo, el verano pasado...

Yo estaba en Vendée, en una colonia de vacaciones del ayuntamiento del Blanc-Mesnil. Era la segunda vez que me venía la regla. Hacía mucho calor, era al principio del mes de agosto.

Lo recuerdo muy bien —estaba sentada con las piernas cruzadas, junto a los otros chicos, en círculo. El instructor tuvo la extraña idea de hacernos jugar al huevo podrido mientras esperábamos la hora de la cena. Ya no teníamos edad para eso, pero él no parecía darse cuenta. Una chica se rio, molesta, otra protestó, *¿El huevo podrido, se volvió loco?* Sin embargo, todos nos sentamos unos junto a otros. Sin ponernos de acuerdo, sabíamos que íbamos a aprovechar la ocasión para bromear un poco y hacerle entender que estaba muy equivocado con sus juegos para chicos de jardín de infantes. Aunque nadie lo había elegido, un muchachote rubio se levantó y se puso a correr agitando en la mano derecha un pañuelo sucio que sacó del bolsillo. *Vamos, empiezo yo,* y tomó las cosas por su cuenta. Era el más alto del grupo, tenía las piernas muy largas y delgadas, como si le hubieran crecido demasiado rápido y no hubiera tenido tiempo de llenarlas. Pero sus brazos parecían haber crecido aún más rápido —dando la impresión de que, al igual que las tazas de mi corpiño, se habían adelantado al resto de su cuerpo, que estaban a la vanguardia en cuanto a crecimiento. Se moría de risa mientras corría, con sus brazos largos que balanceaba hacia atrás y delante, como un gran simio, sin dejar de sacudir el pañuelo sucio. Alguien gritó *Eh, Antoine, qué hiciste con ese pañuelo, está amarillo y todo pegoteado, ¡es un asco!* Entonces el morocho que estaba justo delante de mí gritó *¿No se dan cuenta? Es jugo de pajarito,* y todo el mundo estalló de risa. Y después siguió *Jugo de pito, eso es,* y ya nadie pudo más, un rubiecito casi se ahoga de tanto reírse. El grupo se estaba descontrolando. De pronto, el instructor cambió de opinión, ya no quería que jugáramos al huevo podrido —pero era demasiado tarde. El grandote rubio se puso a correr como loco y el instructor tuvo la mala idea de intentar atraparlo para detenerlo. Pero había perdido de antemano; con sus piernas tan largas, el chico corría mucho más rápido que él. En medio de las risas, comentábamos la persecución. *Creo que es su primera colonia. ¿Hablás de Antoine? No, del instructor.* Tenía derecho a su rito de iniciación. De pronto, en una curva, el rubio hizo como que tropezaba, para aterrizar sobre la chica más linda, una pelirroja con pecas y pelo largo, un pelo prensado en una trenza gorda que le llegaba al final de la espalda. Todo el mundo gritó, *Mirá que sos tonto, eh.* El instructor por fin lo había atrapado, pero en cuanto el cuerpo del rubio grandote chocó con el de la chica, el muchacho hizo como que se desmayaba, sus brazos larguísimos de pronto inertes se posaron un momento alrededor de la linda pelirroja. *¡Basta, Antoine, ya es sufi-*

ciente! El instructor estaba muy nervioso, realmente fuera de sí, y hacía todo lo posible para obligar al chico a levantarse. Pero por más que tiraba de sus hombros, no había nada que hacer, el cuerpo del rubio no se movía ni un pelo.

Me reí con los demás, pero sobre todo quería que el asunto terminara. No me sentía nada bien. Estaba entre dos chicas que sabían lo que me ocurría, yo misma se lo había dicho a la mañana al salir del comedor, y desde entonces no me soltaron más, curiosas —a ellas aún *no les había venido,* así que querían que les contara. Todo. Especialmente Sagar, la africana —creo que ella también venía de Senegal, como Fatou.

El rubio grandote finalmente se levantó antes de dejar caer su pañuelo inmundo en el centro del círculo, y alguien gritó *Antoine, sos de veras un inmundo.* Las risas brotaron, dos chicas ocultaron la cara entre las manos, la pelirroja linda de larga trenza se puso colorada, empezó a hipar, no sé si lloraba o si esos hipos eran provocados por una risa nerviosa ahogada; es posible que fuera una mezcla de todo eso. Después, como si nos hubiéramos puesto de acuerdo, todos nos levantamos y empezamos a patear la arena. No sé quién empezó, pero de pronto todos nos pusimos a tirar arena sobre el viejo pañuelo sucio, como se hace para extinguir las brasas con tierra. Incluso Antoine. Como si, de pronto, no quisiera ver más el pañuelo, como si deseara olvidarlo y que todos lo olvidáramos junto con él. Me levanté con los demás, yo también tenía ganas de tirar arena, pero mientras de la punta de mis pies brotaban nubes de polvo, me esforzaba por apoyar la mano derecha contra mi vientre —posiblemente porque me sentía todavía peor que a la mañana, pero también porque sabía que Sagar y su amiga me miraban, era una manera de hacerles entender, en medio del tropel, de compartir un poco con ellas lo que me pasaba. Entonces la amiga de Sagar tiró de mi camiseta para avisarme, antes de susurrarme al oído, *Tu short, está manchado, tenés una enorme mancha de sangre.* Me ayudaron a separarme del grupo para que los demás no se dieran cuenta. Nadie me dijo nada, todo el mundo estaba obnubilado por el entierro del pañuelo sucio de Antoine. Entonces Sagar se quitó el chaleco y me dijo *Ponételo alrededor de la cintura, así nadie va a ver nada.* Yo tenía vergüenza, pero al mismo tiempo me sentía un poco orgullosa. Ellas me ayudaban. No les había pedido nada, pero gracias a que tenía la regla, y pese al alboroto, nos portamos como un perfecto equipo femenino.

A la noche, cuando se apagaron las luces del dormitorio, Sagar me habló de su tía, la hermana menor de su madre. Esa tarde había pensado en ella al ver mi short manchado.

—Cuando mi tía tenía la regla, sangraba mucho, también. Siempre se manchaba la ropa, podía cambiarse más de tres veces al día.

Usaba todo su guardarropa.

La abuela de Sagar, a pesar de que siempre le había gustado vestir a sus hijas, había terminado por dejar de regalarle ropa nueva a la menor. Es que la tía de Sagar lo estropeaba todo con esa manía que tenía, desde que era señorita, de sangrar varios días por mes más allá de lo razonable. Sangraba como una fuente. A partir de entonces, solo le compraba ropa a su hija mayor, a la madre de Sagar. Ella siempre tenía vestidos nuevos. Más aún que antes, ya que ahora la malcriaban por dos.

—A partir de entonces, mi tía se puso muy triste. Al mismo tiempo, mi abuela ya no quería comprarle tanta ropa como antes, hay que entenderla. Porque era un tremendo desperdicio... Cada vez que mi tía veía a mamá con ropa nueva sufría, pero no decía nada. Se ponía triste, pero en el fondo lo entendía muy bien.

La tía de Sagar hubiera querido que su madre le regalara ropa como antes, cuando aún era una niña. Pero con toda esa sangre que brotaba de ella... Tendría que haber aprendido a contenerse. Lo intentaba, pero no lo conseguía.

Entonces Sagar dijo estas palabras, lo recuerdo:

—Mi tía no podía evitarlo. Sangraba y sangraba, ella era así.

En ese momento hubo un largo silencio en el dormitorio. Creo que éramos varias las que escuchábamos la historia de Sagar.

—¿Y ahora?

—¿Y ahora qué?

Yo intuía que había algo que Sagar no se atrevía a decir.

—Tu tía... ¿se compra ropa, ahora que es grande? ¿Está menos triste?

—No... Un día, no se sabe por qué, sangró aún más que de costumbre. Sangró, sangró, se vació, así... No pudieron parar la sangre...

—¿Y entonces?

Sagar hizo una larga pausa, pero acabó por soltar:

—Y entonces, se murió.

Es posible que Fatou no creyera esta historia si se la contara hasta el final. Después de la risa que soltó hoy, de todas maneras, no me arriesgaría.

Pero esta noche, en mi cama, en lo alto de la Capsulerie, sigo pensando en la tía de Sagar.

Los borceguíes

En la división, las descubrí de inmediato. Pero debo reconocer que jamás me hubiera atrevido a acercarme a ellas.

Desde el primer día de clase, Clara y Line se volvieron inseparables. Cuando en el colegio Travail escuché la campana sonar por primera vez, recuerdo haberlas visto alejarse hacia el fondo del patio, del brazo, hablándose en susurros. Desde que sonaba el principio del recreo, solo veíamos sus espaldas, avanzando lado a lado, y sus siluetas pegadas una a la otra, evitando a todo el mundo. Hay que decir que las dos son muy bellas y muy rubias —el hecho de ser tan rubias las acercó, pero inmediatamente mantuvo alejadas a las demás. Muy pronto, el gran banco del fondo del patio se convirtió en *su* banco. Desde el primer día, durante los recreos, ocuparon ese lugar. Fue allí donde eligieron pasar el tiempo charlando y riéndose, siempre de a dos. Como si no tuvieran necesidad de nadie más.

Pero todo cambió el lunes pasado. Un poco, al menos. Aún no me explico por qué, pero así fue, y tanto mejor. Al final de la clase de Francés, tras haber tomado del brazo a Line, como de costumbre, y de intercambiar con ella algunos secretos, Clara se volvió hacia mí.

—¿Querés venir con nosotras?

Entonces, desde el lunes, su banco se convirtió un poco en nuestro banco, aunque yo no pierda de vista que de cierto modo estoy a prueba.

Hoy, Clara me dio cita en la entrada principal de Radar Gigante.

Clara es realmente muy linda. Es bastante más alta que yo, y tiene unos rizos que caen sobre sus hombros como guirnaldas. Pero lo que más me gusta de ella son sus ojos. Son de un verde jaspeado de pequeñas líneas doradas y finamente almendrados, casi achinados. Apenas nos encontramos, ya estábamos en marcha: es que Line nos esperaba en su casa. Yo no sabía dónde quedaba, pero no tenía importancia, Clara conocía el camino, bastaba con que me dejara llevar.

Caminábamos lado a lado y en silencio desde hacía un buen rato, cuando ella se volvió hacia mí para decirme:

—Te aviso, van a estar los chicos.

Los chicos, sí. Como estaba previsto.

No dijo nada más. Como si quisiera darme tiempo de pensarlo antes de estar allí: en lo de Line, además de nosotras tres, iban a estar ellos.

Line nos lo había anunciado ayer, en el patio del colegio. Lo recuerdo muy bien. De pronto, se sentó sobre el respaldo del banco —en los momentos importantes, Line siempre encuentra la manera de encaramarse en alguna parte. En cuanto la vimos instalarse en la parte más alta de nuestro banco, Clara y yo nos acercamos a ella. Aguzamos el oído para que las confidencias que seguirían quedaran entre nosotras. *¿Saben una cosa?* El sábado, no solamente nos invitaba a su casa a las dos, sino que también había invitado a dos chicos, Manu y Samir. Los chicos, quiénes iban a ser —Manu y Samir, imposible perdérselos. Clara dijo *Los chicos, ¿de veras?*

No nos hablamos casi nunca. Sin embargo, Manu está en la misma división que nosotras, pero así son las cosas. Desde que suena la campana, Samir y Manu se encuentran en el patio para jugar al fútbol —en general Samir es el que está allí primero. Con su pelota bajo el brazo, apoyado contra el árbol que está al final de la escalera, siempre lo vemos en cuanto salimos. Espera a su compañero. Cuando Manu se acerca a él, no tienen necesidad de hablarse. Comienzan inmediatamente a hacerse pases. A veces podemos escuchar sus gritos, *¡Ahí va! ¡A mí! ¡Pasámela!* Es difícil decir si juegan uno contra el otro, o si ambos se imaginan asociados contra un equipo fantasma. Sea como fuere, desde que empiezan a patear la pelota, todo el mundo se aparta para hacerles lugar. A nadie se le ocurre acompañarlos —y es evidente que ellos no tienen nada de ganas de que a alguien se le ocurra. Para Samir y Manu, el fútbol es un deporte que se practica de a dos. A veces, la pelota golpea el banco de Line y Clara —si ellos se acercan, es solo para recuperarla. Siempre es Manu el que se adelanta, peinándose con los dedos un mechón rubio, mientras inclina la cabeza hacia un lado, lo vi hacerlo hace dos días —entonces pude observarlo de cerca. Hasta llegué a ver pequeñas gotas de sudor sobre la frente de Manu en el momento en que se agachó para recuperar la pelota que había rodado debajo de nuestro banco. Pude escuchar su respiración entrecortada, estaba sin aliento —se encontraba apenas a un metro de mí. Es que esos dos se entusiasman muchísimo con la pelota. Samir se paró delante de él, y, por lo tanto, delante de nosotras tres. Levantó los brazos e hizo grandes gestos mientras saltaba, *¡Pasámela, dale!* Samir es realmente hermoso, tiene rulos oscuros, muy ajustados y ojos casi negros con pestañas larguísimas. Es más alto que Manu, creo que es bastante mayor. Debe de haber repetido al menos una vez, pero ser más grande le queda bien. Ninguno de los dos me ha dirigido la palabra hasta ahora, y tampoco he visto a Clara o a Line hablar con ellos. Sin embargo, Line los invitó —ignoro cuándo y cómo, poco importa en verdad, el caso es que lo hizo y que ellos le dijeron que sí.

Ayer a la tarde, al volver del colegio, mientras bajábamos por la calle Sadi-Carnot con Clara, ya habíamos hablado de esta invitación. Yo ya estaba perfectamente enterada de que vendrían, y Clara lo sabía.

Pero me gustó que recordara las cosas así, *te aviso.* Porque la ejecución de nuestro plan se acercaba. Clara siempre encuentra la fórmula justa. Me avisaba, y estaba bien así. Manu y Samir estarían allá. Con las Mercuriales a nuestras espaldas, caminábamos una junto a la otra, y nos sentíamos cómplices.

Line nos abrió la puerta.

El pelo de Line es de un rubio más oscuro que el de Clara, pero extrañamente, más brillante también. Su pelo centellea al sol como si en algunas mechas se hubiera puesto lentejuelas. Line es más baja y menuda, también. Tiene grandes ojos azules, de un color siempre igual. Los ojos de Line son de un azul que nada altera, ni el tiempo que hace ni su estado de ánimo. Pero sus ojos son sobre todo inmensos, mucho más grandes que los de Clara. Puede ser que se noten tanto porque su rostro es muy pequeño y delgado. Es simple, cuando uno se encuentra con Line por primera vez, ve sus inmensos ojos azules, y luego a la chica que los lleva.

En cuanto entramos en su casa, vi a su madre, de espaldas en la cocina. Estaba de pie, levemente inclinada hacia delante, frente a una ventana que daba a lo que me pareció un patio inundado de sol. Pero no pude distinguir lo que había afuera, de esa ventana solo vi la luz y el efecto que tenía sobre la madre de Line. Parecía el reverso de una estampita. La parte superior de su cuerpo estaba como incrustada en el rectángulo luminoso. La madre de Line tiene el pelo castaño y lacio, tan largo que le llega hasta la cintura. Me bastó ver su espalda en la luz del día para saber que ella también era muy hermosa. Cuando nos acercamos, se giró hacia nosotras —*¿Cómo están, chicas?*— y volvió inmediatamente a lo que estaba haciendo en la pileta de la cocina. Sus pies no se movieron en absoluto, tampoco sus piernas, solamente la parte superior del cuerpo se desplazó con un simple contoneo que tan solo duró el tiempo que le llevó dedicarnos una sonrisa y mostrarnos su cara. La madre de Line es muy bella también, de ella heredó su hija esos inmensos ojos azules que tiene.

En la cocina bañada de luz, todo estaba en su lugar. La madre no hizo un solo gesto de más, cada uno de sus movimientos se limitó a lo estricto y necesario. Y pensé que en esa casa todo era así. En la casa de Line, todo era como debía ser.

Line dijo *Sáquense los zapatos y alcáncenme sus abrigos, los voy a colgar,* antes de abrir una de las puertas batientes del placard que está en la entrada.

Entonces los vi. Debajo de todo, sobre la alfombra clara, había un par de borceguíes negros. Unos zapatos de hombre de punta redonda, con pequeñísimos agujeros dispuestos uno al lado de otro y pespuntes que discurrían sobre el cuero como arabescos. Justo al lado de los borceguíes, había otro par de zapatos de hombre, forrados en este caso. Ella debió seguirme la mirada, porque sin que ni Clara ni yo dijéramos nada, Line precisó:

—Papá no está, hoy trabaja.

Line vive con sus dos padres, debí saberlo. Pero ahora estoy segura. Dijo *papá.* Y vi los zapatos que esta mañana él prefirió dejar en la casa. ¿A qué se parecerán los que sí eligió calzarse? Los imagino de un cuero oscuro y gastado, pero sin agujeritos —estoy segura de que el padre de Line no se puso hoy zapatos con arabescos y agujeritos.

Tendría que haber imaginado que ella vivía con él. Además, vi sus borceguíes. Pero aun cuando no hubiera visto nada, creo que habría podido adivinar que el padre de Line vive en ese departamento. Hubiera podido entenderlo por los gestos de su madre. Por su pelo largo y tan bien cepillado. Por el rectángulo de luz en donde apareció la madre tan bonita. Por ese departamento donde todo está en su lugar. Aun cuando está lejos, en esa casa, el padre de Line está por todas partes.

—Les dejo una merienda sobre la mesa de la cocina. Chau, chicas, hasta luego, mi querida.

La madre de Line se iba, con un abrigo color crema que era como todo el resto —impecable, perfecto.

Apenas se cerró la puerta, volvimos a lo esencial. Los chicos. Manu y Samir.

—¿Estás segura de que van a venir?

Clara se lanzó sobre Line cuando le hizo la pregunta.

Se reía. Line se cayó sobre mí o yo sobre ella, no sé muy bien, en todo caso estábamos muy excitadas.

—Claro que sí...

Me palpitaba todo el cuerpo, como si hubiera corrido una maratón. Sin embargo, no había corrido, solo estaba desbocada por dentro. En la cabeza y también en el vientre. Entonces Line me pellizcó el brazo —pero es posible que Clara haya empezado. Una de las dos perdió el equilibrio o se arrojó sobre la alfombra de la entrada, justo delante del placard. No entendí muy bien lo que ocurrió, todo fue demasiado rápido. El hecho es que las tres nos encontramos en el suelo, unas sobre otras, como se ve a veces en los partidos de rugby por la tele. Yo estaba abajo de todo. Empujé con un brazo y con el traste para liberar mi cabeza, quería hacer una pregunta:

—¿Y tus padres están al tanto?

Pero Line no tuvo tiempo de responderme.

Una piedra acababa de golpear contra la ventana de su habitación, y luego, enseguida, vino una lluvia de piedritas. Seguro que eran Samir y Manu. Entonces nos liberamos, lanzando unos gritos muy agudos, como hacen a veces las chicas, largos *hiii* chirriantes.

Luego Line corrió a abrir la ventana. Eran ellos. Inútil asomarse hacia afuera para averiguarlo. Desde el fondo de la habitación en la que fui a refugiarme con Clara, los escuchábamos morirse de risa. Pero queríamos que Line lo confirmara:

—¿Los ves? ¿Están ahí?

Creo que los había visto, porque la oímos gritar:

—¡Es en el tercer piso!

Unos segundos después, escuchamos el timbre que sonaba y al mismo tiempo tamborileos en la puerta, como si el timbre no bastara.

Line estaba colorada, aparentemente no se animaba a salir del cuarto para abrirles:

—¿Qué hago?

—¡Andá a abrir!

Clara y yo abandonamos nuestro escondite al fondo de la habitación para ponernos atrás de Line y empujarla hacia la puerta de entrada, necesitaba que la alentáramos. El timbre no paraba, Manu y Samir lo oprimían una y otra vez. Terminaron por no soltarlo, parecía el aullido de una alarma.

—¡Dale!

Line terminó por abrir la puerta del departamento.

Pero no había nadie en el palier.

Sin embargo, escuchábamos las risas. Eran ellos, estoy casi segura. Pero la luz del palier estaba apagada y no veíamos absolutamente nada.

La puerta que daba a la escalera estaba levemente entreabierta. En la penumbra, creí ver los rizos oscuros de Samir. En todo caso, una silueta se movía al costado de la escalera, quizá fueran dos. Nos estaban espiando, seguro.

—Basta, ¿dónde están?

Esperamos un momento, en vano —las risas en la escalera se convirtieron en susurros, pronto todo quedó en silencio. Entonces Line cerró la puerta y nos refugiamos en su habitación.

—¿Qué hacemos? ¿Vamos a buscarlos?

Los ojos de Line seguían tan azules como siempre, pero en la pequeña habitación los de Clara parecían menos verdes que de costumbre, habían virado al amarillo.

—Pero no, ya van a volver...

Line tenía razón. Unos instantes después, los chicos volvieron a tocar el timbre y a golpear la puerta, con más fuerza que antes.

Esta vez, Line no se hizo rogar, no tardó en abrir.

Pero, una vez más, no se veía a nadie en el palier. Tan solo se oían unas risas ahogadas. Entonces escuchamos unos pasos que bajaban las escaleras corriendo, finalmente un ruido fuerte y un rechinar de goznes.

—Es la puerta de entrada. Salieron del edificio.

A Clara no la hacían reír, para nada:

—No se fueron, solo quieren confundirnos.

Entonces Line volvió a cerrar la puerta. Y regresamos a su habitación.

Sobre la alfombra clara, nos sentamos con las piernas cruzadas, Clara y yo, mientras Line se instalaba en su cama. Necesitaba subirse a algo para pensar y que nos pusiéramos de acuerdo.

Line parecía nerviosa, pero más aún Clara, creo. Se le veía en los ojos, que se habían vuelto minúsculos:

—Nos están tomando el pelo.

Line clavó la mirada en el suelo, visiblemente enojada. Todo eso ocurría en su territorio. Tenía que decir algo.

—Si aceptaron y vinieron, fue para humillarnos...

Yo no sabía muy bien qué pensar. Esperaba ver cómo iba a continuar la cosa:

—¿Les parece que van a volver?

En el momento en que pronuncié esas palabras, una nueva piedra volvió a golpear la ventana del cuarto de Line. Tuve tiempo de verla —era pequeña pero muy brillante, como una bolita minúscula. Esta vez, sin embargo, no tiraron puñados de piedritas.

Line se levantó de un salto, furiosa. Abrió la ventana de su habitación de par en par y gritó:

—¡Son unos idiotas!

Desde afuera, nadie respondió.

Entonces, gritó aún más fuerte:

—¡Son unos imbéciles y los odiamos!

Justo en ese momento, la lluvia empezó a tamborilear sobre los techos y contra la ventana de su habitación.

Al principio, no tocó el minúsculo espacio donde la piedra con forma de bolita había venido a golpear el vidrio. En ese sitio, algo invisible para nosotras, tal vez una fina película de arena o de polvo, resistía a la lluvia. Pero muy pronto la lluvia se convirtió en aguacero y lo barrió todo.

—Ahora sí que se fueron.

Clara quiso marcharse. De repente. Estaba muy incómoda, evidentemente tenía ganas de pasar a otra cosa. Me dijo:

—No sé vos, pero yo me largo.

A mí me hubiera gustado quedarme, pero sin Clara no me animaba. Fue por eso que le dije que yo también quería irme, aunque no fuera del todo verdad.

Entonces Line abrió el placard de la entrada para darnos nuestras cosas.

Fue en ese instante cuando los vi por segunda vez. Los borceguíes negros con punta redonda seguían allí, en el sitio donde los había dejado el padre de Line.

Hizo bien en no ponérselos esta mañana.

Con toda esa lluvia, se hubieran arruinado.

El adversario invisible

No puedo decir que no quiera a Amalia. Pero debo re-conocer que no la quiero mucho.

En Argentina, durante más de dos años, me había pre-parado para reunirme con mamá, para vivir de nuevo con ella del otro lado del océano. Pero no había imaginado que reencontrarme con mamá implicaba vivir también con Amalia. Y que, además, estaría ahí todo el tiempo. A la mañana, cuando me levantaba. A la noche, cuando cenábamos frente a las Mercuriales. Incluso los fines de semana, durante las vacaciones también. Es simple, Amalia está siempre con nosotras.

De acuerdo, mamá y Amalia son compañeras. No so-lamente porque de a dos es más fácil pagar un alquiler cada mes, en el Blanc-Mesnil como en este casi París en el que vivimos ahora. Tienen muchas cosas en común, pedazos enteros de vida que quedaron del otro lado, ya lo sé. Pero ¿por qué tiene que estar siempre ella entre mamá y yo?

Amalia también se vio obligada a irse de Argentina. Como mis padres, era miembro de los Montoneros. Ya no milita en ninguna parte, no hace más nada de política. Dice todo el tiempo que le falta ánimo para eso. Pero habla. Y conoce tantas historias. Yo no la quiero mucho, es verdad, pero sin embargo me gusta escucharla. Mucho más, me parece, desde que estamos en Bagnolet. Desde que sus historias argenti-nas se desarrollan con las Mercuriales de fondo.

Delante de las siluetas azuladas de Poniente y Levante, los relatos de Amalia llenan nuestras veladas en Bagnolet.

Como la historia de Mariana, que contó anoche.

La contaba por cuarta o quinta vez, pero no tenía importancia. Al contrario. Ayer, justo antes de cenar, la torre Poniente se veía particularmente bella, el sol la iluminó durante un buen rato con una luz de un amarillo intenso, casi dorada. Creo que es uno de los efectos del otoño en el hemisferio norte: antes de desaparecer, el sol se demora entre el naranja y el dorado, parece hacer grandes esfuerzos para que perduren. Pese a que los días son más cortos, es como si, cuando empieza a oscurecer, la luz se aferrase al paisaje antes de irse —por lo que te da tiempo de terminar el viaje con ella. En el Blanc-Mesnil no había advertido nada de todo eso —pero acá, en la Capsulerie, estamos mucho más conectadas con el cielo.

En todo caso, era la velada ideal para ese relato. Amalia y yo estábamos instaladas frente a las dos torres, alrededor de la mesa redonda, mientras mamá preparaba la cena.

—Era el mes de octubre. Como acá, ahora. Y, como ahora, estaba anocheciendo. Pero allá era primavera. ¿Te acordás que en Argentina, en octubre, es plena primavera?

—¡Claro que sí! ¿Creés que me olvidé? No me olvidé de nada, Amalia. Dale, contá. Seguí adelante.

—Mariana estaba en un departamento, en alguna parte de Quilmes, al sur de Buenos Aires. Estaba con otras dos personas. Militantes como ella. Les habían prestado ese departamento. Ella no conocía bien el lugar, estaba ahí tan solo por segunda vez. Ese día debía haber una reunión, pero aún no había empezado. Esperaban a Paco que, como de costumbre, tenía un atraso de más de media hora. *Es insoportable con ese tema* —seguro que dijo eso, o algo por el estilo. Si eso es lo que dijo, tenía toda la razón, porque Paco siempre se hacía esperar más allá de lo razonable. Me imagino que luego Mariana se habrá levantado para calentar el agua del mate y poner un poco más de yerba en el recipiente. Mariana era una especialista del mate, no soportaba que estuviera tibio o lavado. Cuando se tomaba mate con ella, siempre estaba perfecto. Después, debe de haber bromeado con los demás, como solía hacerlo cuando Paco estaba retrasado, debe de haber dicho algo como: *Se parece a las estrellitas de cine, uno no se lo imagina, así, a primera vista, pero le encanta hacerse desear*, apuesto que ese día Mariana dijo algo semejante. Paco y ella estaban juntos desde hacía más de dos años, ella empezaba a conocerlo bien. Es simple, jamás era puntual. Cada vez tenía una excusa, un *imponderable*, como decía él —y aun cuando Mariana seguía enamorada de Paco, empezaba a resultarle irritante esa costumbre que tenía de hacerse esperar. *Ya verán, seguro que va a hablarnos de las fuerzas oscuras de la vida cotidiana, no presta atención a la hora, se demora, y después inventa esas cosas,* la imagino diciendo algo por el estilo, ese día. Además la reunión citada era importante, seguro que ella y los otros dos pensaban que a Paco se le estaba yendo la mano.

De pronto, Amalia se quedó callada, marcó una larga pausa.

¿Acaso quería asegurarse de que yo seguía bien esa historia que ya conocía? Sentí que esperaba que yo dijera algo. Pero no tenía nada de ganas de hablar, quería que contara lo que seguía, por lo que me limité a decir:

—Y entonces llegaron...

Por suerte, ella reanudó el relato:

—Sí, pero no tan rápido, esperá. En ese momento, en el departamento escucharon que alguien se acercaba. Pero no era Paco. Mariana supo de inmediato que venían a buscarlos. No sé cómo ni por qué, el hecho es que enseguida lo entendió. ¿Sería por los pasos? ¿Uno de los tipos que estaba detrás de la puerta habrá gritado: *Abran, la gran puta, carajo*? ¿O habrán echado abajo la puerta, sin pronunciar una sola palabra? La verdad que no sé. En todo caso, antes de que irrumpieran en el departamento, Mariana sabía quiénes eran y qué les iba a ocurrir. Entonces, no vaciló ni un instante: abrió la ventana. No por miedo, no. Mariana no tuvo miedo, estoy convencida de ello, yo la conocía muy bien. Solamente quería estar segura de que no iba a hablar. Era necesario que no hablara, y no importaba el precio. No hablar, lo tenía completamente integrado, sabía lo que eso podía implicar, a veces. Por eso abrió la ventana de par en par. Pero justo en el momento en que abrió las dos hojas, Paco apareció en la esquina: el eterno impuntual por fin había llegado. Estoy convencida de que esa noche Mariana, por primera vez, bendijo el hábito de Paco. De hecho, cuando lo vio aparecer, sonrió. Eso me lo contó Paco. Lo que pasó a continuación fue muy rápido. Paco tenía que entender lo que estaba ocurriendo antes de cruzar la calle. Era mejor que se quedara del otro lado, era incluso necesario —razón de más para saltar. Porque Mariana saltó. No retrocedió ante el vacío. La secuencia fue así: pasos en el corredor, golpes en la puerta, puerta derribada, Paco que aparece en la esquina, e inmediatamente después Mariana que sonríe y que salta. Todo eso vino encadenado, sin pausa ni vacilación, como en un movimiento continuo. Y Paco la vio perfectamente, estaba en la vereda de enfrente, apenas a unos metros de ella...

Amalia volvió a interrumpirse.

Sabía que lo que me fascinaba era lo que venía después.

Mientras la luz dorada menguaba sobre los paneles de cristal de las Mercuriales, hacía durar el fin de la historia. Pero no creo que quisiera hacerse rogar. Yo me daba cuenta que de repente se había puesto pensativa, no estaba actuando. Si Amalia había vuelto a callarse, no era para crear un efecto. Creo que, una vez más, procuraba comprender lo que Paco le había contado sobre la caída de Mariana. ¿Tal vez quisiera desentrañar el misterio que venía después antes de reanudar su relato? Por eso esperé yo también, por eso mismo no me quejé. ¿Podía ser que finalmente llegara a comprender lo que ocultaba esa historia?

Después de un largo silencio, prosiguió:

—Cuando Mariana saltó, Paco vio perfectamente su cuerpo en el aire. Estaba tan cerca en el momento del salto... Un mes más tarde, los dos estábamos en Buenos Aires, en Caballito, en otro departamento temporal, una guarida en la que él y yo esperábamos que nos consiguieran documentos falsos. Era un pequeño monoambiente, un departamento realmente minúsculo. Tenía dos pequeñas camas, muy cerca una de otra. Más que un departamento, era un cuartucho. Los dos estábamos allí, esperando. Duró tres días. Paco estaba como ausente, encerrado en un mutismo casi completo. Pero no total, no... Es cierto que no decía prácticamente nada. Podía quedarse un largo rato con la mirada fija en una mancha de humedad de la pared o mirándose los pies, moviendo los labios como esas personas que canturrean para sí, para adentro, no para los demás. Durante esos tres días, no dijo casi nada, pero habló un poco. Y pronunció la frase siguiente, muy exactamente dijo esto —imposible olvidar la frase en cuestión, la habrá repetido doce o quince veces, tal vez más—: *¿Pero cuánto tiempo tarda un cuerpo en caer del quinto piso?* Yo no tenía nada que responder. Además, durante esos tres días ni me miró casi, él no se dirigía a mí. Si decía esas palabras en voz alta, era probablemente porque la pregunta volvía una y otra vez a su mente. Y de todos modos, qué hubiera podido decir yo... ¿Pero cuánto tiempo tarda un cuerpo en caer del quinto piso? ¿Yo qué podía saber? Supongo que depende del peso del cuerpo. Eso es un problema de física. Y yo, con la física... No debe de tardar mucho, de todos modos... Sin embargo, estaba convencido, eso también lo dijo varias veces durante esos tres días: después de la sonrisa y del salto, vio el cuerpo de Mariana en el aire, perfectamente inmóvil. *¿Es posible que por un instante haya dejado de caer?* También dijo eso, lo recuerdo, utilizó exactamente esas palabras. Y también entonces, ¿qué hubiera podido decirle yo? ¿Es posible que el cuerpo de Mariana se haya inmovilizado ahí, unos segundos, encima de la vereda, justo delante de la ventana abierta? Yo no tenía nada que responder a eso. Pero el caso es que él la vio en el aire. Como suspendida, de eso estaba seguro, perfectamente convencido. Según Paco, antes de caer, Mariana flotó sobre el vacío.

—¿Creés que es verdad, Amalia? ¿Crées que Mariana pudo flotar antes de estrellarse en la vereda?

El sol había desaparecido por completo de la torre Poniente.

Era casi de noche, ya íbamos a cenar. Acababa de levantarme para poner la mesa. Le hice un gesto a Amalia para que no se moviera —no quería que me ayudara, prefería que continuara con la historia de Mariana.

—Cuando vio a Mariana saltar por la ventana, justo después de esa sonrisa que posiblemente imaginó, Paco perdió la cabeza... En ese instante exactamente, ¿entendés? Si tenemos en cuenta que su mente se quebró en un lapso muy corto... Y si tratamos de representarnos ese instante en que pasó del lado de la locura, si intentamos imaginar la milésima fracción de segundo en que eso ocurrió... Allí, sobre la vereda de enfrente, cuando Paco decidió seguir caminando mientras ella saltaba... Porque también él, como Mariana, hacía lo que tenía que hacer. No hablar, hacer todo lo posible para que no lo atraparan, porque de otra manera quién sabe qué podría decir, quién sabe lo que sería capaz de aguantar y lo que no... Al decidir seguir caminando como si no pasara nada, seguía las consignas, entendés, Laurita... Hacía lo que cualquiera de nosotros habría hecho. Hacía lo que *debía* hacer. Pero el cráneo de la mujer que amaba estaba por estrellarse sobre la vereda. Y él iba a seguir su camino. Ese instante: tratá de imaginarlo. La decisión de Paco y el salto de Mariana.

Entendía lo que Amalia quería decir.

Pese a la oscuridad, las Mercuriales seguían teniendo reflejos azulados. Ya lo había advertido: en la Capsulerie nunca es del todo noche. Sea otoño o no. Eso se debe al periférico y a los empalmes de la autopista que se enmarañan delante de nuestro edificio, a esas luces que a veces no son tantas —pero que nunca desaparecen del todo.

Amalia reanudó:

—Entonces ahí, en el vacío, la vio suspendida. De verdad. Es que en un momento, algo se detuvo en la mente de Paco. La imagen del cuerpo de Mariana quedó grabada en su memoria precisamente en ese instante.

Claro, Amalia tenía razón. Esa era la explicación.

—Entonces, Mariana flotó. Aunque solo haya sucedido en la mente de Paco, su cuerpo flotó. Él decía la verdad. En un momento, ella *realmente* dejó de caer.

Yo me sabía de memoria la historia de la muerte de Mariana. Pero el hecho de que ya la conociera no me impidió sentir que la garganta se me cerraba más de una vez, al escucharla de nuevo. Es raro eso de las historias cuyo final ya se conoce... Por más que lo sepamos todo de antemano, cada vez que las escuchamos les prestamos toda la atención. Basta que alguien la repita paso a paso para que todo vuelva a empezar, como si se la descubriera. Además, ayer a la noche, frente a las Mercuriales, creo haber entendido un poco mejor el misterio de la montonera que levita.

Me gusta escuchar a Amalia. Entonces, ¿cómo explicar que al mismo tiempo no la quiera mucho? ¿Será porque está siempre ahí? ¿Porque nunca logro estar sola con mamá?

Esta mañana, cuando íbamos a hacer las compras a Radar Gigante, Amalia se cayó mientras bajaba los grandes peldaños de la Capsulerie. Y aunque no esté segura de quererla, me asusté muchísimo.

Fue raro, porque no tropezó. Estaba delante de mí, su cabeza se alejaba por esa escalera que, al igual que mamá y yo, ya se conoce de memoria, yo veía moverse su pelo ligeramente ondulado a medida que su cuerpo tan pequeño y gordo bajaba de nuestro promontorio en dirección a la vereda. Pero en un momento se adelantó, como si de pronto hubiera decidido lanzarse al vacío:

—¡Amalia!

Pero ella no flotó. Para nada. Apenas si había despegado cuando la escuchamos estrellarse al pie de los escalones. Terminamos de bajar corriendo, mamá y yo, la ayudamos a ponerse de pie.

—¿Qué pasó?

Sangraba un poco. Su media se había desgarrado al nivel de la rodilla derecha. Vi la sangre aflorar, formar gotas redondas que se deslizaban sobre la media, como si la malla que cubría sus piernas no pudiera contenerla. Las perlas de sangre descendían una tras otra para perderse dentro de su zapato.

Era la tercera vez que se caía en la semana. Lo de las caídas empezó el mes pasado. O tal vez a principios del verano.

Volvimos a subir. Ella se aferró a mi brazo y yo olvidé por un rato que no la quería mucho. *Sos tan amable,* me dijo. Había que desinfectar la herida, tenía que cambiar de medias —no podía quedarse así.

Entonces Amalia se agarró a su silla habitual, la que había elegido —desde el primer día, cada una tenía la suya. La de ella da siempre la espalda a las Mercuriales. Mamá fue a buscar agua oxigenada y una venda mientras yo la ayudaba a quitarse las medias y luego a sentarse. Cuando volvió del baño, mamá no se anduvo con rodeos:

—No te ofendas, pero creo que es hora de que empieces una dieta.

Entonces a Amalia se le llenaron los ojos de lágrimas. Porque lo que había dicho mamá la había ofendido, pero sobre todo, creo, porque está harta de ser gorda.

—Soy tu amiga, tengo que decirte la verdad, ¿no te parece? No quiero que te pongas triste, pero... comés demasiado, Amalia. No terminás de engordar, tu centro de gravedad no para de cambiar, cada vez estás más redonda. Qué querés... Cuando tu cerebro se entera de que engordaste, cuando ya se está adaptando a tu nuevo cuerpo, resulta que estás aún más gorda... No da más, pobrecito, está perdido. Y te caés. Es normal... Tu cuerpo cambia demasiado rápido, no sabe más cómo moverse, ¿me entendés?

Mientras mamá le vendaba la rodilla, Amalia me miraba con ojos húmedos. Le temblaba la boca. Parecía una niña, una niñita de treinta y cinco años. Pero de repente consiguió recuperar el control de sí misma. Y la oí contestarle a mamá:

—Sí, tenés razón. Voy a hacer un régimen.

Entonces, con la mano sobre la mesa, mientras le seguía dando la espalda a Poniente y Levante, Amalia se puso de pie y dio unos pasos. Avanzaba sin dificultad, no se había quebrado nada, visiblemente no tenía ninguna torcedura. Todo parecía estar bien.

Pero, de pronto, Amalia tambaleó. No había escalera esta vez, ningún obstáculo que pudiese oponerse a su marcha. Sin embargo, su pierna derecha se plegó en dos antes de ceder bajo su peso. Y su cuerpo, nuevamente, cayó al suelo.

Como si la hubiera derribado un adversario invisible.

«Solo la araña y su tela»

Desde hace un tiempo, en sus cartas, papá se asombra. De una semana a otra, incluso me parece que está cada vez más preocupado. Tiene la impresión de que leo mucho menos que cuando estaba en el Blanc-Mesnil. Me lo dijo a principios del mes de diciembre. *¿Qué leés ahora? En las cartas ya no me hablás de tus lecturas, como antes. ¿Por qué?*

Para tranquilizarlo, le escribí que en el colegio habíamos estudiado un poema de Paul Verlaine. Cada alumno debía ser capaz de recitarlo de memoria ante la clase. Sé que a él le gusta mucho Verlaine, me lo mencionó en una de sus cartas, así que al contarle eso estaba segura de que se pondría contento. En el poema que estudié hay un techo, el cielo que está por encima, una campana y un pájaro en un árbol. Dicho así, no parece gran cosa, pero ese poema me encantó. Cuando se lo recita en voz alta, parece una canción muy triste pero también muy bella: eso le escribí a papá.

En la carta siguiente, me decía que estaba contento por lo de Verlaine. Pero, al parecer, mi breve historia no bastó para tranquilizarlo. Empezaba diciendo *aprender de memoria está bien, sobre todo a tu edad. Ese poema ahora forma parte de vos, te acompañará siempre. Ya verás que lo recordarás todavía dentro de diez años, y probablemente después.* Pero inmediatamente agregaba: *Sin embargo, tengo la impresión de que leés menos que antes. ¿Qué pasa?*

Entonces, en la carta siguiente, le conté que después del poema de Verlaine estudiamos otro, de Théophile Gautier —se llama «Navidad». Mi profesor de francés lo eligió porque se acercan las fiestas de fin de año.

Con ese poema esperaba que se pusiera más contento aún que con Verlaine. Cierto, leía un poco menos que antes. Papá tenía razón en eso, aunque yo no quería reconocerlo. Pero, sin embargo, seguía avanzando en cuanto a autores franceses, ya que ahora conocía a otro, Théophile Gautier. No había leído de él más que un poema corto, es verdad, pero eso me acercaba a un nuevo autor, y era algo que debía reconfortarlo. Podíamos tratar de hablar un poco del tema. Y más aún porque en ese poema había una sorpresa, algo que el título no anunciaba para nada y que yo quería compartir con papá. De hecho, es como si Théophile Gautier nos hubiera hecho un guiño, como si desde su época lejana nos hubiera enviado un saludo, una pequeña señal, una especie de regalo de navidad por anticipado. Estaba segura de que lo que me había sorprendido al descubrirlo lo haría sonreír, tal como yo sonreí, cuando transcribí ese poema en mi cuaderno de francés. Porque en un momento, dice así:

Nada del frío vela
Al niño que duerme en su lecho
Solo la araña y su tela
Que penden de la viga del techo.

Sé que si hubiera podido enviarle este pequeño fragmento de poema tal como es en francés, papá hubiera pensado inmediatamente en la araña de la que tanto habíamos hablado, esa que jamás tuve, la tarántula de compañía con la que tanto soñé. No hubiese necesitado decir más. Y a él le hubiera divertido leerlo, estoy segura. Al mismo tiempo, sin duda hubiera pensado que si yo le enviaba ese pequeño fragmento de Gautier, si llegaba a hablarle de una araña diferente de la que tanto nos había ocupado, era porque mi tristeza acerca de la tarántula ya casi había desaparecido. Se hubiera tranquilizado doblemente —tanto en lo que refiere a la literatura francesa como a mi dolor.

Pero para decirle todo eso simplemente hubiera tenido que copiarle el fragmento tal como quedó grabado en mi memoria —exactamente como mi profesor de francés lo escribió en el pizarrón y tal como yo lo transcribí, con mayúsculas al principio de cada verso, para recordar que cada punto y aparte es importante. Las palabras de Gautier hubieran bastado, yo no habría tenido necesidad de agregar nada.

Pero me vi obligada a explicarle, en castellano y con mis propias palabras, esa historia de telas de araña que penden de las vigas —lo que escribí en mi carta no era tan lindo como el poema de Théophile Gautier, era mucho más largo, y además no rimaba.

Es exasperante el tema del idioma.

Es necesario que la administración de la cárcel sepa todo lo que ponemos en nuestras cartas, quieren vigilar todo lo que se dice entre el promontorio de la Capsulerie y la Unidad Nueve de La Plata. Es por eso que no tenemos derecho a escribirnos más que en castellano —ningún otro idioma se tolera en nuestra correspondencia, ni siquiera una sola palabra. Abren cada una de nuestras cartas para revisar su contenido, luego deciden si la dejan llegar a su destinatario. Para eso, deben estar seguros de que no se les escape nada. *Techo, cielo, pájaro, vigas, niño* o *telas de araña* —antes de dejarlos pasar, tienen que controlarlos. Si no les gusta, dicen: *No*. En realidad, si algo en la carta no les gusta, no dicen nada: la carta ya no existe, eso es todo. La hacen desaparecer para siempre, la arrojan en un agujero negro. Y si hay en ella algo que no entienden, entonces resuelven el asunto sin hacerse preguntas —en la Unidad Nueve de La Plata, no van a complicarse la vida consultando diccionarios.

Por eso papá empieza siempre sus cartas con frases como: *Hoy, 10 de noviembre, recibí tu carta fechada el día 2 y despachada el día siguiente,* da gran importancia a ese control siempre muy preciso. Cuando al principio de una de mis cartas me olvido de hacer lo mismo, la siguiente viene con preguntas, es que quiere estar seguro: *Recibiste mi carta del 14, ¿no es cierto?* No parece gran cosa, pero él verifica que ninguna de nuestras cartas se haya esfumado en el trayecto, que nadie la haya hecho desaparecer en las oficinas de la Unidad Nueve de La Plata —de acuerdo, ellos inspeccionan todo lo que nos escribimos, pero papá encontró un método para saber si alguna se quedó detenida en la frontera. A su modo, pasa lista.

Para que mi nueva carta franquee los controles, tuve que explicar, como pude, y en castellano, el pequeño signo que nos hacía Gautier —no tenía alternativa si quería que la sorpresa llegara hasta papá. El resultado no era muy bueno, lo sé perfectamente, pero de una lengua a la otra, pese a las personas que meten la nariz en lo que escribimos y a las reglas que tenemos que respetar, creo que algo quedó. En todo caso, en su carta siguiente, papá estaba contento. *Es extraño, tenés razón. No tenés la tarántula de compañía, pero podés consolarte con las telas de araña de Gautier. Si estudiás ese poema de memoria, como lo hiciste con el otro, siempre serán parte tuya —como el cielo y el árbol de Verlaine.* Pero por más que papá estuviera contento, seguía preocupado: *sin embargo, tengo la impresión de que leés menos que antes.* De pronto, se le ocurrió una idea: *Si te gusta Théophile Gautier, podrías leer* La novela de la momia. *Además, es para tu edad.*

Seguí su consejo. Saqué prestado *La novela de la momia* en la biblioteca de Bagnolet, justo antes de las vacaciones de navidad, en una hermosa edición ilustrada, y enseguida me zambullí en el libro. Es que no quería decepcionarlo, era hora de ponerme al día después de tantos meses pasados sin leer —a la distancia, papá se había dado cuenta, aunque hiciera más de dos años que no lo veía; no podía ocultarle nada.

La historia transcurre en Biban Al-Muluk, el Valle de los Reyes, a orillas del Nilo, no lejos de Luxor. Un joven inglés, lord Evandale, viaja en compañía de un arqueólogo alemán, el doctor Rumphius. El libro comienza con las palabras del doctor: *Tengo el presentimiento de que encontrare-mos una tumba inviolada en el valle de Biban Al-Muluk.* La novela empezaba bien, me encantan las historias con muertos y secretos.

Lord Evandale es rico, muy elegante e increíblemente bello. Demasiado bello, dice en el libro, de *una belleza de la que nada puede decirse, salvo que era demasiado perfecta para un hombre.* Leí la frase por lo menos tres veces. Entendía todas las palabras, pero la idea me resultaba realmente rara. Sin embargo, en la novela, el asunto está perfectamente claro: hay algo que no cuadra en la belleza increíble de lord Evandale, en su pelo de un rubio oscuro con rizos naturales, en sus pupilas de un azul acerado, en su rostro puro pero frío que parece ser *una copia en cera de la cabeza de Meleagro o de Antínoo.* Yo no conocía a ninguno de los dos, pero había entendido perfectamente el mensaje: para un hombre, era demasiado. Sin embargo, a mí, el lord me gustaba. Continué mi lectura anotando en una pequeña libreta las palabras que no entendía, todo lo que pensaba buscar más tarde en mi *Petit Robert.* Anoté: *gorgoteo, falúa, pértiga* e *hipogeos* —aun cuando en el libro se habla de *misteriosos hipogeos,* yo quería saber de qué se trataba exactamente, para poder lanzarme también sobre su pista, al igual que el doctor Rumphius y el bello inglés. Cuando leí que lord Evandale hacía un *ligero movimiento de* sneer *que volvía prominente su labio inferior,* pensé que también necesitaría un diccionario inglés-francés para hacerme una idea precisa de ese lord demasiado bello. Y generoso, además —era a él a quien el profesor le debía su viaje. *Usted me ha tratado con una munificencia digna de un rey,* dice en un momento el doctor alemán: en suma, sin el lord, Rumphius no estaría allí, en las riberas del Nilo, sin duda se hubiera muerto en su pequeña aldea de Alemania sin haber visto de cerca ni las tumbas ni las pirámides, algo que para un egiptólogo eminente no resulta muy serio, hay que reconocerlo. Si además, gracias a la generosidad del lord, llegase a encontrar, tal como lo espera

—como lo intuye, incluso— una tumba que no hubieran excavado *ni los reyes pastores, ni los medos de Cambises, ni los griegos, ni los romanos, ni los árabes,* en suma, si llegase realmente a descubrir una tumba inviolada, piensa escribir un artículo muy erudito dedicado al lord: lo mínimo que puede hacer.

Pero pronto un nuevo personaje hace su aparición en la novela, un griego, Argirópulos, un bicho raro de tez olivácea que parece querer aprovecharse del lord. La historia se complicaba. Entonces, tuve que anotar muchas palabras nuevas: *felah, fez* y *borla* —¿qué era ese *largo penacho de seda en una borla azul* que inundaba *por detrás el fez de fieltro rojo?* Preferí copiar todo el fragmento en mi pequeña libreta, era más prudente. Más adelante aún, anoté: *sutás, cnémida, calzas, siringa, dragomanes* y *corbacho.* Había muchos elementos que se me escapaban, pero una cosa era clara: en este punto de la historia, lord Evandale y el doctor Rumphius están a la defensiva y probablemente tengan razón. Entonces, cuando Argirópulos pretende poder conducirlos a *una tumba que hasta este momento ha escapado a las pesquisas de los investigadores, y que nadie conoce,* les resulta como mínimo un poco excesivo. El que desconfía más del griego es el doctor Rumphius, no solo porque el verdadero erudito es él, y no se cree así nomás la primera historia de tumba inviolada que le ponen bajo la nariz, sino también porque Argirópulos lo desprecia. Desde el principio. Es algo absolutamente insoportable. Con el pretexto de que el sabio es menos elegante, de que no es demasiado bello y además porque Argirópulos adivinó de inmediato que el lord inglés es el que tiene dinero, ignora al doctor, lisa y llanamente se dirige al inglés como si Rumphius no existiera. No hace falta ser un gran detective para entender, al verlos, quién es pobre y quién es poderoso: mientras lord Evandale avanza sobre un magnífico caballo árabe, su compañero, el doctor Rumphius, monta modestamente un burro. Algo que, dicho sea al pasar, no es muy generoso por parte del lord —ya que es tan rico, me pregunto por qué no ha puesto un caballo a disposición de su compañero. Finalmente, el bello Evandale es bastante decepcionante. Rumphius tiene toda la razón del mundo en no permitirle ninguna actitud condescendiente. Demasiado es demasiado, más aún en este aspecto que en el de la belleza. Entonces, para que el griego entienda un poco quién es él —el profesor avanza sobre un burro, pero aun así—, en cierto momento le dice: *De hecho, hace varios siglos que los colcitas, los parasquitas y tarischeutas dejaron de hacer negocios.*

No necesitó decir más, el doctor dejó estupefacto al griego.

Y a mí también.

Con esas palabras, cerré el libro.

Había leído apenas diez páginas, pero ya estaba completamente agotada.

Dejé el volumen en el estante que está arriba de mi cama y de inmediato le escribí a papá para tranquilizarlo: *Ya está, tengo el libro y lo empecé. Transcurre en Egipto y buscan una tumba inviolada. No es tan fácil eso de encontrar tumbas, pero creo que lo van a lograr.* Agregué que pensaba retomar mi lectura durante las vacaciones de navidad, cuando tendría más tiempo. *Prometido.*

Visiblemente, mi promesa no bastó —creo que, al igual que el doctor Rumphius y lord Evandale, papá desconfía. En todo caso, quiere estar seguro de que después de este libro habrá otros, que encadenaré las lecturas, como antes. Entonces, en la carta siguiente, se anticipó a lo que vendría: *Cuando hayas terminado la novela de Gautier, tenés que leer a Victor Hugo. No solamente porque eran amigos. Es muy importante, Hugo. Es incluso fundamental, no podés no haber leído a Hugo.*

Papá dice que tengo que empezar por *Los trabajadores del mar.* Piensa que podría seguir por *El hombre que ríe.* Luego, leer *Noventa y tres.* Agrega: *Está bien empezar por sus últimas novelas, allí se lo ve en la cumbre de su arte.* Pero después de eso, papá dice que también tengo que leer *Los miserables*. Añade entre paréntesis *desde luego*. *Sin olvidar* Nuestra Señora de París, *por cierto. Es prolífico este Hugo.* Dicho de otra manera, escribió mucho, muchísimo. *Y el teatro. ¿Sabés que también revolucionó el teatro? Pero no hay que olvidar que fue en primer lugar un gran poeta.* Papá dice que Victor Hugo compuso poemas cortos, a veces muy cortos, *Hugo podía ser increíblemente delicado.* Pero también escribió poemas muy largos, extremadamente largos, incluso. *Tenés que leer su poesía épica. Épica, ¿sabés qué quiere decir eso?* Como duda de que sepa qué es lo que significa, aunque me haga la pregunta, prefiere no esperar mi respuesta. Me lo explica de inmediato. Pero lo que tiene para decir de Hugo no termina ahí: no hay que *descuidar sus obras póstumas.* En el caso de Hugo, según papá, todo es bueno. *«El fin de Satán», por ejemplo. Es muy bello «El fin de Satán».*

Incluso después de su muerte, Hugo siguió siendo bueno.

Vi que en la biblioteca hay muchos Hugo, y aun cuando papá dice que a veces escribió cosas cortas, yo solo veo ladrillos.

Pero las vacaciones de navidad acaban de terminar y no volví a abrir *La novela de la momia* —me quedé en los *tarischeutas.*

Viendo todo lo que me espera después de Gautier, prefiero tomarme mi tiempo.

La muñeca de plástico

Fatou fue la que se dio cuenta.

—Hay un tipo desde hace un rato..., creo que nos sigue. Desde la calle Lenin que lo tenemos detrás. Es un tipo raro.

Me doy vuelta unos instantes —y sí, hay un hombre detrás de nosotras. Apenas tengo tiempo de ver que lleva una chaqueta de cuero oscuro y que tiene bigotes. En la penumbra, me parece que son rojizos y que, justo debajo, sonríe —pero de eso no estoy demasiado segura. Acabamos de salir del colegio. No nos demoramos, pero como estamos en el mes de enero, ya es casi de noche.

—A ver si tengo razón —dice Fatou.

Entonces entrelaza su brazo con el mío y aprieta el paso, casi a la carrera.

Detrás de nosotras, el tipo también acelera. Unos cien metros más adelante, sigue a la misma distancia, parece ir al compás de nuestro ritmo —evidentemente no quiere perdernos de vista. Entonces Fatou dice:

—Mirá, para estar seguras, vamos a hacer otra cosa.

Y se pone a caminar muy lentamente, esta vez casi deja de avanzar. Como si, de manera inadvertida, hubiera dejado caer un objeto que desea recuperar, Fatou se pone a girar sobre sí misma, los ojos fijos sobre la vereda, y me hace señas para que la imite. Las dos describimos grandes círculos, en busca de un objeto, de una hebilla o de un anillo imaginarios. Inmediatamente, el hombre afloja el paso. Como nosotras, después de haber caminado a ritmo sostenido, deja de avanzar. Pero él no finge estar buscando algo —se mantiene a la misma distancia de Fatou y de mí mientras nos mira, con un aire burlón. El hombre de bigotes nos sigue,

Fatou tiene razón, está como pegado a nosotras. Pero evidentemente le da lo mismo que nos hayamos dado cuenta. Se diría que hasta le causa gracia.

De repente, nos entra miedo.

Cuando nos acercamos a su edificio, Fatou dice:

—Tengamos cuidado, ¿te parece? Si me sigue, doy media vuelta y vuelvo con vos. No tengo ganas de encontrarme sola con ese tipo.

Pero, en cuanto Fatou se dirige hacia el hall de entrada, contra toda expectativa, el hombre se pone a caminar en sentido contrario y cruza la calle. Se detiene en la esquina de uno de los callejones que lleva al barrio de las casitas con jardín. Ahí, se da vuelta, mira un momento en nuestra dirección, creo verlo sonreír una última vez y luego se va. Su chaqueta de cuero se aleja antes de desaparecer en la penumbra, como si la tarde de invierno hubiera terminado por tragárselo.

Desde el hall de su edificio, del otro lado de la gran puerta de vidrio, Fatou me hace una seña con la mano. Entiendo que está más tranquila, pero también que me dice que no me demore. Tiene razón. Entonces aprieto el paso para ascender a mi promontorio. Subo los escalones de a dos, aún más rápido que de costumbre, cuando llego arriba estoy jadeante. Pero no estoy preocupada, ya que estoy segura de que el hombre se ha ido.

Antes de tomar el ascensor, voy adonde están los casilleros de las cartas a buscar el correo —como siempre. Cuando pongo la llavecita en el nuestro, escucho que alguien me llama desde atrás, *¡Psst!*

Me doy vuelta y me choco con el hombre que nos seguía unos instantes antes. Reconozco inmediatamente sus bigotes rojizos. ¿Cómo puede ser que esté ahí, si lo había visto alejarse, abandonar la Capsulerie? Ahora está justo delante de mí. Bajo los tubos de neón del hall de entrada, lo veo perfectamente: su pelo también es rojizo pero un poco más claro que sus bigotes. Cuando tiene el pelo limpio, puede ser que se le formen rizos. Pero ahora lo lleva tan lleno de grasa que el pelo le cae en mechones aceitosos sobre los hombros, como ovillos desvencijados. El hombre tiene una postura rara. Está inclinado hacia delante, con la espalda encorvada, no me da verdaderamente la cara, pero sé que me está llamando, *¡Psst! ¡Ey, psst!*

De pronto, se vuelve hacia mí y dice *Mirá.*

Entonces veo una cosa roja y húmeda que sale de su pantalón y que él agarra fuerte con su mano derecha.

Me quedo helada, incapaz de moverme y de gritar, como en esas pesadillas que tengo a veces —sé que me he quedado muda, que incluso si me esforzara no llegaría a producir el más mínimo sonido. Estoy petrificada. Él repite *Mirá.* Después lo dice por lo menos dos veces más y a toda velocidad, sin marcar ni una pausa, como si fuera una única palabra *miramirá,* su voz se desliza sobre las sílabas, apenas modula mientras sonríe, satisfecho de sí, con eso que tiene en la mano derecha, *miramirá.*

Y yo miro, no logro hacer otra cosa.

Lo que aprieta entre sus manos es extraño, parece un juguete de plástico, una muñeca a la que alguien le hubiera arrancado el pelo. Alzo la vista hacia sus ojos en busca de una explicación, no sé qué hacer. Me quedo ahí, inmóvil, mirando alternativamente la cosa roja y viscosa y los ojos del hombre que interrogo en silencio. El tiempo me parece interminable.

Pero de pronto, el tipo deja de sonreír. Se lo ve preocupado. En sus ojos, de repente, hay incluso algo de angustia. Tengo la impresión de que se pregunta si entiendo bien la escena. Y tiene razón. Está ahí con esa cosa en la mano, eso con lo que visiblemente no sabe muy bien qué hacer. Tengo miedo, sé que tengo miedo, pero también sé que no entiendo lo que veo, ni por qué me lo muestra.

Delante de mí hay un tipo que saca una muñeca de su pantalón, una muñeca roja y reluciente a la que alguien le ha arrancado los brazos y el pelo. ¿Quién lo habrá hecho y por qué? En el hall del edificio, se diría que la muñeca calva llora.

De pronto el hombre parece completamente perdido. Tengo incluso la impresión de que, como la muñeca, él también está a punto de llorar. Estamos los dos inmóviles, petrificados.

Por suerte, termino por encontrar mi voz.

Y me pongo a gritar. Como jamás lo he hecho.

Finalmente, lo logro. Grito por la muñeca a la que le arrancaron el pelo. Y por todo lo demás. Grito también por todo lo que ocurrió antes de la Capsulerie. Grito por todas las veces que me he visto en sueños, corriendo sin avanzar, incapaz de emitir un sonido, hundiéndome más profundamente en la arena a medida que mis pies se agitaban. Grito, no paro de gritar, nunca había gritado así. Ignoraba hasta qué punto podía ser un alivio. El hombre y esa cosa me han dado la ocasión. Ya no siento miedo, en absoluto. Grito lo más fuerte posible, pero ya no tengo miedo.

En cuanto al tipo, parece sentirse aliviado. Evidentemente, era lo que esperaba. Gracias a mis gritos, vuelve en sí. De pronto, lo veo sonreír de nuevo. Tiene el mismo aspecto que cuando estaba detrás de nosotras, en la vereda. El aspecto satisfecho y regocijado que tenía al principio de la escena delante de los casilleros de cartas. Desde que me puse a gritar, es evidente que se siente mejor. Entonces guarda la cosa en el pantalón antes de abandonar precipitadamente el hall del edificio —mientras, yo sigo gritando.

El hombre ya debe estar al final de la escalera, alcanzando la vereda.

Probablemente ya esté cruzando la calle.

Ya debe de haber desaparecido para siempre, del lado de las casitas con jardín —a menos que haya bajado hasta Gallieni, que haya tomado el metro que se esconde del lado de los empalmes.

Yo, mientras tanto, sigo gritando.

Puede ser que ahora el hombre ya esté en su casa.

Incluso es posible que haya dejado su chaqueta de cuero en el respaldo de una silla. Que esté pensando en este mismo instante que, decididamente, llegó el momento de lavarse el pelo.

Pero yo, bajo las luces de neón del hall de entrada, delante de los casilleros, sigo gritando.

No dejo de gritar.

No sé cómo parar.

El mate de Amalia

Esta mañana me levanté temprano, por lo menos una hora antes que el sol.

Es uno de los momentos que prefiero para mirar hacia afuera desde el noveno piso. Ahora sé que esa es la hora en la que se pueden entender mejor las cosas. Para hacerlo como corresponde, no es necesario salir al balcón del living, por suerte —esta mañana hacía mucho frío, se percibía desde adentro por las pequeñas agujas de escarcha que formaban como un marco alrededor del ventanal. Pero el centro del cristal permanecía translúcido, pude mirar el paisaje sin dificultad.

Primero, los surcos luminosos de los autos que circulan. Ahora ya me resultan familiares —cuanto más miro la autopista y los empalmes, mejor distingo las estrías que los vehículos imprimen en la oscuridad. Cuando entrecierro los ojos como lo hice esta mañana, por poco que los mantenga así, uno o dos minutos, bien concentrada, consigo captar lo que ocurre afuera. Antes del amanecer, los faros de los autos rayan el paisaje. Como avanzan muy rápido, el fenómeno no dura mucho —cada rasguño solo persiste unos instantes. Pero el desfile es continuo y cada auto imprime en el paisaje como un arañazo de luz.

A esa hora se entiende de otro modo a Poniente y Levante. Prefiero las Mercuriales cuando es de día, cuando se las ve bañadas en un polvo dorado, pero en la oscuridad las torres gemelas revelan algo importante, ya lo sé. Tal vez porque entonces dejan de jugar —cuando el sol no está, ya no posan. Si no se las observa antes de que llegue el día, lo cierto es que solo se capta de ellas la superficie.

Más allá están las luces de París. Antes de la aurora, la capital no es más que una inmensa silueta sombría puntuada aquí y allá por luces, a veces inmóviles, otras veces titilantes o pasajeras. Sin embargo, a esa hora París se revela. A pesar de que la ciudad esté aún acurrucada sobre sí misma, solo antes de que llegue el día se entiende de cuánto es capaz.

Pero lo que más me gusta de la Capsulerie es que la noche no llega nunca a completarse. Acá, frente a la oscuridad, hay algo que resiste. Por supuesto, al final del día, el paisaje se oscurece —pero siempre se detiene en el umbral de la noche negra. La noche no tiene nunca la última palabra. Visto desde nuestro noveno piso, cada día hay un momento en que el paisaje se desdibuja. Pero entonces toman el relevo las luces lívidas de la ciudad y los suburbios, los faros acerados de los autos y la presencia ligeramente azulada de las torres gemelas. Hasta que vuelva a amanecer.

Detrás de mí, Amalia acababa de dejar el sofá que le sirve de cama para ir a la cocina. Entonces me di vuelta —desde mi puesto, también podía observarla.

Amalia se movía cubierta por uno de sus largos camisones de color crema. Tiene varios que se parecen, con un cuello bebé cortado en una tela más gruesa y rayada. Preparaba el mate.

Como de costumbre, Amalia echó la yerba mate en la calabaza, sin sobrepasar la mitad del recipiente. *No te olvides que, cuando se le echa agua caliente, la yerba aumenta de volumen,* decía siempre mi abuela. *Si le ponés demasiada yerba, después el mate te queda corto. La mitad de la calabaza —es fácil de recordar.*

Después Amalia se puso a sacudir el recipiente en todos los sentidos, con la palma de la mano bien plana sobre la abertura para que la yerba no se escapara. Mi abuela me lo había repetido más de una vez: para que el polvo fino de la yerba no tape la bombilla, antes de echar el agua hay que agitar la calabaza. *Ya ves, cuando se sacude la yerba como lo hago yo, el polvo se deposita sobre la palma de la mano.* Unos diez segundos bastan, pero esa etapa es esencial. No hay que dudar en ponerle energía a la cosa, hay que hacerlo como si a uno le hubieran encargado las maracas en una orquesta de música cubana. *Con estos pequeños gestos se reconoce a un verdadero matero,* decía mi abuela en La Plata. Pienso en ella cada vez que veo a alguien preparar un mate —¿respetará todas las etapas del matero experimentado? Ahora veía a Amalia poner manos a la obra, en Bagnolet, frente a las Mercuriales. Los pedacitos de yerba y de madera seca chocaban en el interior de la calabaza. Desde mi puesto de observación, los oía perfectamente. Después de haber sacudido el mate un buen rato, Amalia se frotó las manos sobre la pileta para deshacerse del polvo verde. La operación funcionó a la perfección: Amalia procedía exactamente como correspondía.

Después hundió la bombilla en la yerba antes de verter el agua caliente con mucha delicadeza, haciéndola correr a los lados del tubito de metal. *Es lo que hay que hacer si querés que el mate te dure un buen rato:* eso también era fundamental para mi abuela. No se echa el agua en cualquier lugar de la calabaza, el ritmo con que se vierte también importa, no se trata de preparar una vulgar tisana. Un buen matero sabe que el agua debe correr lentamente pero de manera continua. Sabe también que existe para el agua una ruta ideal aunque invisible —un camino que el buen matero es capaz de ver. Amalia debe de haber recibido una iniciación parecida a la mía. Mientras la miraba desde el living, yo entendía la razón de ser de cada uno de sus gestos.

Por cierto, el agua no se había pasado. Amalia la había apagado antes del hervor, sin dejar que se formaran burbujas en la superficie —como hay que hacerlo siempre. Es una regla básica.

Amalia tomó el primer mate. Y vi aparecer en su rostro la mueca tan característica del que bebe el primer mate, ese gesto típico de abnegación. Porque ese mate es siempre muy amargo. El que lo prepara debe sacrificarse. Así es como se hace.

En ese momento mamá entró en la cocina —la hora del mate es un momento compartido, y más aún el fin de semana.

—¿Te cebo uno?

La pregunta era inútil, Amalia conocía por anticipado la respuesta de mamá:

—Sí.

Era sábado, la ceremonia del mate podía durar una buena hora, e incluso más. Las tres nos instalamos alrededor de la mesa, justo ante el ventanal del living —yo también quería tomar mate. Amalia oficiaba. Como era ella la que lo había preparado, era natural que fuera *su* mate. Nos cebaba por turno, en el sentido de las agujas del reloj, como siempre lo había visto hacer.

La tercera ronda acababa de empezar cuando advertí que las manos de Amalia temblaban. Cuando me ofreció el mate —me tocaba a mí—, la mano que sostenía la calabaza se agitó tanto que el recipiente describió entre las dos una danza nerviosa y vacilante. Amalia solo logró detener sus manos después de haber trazado en el espacio un gran círculo, evidentemente involuntario. Mamá también lo advirtió.

—¿Estás cansada, Amalia? ¿Querés que cebe yo?

—Pero no, está bien...

Evidentemente, el comentario de mamá la había molestado.

Amalia había meneado la cabeza, con los ojos bajos. Parecía prolongar su respuesta de manera silenciosa pero clara, su actitud decía algo así como *al menos soy capaz de cebar el mate...*

Lo tomé sin demorarme, entre dos respiraciones. Solo le devolví el recipiente después de haber escuchado el pequeño silbido característico que indica que no hay más agua en la calabaza —la última aspiración se hace siempre en el vacío, no es más que una señal destinada a hacerle entender a los demás que ya es hora de pasar al siguiente. Es así como debe ser.

Amalia recuperó la calabaza con un gesto poco seguro. No paraba de temblar pero visiblemente hacía grandes esfuerzos para dominarse. Le costaba muchísimo. Se la veía muy concentrada, como alguien que ejecuta una serie de movimientos complejos que exigen gran destreza. Esta mañana, los gestos que le había visto hacer un montón de veces parecían constituir para ella una especie de desafío.

Amalia se preparaba para cebar un nuevo mate. Acababa de levantar la pava. Estaba seria, incluso grave —las cejas fruncidas como un jugador de balero que se dispone a lanzar la bola al aire y no quiere errar el golpe. Esta vez era el turno de mamá. Era evidente que Amalia le quería demostrar que todo andaba perfectamente. Pero en el momento en que empezó a echar el agua, su muñeca se dobló en dos. Parecía un títere cuyas articulaciones de pronto cedían ante nuestros ojos.

La pava cayó a sus pies, la tapa rodó sobre las baldosas. En cuanto a la calabaza, se volcó sobre ella, vaciando en el camisón de Amalia su contenido verde, caliente y húmedo.

—¡Te quemaste! Te dije que me dejaras a mí, te veo muy cansada.

Amalia quiso tranquilizarnos:

—El agua ya no estaba tan caliente..., todo bien, todo bien...

Corrí a la cocina a buscar una esponja —había que secar el camisón de Amalia, y a eso me dediqué. Primero quité la yerba, después froté el camisón. Pero el mate ya había dejado sobre la tela clara unas manchas verdosas. Y las tres sabíamos que probablemente no se iban a poder sacar.

—¿Estás segura, no te quemaste?

—Pero no, todo bien. Si te digo que no me pasó nada..., se me escapó la pava, eso es todo. No vale la pena hacer un drama...

Después de haber pronunciado esas palabras, Amalia intentó reírse. Hacía lo posible para mostrarnos que estaba todo bien, que no había motivo para preocuparse. Pero su tono relajado sonaba falso. Mientras se burlaba de su incorregible torpeza, la carne de sus mejillas empezó a temblar de modo extraño —parecía más blanda que de costumbre, moviéndose así, de manera desordenada, como si algo se agitara adentro, justo bajo la piel. O como si Amalia no pudiera controlar esa carne que de repente se había vuelto tan floja. Sus ojos no reían, para nada. Reflejaban una inmensa preocupación. Es que su cuerpo ya no respondía como antes. Ella se daba cuenta y nosotras también. Pero Amalia se aferraba a ese tono relajado. Y con mamá la imitamos, visiblemente era lo que ella quería —para tranquilizarla y para tranquilizarnos con ella, hicimos como si no pasara nada.

Ya era de día. Uno de los flancos de la torre Levante se veía dorado, la luz rebotaba sobre su gemela. Frente a la silueta azulada de las Mercuriales, Amalia siguió hablando con tono alegre:

—De todas maneras, este camisón hace tiempo que está para lavar. Y puede ser que el lavarropas haga algún milagro. Además, estas ceremonias materas interminables son buenas para la pampa profunda. En la Capsulerie, la podríamos hacer más corta de tanto en tanto...

Entonces mamá dijo:

—Bueno..., a vestirse. Vamos a llegar más temprano que de costumbre a Radar Gigante, y mejor así, el sábado es siempre una locura.

Amalia se levantó, una mano apoyada sobre la mesa y la otra sobre el respaldo de la silla.

Entonces mamá y yo lo advertimos.

Pegada a su cuerpo, la tela húmeda se había vuelto completamente transparente en algunos sitios. Debajo, desde la parte superior del muslo derecho hasta el nacimiento de la rodilla, se veía la ristra de moretones que las caídas de estos últimos meses habían terminado por tatuar en su piel. En la pierna izquierda, sin embargo, era diferente: bajo el camisón translúcido, los moretones no estaban dispuestos en guirnaldas. Estaban tan juntos que formaban una masa oscura, entre amarilla y violeta. Como si Amalia se hubiera pegado de ese lado un pedazo de papel arrancado a un viejo mapamundi.

«Das Mädchen»

Papá quiere saber si avanzo con el alemán. En su última carta, dice que está contento con mis notas, pero me pregunta *¿En qué estás exactamente con el idioma alemán?*
La verdad, no sé demasiado. ¿Qué podría responderle?

Papá no estudió alemán. Tampoco mamá, ni Amalia.
A veces en esa lengua me siento un poco sola. Muy sola, incluso. El alemán es como un país desconocido, un territorio misterioso en el que me he internado, sin guía ni orientación.
Al mismo tiempo, me gusta pensar que todo lo que digo en alemán es inaccesible para Amalia y para mamá. Que si repitiese, en voz alta, la frase del manual que en este momento tengo ante mis ojos, no la entenderían, como no la entendieron cuando la dije por primera vez. Entonces, cargo las tintas —me divierte pensar que no entienden absolutamente nada de las palabras que pronuncio, que ignoran cómo funciona el alemán. Es por eso que a veces, cuando repaso mis lecciones, se me ocurre hablar fuerte, hasta muy fuerte. En el noveno piso de la Capsulerie, la frase más breve en alemán suena como una fórmula mágica, una especie de encantamiento. Un mensaje codificado del que yo sola tengo la clave. Esas palabras, cuyo sentido entiendo y que son tan solo una música extraña para mamá y Amalia, forman una especie de caparazón. Una burbuja donde sé que puedo refugiarme en caso de necesidad.
Pero ¿en qué estoy con el alemán?
Die hohen Türme glänzen immer.

261

Soy capaz de decir eso, por ejemplo. Sola, quiero decir —aunque esa frase no esté en el manual.

El otro día, frente a Poniente y Levante, escribí esas palabras en un pedacito de papel arrancado de mi cuaderno borrador. Era un día de sol —al atardecer, las torres se veían muy hermosas.

Die hohen Türme glänzen immer: las torres altas brillan siempre.

En alemán, suena tan lindo. Cuando se dice en voz alta, si se articula bien, da la impresión de que las palabras tintinean.

Al día siguiente, durante el desayuno, repetí la frase varias veces delante de las Mercuriales. Antes de salir para el colegio, incluso la tararée mientras me cepillaba el pelo: *Die hoo-hen Tüüür-me gläään-zen im-mer.*

Sin embargo, esa mañana las torres parecían más bien estar perdidas en el paisaje. Y se las veía un tanto apagadas. Afuera, había una especie de niebla sucia. Algo de humo también, creo. O tal vez fuera que aún no era de día, que todavía estábamos en la casi noche de las orillas de la autopista. En fin, era una mezcla de todo eso. En todo caso, no se podía decir que las torres brillasen. Y era aún menos el momento de afirmar que brillaban *siempre.* Lo que estaba diciendo era mentira, no había más que mirar afuera para darse cuenta. Pero en casa nadie podía decirme lo contrario. *Die hohen Türme glänzen immer:* podía repetirlo todas las veces que se me antojara.

Mamá quiso que yo estudiara alemán. Alguien le explicó que era lo que hacía falta si quería que yo estuviera con los buenos alumnos en el colegio Travail. Parece que le dijeron, incluso, *Es preciso ahí donde querés enviarla.* Y ella me explicó: *Te inscribí en alemán como primera lengua, porque en el colegio adonde vas a ir es lo que corresponde.* Así fue como se impuso el alemán.

En el colegio Travail, todos los alumnos que cursan alemán como primera lengua están en la misma división —la *buena* división. Los profesores le dan mucha importancia al alemán. Pueden enseñar Música, Ciencias Naturales o Matemática, pero se dirigen a nosotros diciendo siempre *ustedes, los germanistas* por aquí, *ustedes, los germanistas,* por allá. Incluso cuando hablan entre ellos, para referirse a nuestro curso, nos llaman *los germanistas.* Y que ellos mismos no conozcan nada de la lengua alemana no cambia en absoluto el asunto: todos los profesores la consideran la mejor materia, incluso parecen estar íntimamente convencidos. Así, han terminado por convencernos a nosotros —en todo caso, estamos tremendamente orgullosos de ser *los germanistas* del colegio.

Cursar alemán es nuestro privilegio exclusivo. Estamos muy apegados a esa lengua. Además, en el comedor, sin que lo hayamos planeado de antemano, casi siempre nos instalamos en las mismas mesas. En el colegio Travail, desde que uno empieza a estudiar alemán, almuerza naturalmente *entre germanistas.*

Busqué la palabra en el *Petit Robert* para ver si el diccionario decía algo de todo eso, con respecto a la posición y al aura. Y leí lo siguiente:

GERMANISTE [3ERMANIST] n. – 1866; *de germanique* ® DIDACT. Linguiste spécialisé dans l'étude des langues germaniques, et plus spécialement de l'allemand. – PAR EXT. Spécialiste d'études allemandes.

Lingüista, entonces —y especializado.
Con eso, lo reconozco, quedé muy impresionada.
Un poco intimidada, a decir verdad.
Creo que en Bagnolet no se toma siempre al *Petit Robert* al pie de la letra. De todas formas, ese diccionario tiene es-

tándares muy altos. Pero supongo que no estamos obligados a considerar todo como el *Petit Robert.* En cuanto a las definiciones, sin duda, es posible guardarse un margen de maniobra sin ser necesariamente un gran mentiroso. En el colegio, esta historia de los germanistas no es a la fuerza una mentira. Si nos llaman así, creo que es sobre todo para alentarnos.

Después de consultar el *Petit Robert,* cada vez que escucho esa palabra imagino a todos nuestros profesores en las gradas de un estadio gritando: *¡Buena jugada! ¡Adelante, germanistas!*

Bueno. Es posible que, visto desde ese ángulo, seamos *germanistas.*

De hecho, aplican el método del corpiño en el que sigo flotando. Al llamarnos así, nuestros profesores incurren también en las predicciones. Ven muy lejos delante de nosotros —pero un día tal vez lleguemos a germanistas, quién sabe.

Me gusta el alemán. Es muy difícil, como idioma, pero ya estoy muy apegada a él. Incluso a las declinaciones.

Antes de pronunciar la frase más sencilla, como con los juegos de construcción, no solo hay que elegir la pieza adecuada sino que también hay que ponerla en el lugar que corresponde. De otro modo, no funciona. Nuestra profesora de alemán, la señorita Siméon, dice siempre:

—Ojo..., el verbo..., ¿dónde hay que poner el verbo?

Pero cuando empezamos con el idioma, la primera sorpresa fue el neutro. Algunos no terminan de entenderlo.

—¿Por qué me ha tachado *die,* por qué es un error?

—Porque se dice *das Mädchen.* ¿Lo olvidaste? Estaba en tu primera lección de alemán.

—Pero, *madame* Siméon..., una chica no puede ser neutra...

—Señorita. *Mademoiselle* Siméon.

Se enoja, *mademoiselle* Siméon, cuando los alumnos se equivocan con su nombre. Cuando nos dirigimos a ella no hay que decirle señora sino señorita —a sus ojos es algo muy importante, como una distinción o un título que no hay que arrebatarle. Pero no le molesta repetir lo que todos ya deberíamos saber:

—Para decir *la chica,* se dice *das Mädchen,* así es. *Das Mädchen,* neutro.

Julien es el que más problemas tiene con ese *das.* Por más *germanista* que sea, no logra entender el neutro.

—¿Por qué es neutro?

—Hay que incorporarlo: se dice *das Mädchen,* y punto.

Es por lo menos la tercera vez que Julien hace la pregunta. Entonces hoy, cuando de nuevo tuvo dificultades con el *das,* Nadir levantó la mano para demostrar que él sí había entendido. E incluso más allá del *das*:

—Además, en el dativo, *das Mädchen* se vuelve masculino, ¿no es así, señora?

—Señorita. Pero no, Nadir. Para nada. El dativo es *dem Mädchen.* Pero sigue siendo neutro.

—Sin embargo, es más masculino que femenino. Se inclina un poco hacia el masculino, *das Mädchen...,* quiero decir cuando se pasa al dativo, señorita...

Es difícil el alemán, es cierto. Pero como buenos germanistas, no nos rendimos.

Además, la señorita Siméon es paciente. Aunque a veces se enoje, creo que en el fondo nos quiere.

Para ayudarnos, tuvo la idea de un gran afiche donde escribió con diferentes colores los artículos y los pronombres personales, en todos los casos. Antes de empezar la clase, cuelga el afiche con la ayuda de un pequeño gancho que instaló a un costado del pizarrón. Se supone que tenemos que conocer de memoria esas declinaciones, pero ella sabe que es mejor que las tengamos ante los ojos. Así, cuando alguien comete un error, ella apoya la tiza sobre la forma adecuada, después le pide a la clase que repita la frase correcta, insistiendo en el artículo o el pronombre que hay que corregir:

—¡Ojo! Ahí hay que usar *mir*, no *mich*. *Du willst es mir nicht sagen*. Entendiste, ¿verdad?: *no quieres decírmelo*. Si no quieres decirme *a mí*, hay que usar un dativo. Repitan todos, por favor: *wiederholen Sie bitte: du willst es mir nicht sagen*.

Esa mañana, en el camino al colegio Travail, volví a pensar en la pregunta de papá. ¿En qué estoy exactamente con el idioma alemán? ¿Qué podría contestarle? Con él tengo escrúpulos para situarme en lo previsorio —tengo que decirle algo que se parezca a la verdad. A lo que existe en este momento. Voy a evitar decir eso de que soy *germanista*. Al mismo tiempo, no tengo ganas de decepcionarlo.

Seguía pensando en la pregunta de papá cuando empezó la clase de la señorita Siméon. Era la primera hora del día.

Apenas nos habíamos instalado cuando la señorita Siméon le pidió a Julien que repasara la lección. Nos teníamos que saber de memoria unas frases que habíamos escrito el día anterior.

—¡Ayer también me llamó a mí!

—Te escucho, Julien.

—Pero... ¿por qué siempre a mí?

—Vamos, te escucho.

—*Du...*

Julien se interrumpió inmediatamente. Después de ese *du*, no se acordaba de nada.

—*Du... Und weiter*, Julien.

Era evidente que no había estudiado. Pero la señorita Siméon estaba harta, no tenía nada de ganas de insistir. Entonces, con un gesto de la mano, le indicó que podía volver a sentarse, y después le pidió a Clara que dijera en voz alta la lección del día.

Como de costumbre, Clara conocía su lección de alemán de memoria:

—*Mutti, du weisst es, aber du willst es mir nicht sagen.*

—*Genau! Sehr gut! Wiederholen Sie bitte: Mutti, du weisst es, aber du willst es mir nicht sagen.*

Todos repetimos la frase, antes de que la profesora le pidiera a Line que tradujera:

—Lo que significa: *Mamá, lo sabes, pero no quieres decírmelo.*

—Eso.es, Line, muy bien. Repitan una vez más. En alemán...

Mientras todos repetíamos la frase del día, escuché que Nadir decía:

—Mierda..., yo también lo sé. Ya vas a ver si no se lo digo...

Nadir hablaba muy bajo, pero estaba justo detrás de mí. A su lado, Manu no paraba de reírse:

—A ver, mostrale...

Los dos se morían de risa.

—Ya vas a ver, no me voy a achicar. *Das Mädchen,* seguro... ¿A vos también te parece un bombón, Manu?

—¿De quién hablás? ¿De la señorita Siméon?

No podían más ahí atrás. La señorita Siméon se interrumpió.

—Por favor, allá al fondo, hagan silencio... Vamos, tenemos que empezar una nueva lección. Abran sus cuadernos...

En el momento en que pasaba entre las filas, una bola de papel voló a través del aula —rozó la cabeza de la señorita Siméon, que no se dio cuenta de nada. Nadir la había tirado. Había apuntado perfecto, ya que la bola de papel pasó apenas un centímetro por encima del cráneo de la profesora para aterrizar en el banco de Clara, justo en el cuaderno que acababa de abrir.

Varios lo habíamos visto, así que todos teníamos los ojos clavados en Clara. Ella no solo había atrapado el proyectil, sino que también había empezado a desplegar el pedazo de papel. Evidentemente, había algo escrito adentro.

Vimos que Clara movía los labios en silencio, mientras trataba de descifrar el mensaje encerrado en la bola de papel. Le daba trabajo, aparentemente, porque fruncía el entrecejo. Sin embargo, lo logró ya que en un momento se sonrojó. Después lo arrugó y lo desgarró antes de esconderlo dentro de su cartuchera.

A mis espaldas, los muchachos se morían de risa con más fuerza que antes.

La señorita Siméon nos indicaba en su manual la página del día: una aventura más de *Rolf und Gisela.*

—Es una lección sobre el tenis de mesa. ¿Les gusta, no es cierto? *Rolf und Gisela spielen Tischtennis.* Ya verán, chicos, es una lección muy divertida.

Detrás de mí, Manu y Nadir estaban cada vez más excitados.

—Los chicos... Cualquier cosa..., delira cada vez más la vieja.

Justo en el momento en que la señorita Siméon nos dio la espalda para escribir en el pizarrón el título de la nueva lección, otra bola de papel voló a través del aula. Una vez más, ella no se dio cuenta de nada. El proyectil aterrizó sobre el manual de Line, justo en la cara de Rolf, con su paleta en la mano y una sonrisa idiota en los labios. En la clase, estallaron las risas nerviosas.

—¡Silencio! ¡Si siguen, les voy a tomar una prueba sorpresa! ¡A todo el mundo, me escuchan!

La señorita Siméon avanzó con las manos calzadas en las caderas, y se paró en medio del aula.

Voló otro papel. Un mensaje con el que Nadir había hecho otra bola, enviada esta vez en dirección al banco de Clara —una vez más, su trayectoria dibujó una curva por encima del cráneo de la señorita Siméon, deslizándose exactamente en el punto ciego, por encima de la cabeza de la profesora, como la primera que había arrojado. Eso es en todo caso lo que había previsto, pero las cosas no ocurrieron así: la pelota de papel se estrelló contra la frente de la señorita Siméon antes de aterrizar a sus pies.

Esta vez, se puso realmente furiosa. No dijo nada, pero sabíamos que estaba al borde de una explosión.

La señorita Siméon se agachó para recoger el papel. Se le subió el vestido y se le vio la enagua que llevaba debajo, incluso el elástico de sus medias de lana que le llegaban a las rodillas. Inmediatamente entendió que la bola de papel no era un simple proyectil, que venía con algo adentro. Entonces, caminó hasta el estrado, siempre en silencio. Apoyó el papel en el escritorio, pasando la mano sobre la hoja arrugada con el propósito de descifrar su contenido. A ella también le dio trabajo. Pero evidentemente lo consiguió, ya que, de pronto, la vimos sonrojarse, puede que más que Clara después de haber leído el primer mensaje de Nadir.

Entonces la señorita Siméon se acomodó los anteojos. Se inclinó sobre el escritorio —con las palmas de las manos se impulsó hacia delante, en nuestra dirección. Después lanzó un grito extraño, separando apenas los dientes, como si su voz estuviera obstruida por la indignación y el enojo:

—¿Quién escribió eso?

Nadie respondió. Entonces, repitió la pregunta, aullando esta vez. Estaba mucho más roja que antes:

—¿Quién lo escribió? ¡Quiero saberlo!

Pero, una vez más, nadie respondió.

A mis espaldas, apenas escuché que Manu murmuraba:

—Estás jodido. Apuesto que va a reconocer tu letra. Además, para peor, seguro que escribiste mal *pezón*.

La señorita Siméon parecía buscar lo que iba a decir —algo que anhelaba definitivo, una frase que recordaríamos para siempre. Pero, como de costumbre, no pasó de ahí —ya había sonado la campana.

Entonces todos guardamos nuestras cosas y salimos al pasillo lo más rápido posible. En la precipitación general, cayeron para atrás varias sillas. Pero nadie se preocupó por recogerlas. Nosotros, los germanistas, abandonamos el aula como si estuviéramos huyendo.

En cuanto a la carta que tengo que escribirle a papá y la respuesta que él espera, no tengo ni idea de qué decirle. ¿En qué estoy, exactamente, con el idioma alemán?

Presidente

Amalia lo sabe desde antes de ayer, tiene esclerosis en placas.

En cuanto regresó, el viernes, pronunció esas palabras, *sclérose en plaques,* insertándolas tal cual, en francés, dentro de una frase en castellano. Es lo que hacemos siempre para hablar de lo que conocimos de este lado del océano, y en esa lengua, antes de abordar la novedad, de familiarizarnos con ella y de integrarla plenamente en nuestro segundo hemisferio —el espacio en el que nos movemos juntas cuando charlamos las tres, nuestra vida en castellano. Esta vez, sin embargo, después del nombre francés tan extraño y nuevo, inmediatamente nos reveló la denominación castellana de su enfermedad: *esclerosis en placas.* La traducción de aquello no podía ser más simple. De una evidencia inquietante. Ante esa sucesión de palabras que nos hacía descubrir en una lengua y en la otra, entendí que habían irrumpido en la vida de Amalia revolucionando todo a su paso. Amalia no se había acercado lentamente a la noticia, como quien se detiene en medio de un bosque para observar un insecto o un champiñón que jamás había visto antes, no había tenido tiempo de procurar entender, de explorar las palabras nuevas antes de hacerles lugar del otro lado. *Sclérose en plaques.* Esclerosis en placas. Apenas revelada, la enfermedad estaba aquí y allá. Sola, había forzado la puerta.

Ayer, Amalia nos dijo un poco más del asunto: *Es por eso que a veces me caigo y pierdo el equilibrio.* Después fue a poner el gran sobre de cartón que la había tenido ocupada toda la tarde en el cajón central del aparador. Ahí dentro hay análisis y muchos papeles referidos a su enfermedad.

Creo que se leyó el contenido tres o cuatro veces seguidas, de punta a punta. O incluso más. Se detuvo en cada página, a veces mucho tiempo —en cuanto llegaba a la última línea, inmediatamente retomaba la lectura como si quisiera estar segura de no haber pasado nada por alto, ni la menor cifra, ni la menor coma, como si quisiera asegurarse de haber descifrado el contenido del sobre en sus más mínimos detalles. A menos que haya querido grabar todo eso en su memoria en caso de que el sobre se perdiera, que haya querido saber lo que decía ahí de una vez por todas.

Pero después de las pocas frases pronunciadas para nosotras, *Por eso a veces me caigo y me pongo a temblar. Si no siento bien mis manos y mis piernas, es por esto de la esclerosis en placas*, Amalia volvió a cerrar el sobre con un gesto seco y luego se incorporó para guardarlo en el mueble. Parecía que, de pronto, quería alejarlo de su vista. Olvidar el asunto que, unos segundos antes, concentraba toda su atención. No pensar más en eso, al menos por el momento. *Sclérose en plaques.* Esclerosis en placas. Todo había ido decididamente demasiado rápido.

A la noche, antes de cenar, se quedó en el baño mucho más tiempo que de costumbre. ¿Será que había llorado allí, sentada sobre el borde de la bañadera? Recuerdo haber pasado varias veces ante la puerta cerrada, tratando de entender lo que ocurría del otro lado.

Pero no se oía absolutamente nada.

Ni lágrimas, ni ruido de agua, ni roce de ropa. ¿Qué hacía? Es posible que Amalia no haya llorado —que tan solo haya querido aislarse para reflexionar. O que se haya tomado su tiempo para examinarse ante el espejo del baño, tratando de encontrar en su cara o en alguna otra parte del cuerpo —brazos, muslos, pantorrillas, hombros— lo que la enfermedad había cambiado en ella. O lo que corría el riesgo de cambiar muy pronto. A menos que se haya mirado en el espejo como si ya no se tratara exactamente de ella, por la tendencia que había tenido últimamente su cuerpo a escaparse de su control.

Desde que se enteró de su enfermedad, Amalia está muy triste y mamá también. Hasta yo me sentí muy abatida, ya que al ver la expresión de Amalia y la de mamá entendí que era grave. Durante dos días, ni mamá ni yo nos atrevimos a hacerle preguntas. Esperábamos que tomara la iniciativa.

Ocurrió esta mañana, mientras tomábamos mate, como lo hacemos casi siempre los domingos —sin apurarnos, ya que tenemos todo el tiempo disponible.

—Es una enfermedad rara. Una porquería, de hecho. Pero qué le voy a hacer... La mayoría de las enfermas son mujeres. Mujeres jóvenes, no se sabe por qué. Pero no es contagiosa, no se preocupen.

—Tenés que descansar, Amalia. Es tan importante como el tratamiento.

—¿Y cómo te la pescaste?

—No me la pesqué. La enfermedad vino sola. Nadie sabe cómo es que uno se enferma de esclerosis en placas. Me hicieron un montón de preguntas. Dónde nací, dónde viví. Lo que como, lo que bebo, cómo duermo... Tuve que rellenar un formulario larguísimo con muchas preguntas raras. Sobre mi familia, también. Es para una investigación que hacen en el hospital. Aún tratan de entender cuáles son los puntos comunes entre los enfermos. Lo cierto es que, ahora que tengo esta enfermedad, la tendré para siempre.

Amalia nos explicó que su esclerosis en placas se manifestaba con crisis agudas, ataques súbitos, que llaman *brotes*. Entre dos brotes, todo está casi bien —la enfermedad está ahí, pero un poco dormida. Como si quisiera hacerse olvidar. Pero en el momento en que la enfermedad se despierta, todo anda mal, los mensajes ya no circulan muy bien entre el cerebro y el resto del cuerpo. Es por eso que estos últimos meses, a veces teníamos la impresión de que sus piernas, sus brazos y sus manos ya no le obedecían. Aún no lo sabía, pero estaba sufriendo un brote.

—Pero entonces, el resto del tiempo, ¿es como si no estuvieras enferma?

—El problema es que después de cada brote quedan secuelas. Rastros. Una ya no es la misma. Entre la cabeza y el resto del cuerpo, ya no existe la comunicación de antes. Como si el cerebro cortara poco a poco los puentes...

Entonces Amalia nos explicó que era como en el Atlántico, en el momento de las grandes mareas, cuando el mar sube. Con cada brote, la enfermedad avanza, gana un poco más de terreno. Tal como lo hace el agua sobre la arena.

Al escuchar su explicación, me sentí más tranquila.

—Entonces, si es como una gran marea, está bien, Amalia. El mar sube, pero después vuelve a bajar.

—Probablemente no habría que explicarlo así... La enfermedad hace a veces pausas, pero no retrocede. Con cada crisis, gana terreno. Pero, incluso cuando parece estar inmóvil, la esclerosis en placas no se retira. Me lo explicaron en el hospital —esa enfermedad no va a retirarse, nunca.

Amalia está amenazada por una extraña marea. La última marea. Poco a poco, el mar sube y la cubre cada vez más. Pero las tierras que invade ese mar quedan inundadas para siempre.

El cuerpo que ya no le pertenece del todo, un día ya no le pertenecerá en absoluto. De eso se había enterado en el hospital, y eso es lo que procuraba decirnos. No obstante, no estará muerta —todavía no. Tan solo encerrada en un cuerpo que ya no le responderá, un cuerpo que ya no querrá entender nada.

Entonces me acordé de la araña andina que danza todos los días en La Plata, pese a la jaula en la que pasa la mayor parte del tiempo. Pero cada día oye sobre el parqué los pasos del hombre que tanto se apegó a ella. El mismo que, en cuanto se reúne con la tarántula, se inclina para mirar a su amiga a través de los barrotes. El mismo que sonríe al verla agitarse y que después la libera —feliz, de antemano, al pensar en lo que vendrá después. Tan solo porque están retomando juntos, una vez más, su pequeño ritual.

En ese cuerpo que es cada vez más una oreja sorda, Amalia está presa, como la araña. Pero nadie puede abrir la puerta de su jaula.

Nos quedamos calladas durante un buen rato.

Después mamá se levantó. Era tiempo de cambiar la yerba y de calentar un poco más de agua si queríamos seguir tomando mate.

En el departamento, solo escuchábamos los ruidos que hacía mamá en la cocina —la pava que ella había apagado en el momento preciso en que el agua empezó a hacerla silbar, después el tintineo de la bombilla sobre los azulejos, mientras reemplazaba la yerba que nuestra primera hora de mate ya había dejado sin sabor. Mamá no decía absolutamente nada. Tampoco yo, sentada junto a Amalia. Esperábamos que mamá volviera para comenzar una segunda sesión. Cuando estuvo con nosotras, reanudamos nuestra matiné matera en el más completo silencio.

De pronto, Amalia lanzó, con un tono curiosamente alegre, decidida a pasar a otro tema:

—Esta noche es la Gran Noche...

Mamá sonrió.

—La Gran Noche, ¿te parece?

Amalia tenía razón. Mejor cambiar de tema. Además, era verdad. Lo venimos evocando desde hace meses, y he aquí que es hoy. Entonces mamá dijo:

—La Gran Noche..., ya veremos. Velada de pizza, en todo caso —eso sí, con seguridad.

A las ocho en punto se conocerá el resultado de la elección presidencial. Ni Amalia ni mamá votaron, no tienen derecho a hacerlo, ya que las dos son refugiadas. Pero estamos ansiosas por saber quién será el futuro presidente de Francia, Valéry Giscard d'Estaing o François Mitterrand.

A las ocho menos diez, nos instalamos delante del televisor, las tres, lado a lado, los ojos clavados en el piso. Al vernos con el torso y la cabeza bajos, se podría creer que estamos acechando un ratón que podría surgir del zócalo. Pero nada de eso, estamos mirando la televisión. Es que nuestro minúsculo aparato está puesto en el suelo, contra la pared, directamente sobre la alfombra del living.

El verano pasado, en cuanto nos instalamos en la Capsulerie, compramos un televisor nuevo. Es pequeño, pero funciona correctamente si está bien pegado a la pared y no tocamos la antena. La imagen es bastante nítida —*Es una tele en colores de muy buena calidad, los rojos se ven perfectos,* lo que nos habían dicho en Emmaüs, donde la conseguimos por un precio ridículo, era verdad. Se encuentran cosas sorprendentes en los galpones de Emmaüs de Plessis-Trévise, muebles y aparatos electrodomésticos de toda clase. Casi todo lo que nos rodea viene de ahí, también gran parte de nuestra ropa. Pero el día en que compramos el televisor, no conseguimos una mesita donde apoyarlo. Mamá considera que nuestro nuevo televisor se merece una mesa de verdad, bien sólida —ya no tiene confianza en las mesitas suecas, desvencijadas e inestables. Cuando compramos la nueva tele, pensábamos volver a Emmaüs la semana siguiente para buscar el mueblecito ideal. Pero pasaron las semanas, luego los meses, sin que encontráramos ánimo para ir tan lejos. Porque hacen falta al menos dos horas para ir en bus hasta Plessis-Trévise —es realmente lejos, cerca de los bosques de Pontault-Combault. Por eso, desde que la tenemos, nuestra tele está apoyada sobre la alfombra.

Habitualmente, cuando miramos la tele, nos sentamos en el suelo, con las piernas cruzadas o sobre almohadones. Es que el televisor no tiene que moverse en absoluto —capta perfecto, siempre y cuando se lo deje exactamente a nivel del suelo y pegado contra la pared, la antena desplegada en sus tres cuartas partes y dirigida hacia las Mercuriales, formando un ángulo de cuarenta y cinco grados. Hasta logramos captar los tres canales. Pero si se lo aleja ligeramente de la pared para volverlo hacia el sofá que sirve de cama a Amalia, por ejemplo, la imagen desaparece, primero la pantalla se pone negra y luego se cubre de puntitos blancos y grises que tiemblan y chisporrotean a la vez.

Hoy, sin embargo, ignoro por qué —probablemente a causa de la solemnidad del momento—, mamá ha dispuesto nuestras tres sillas en la mitad de la habitación, frente a la pantalla. Por eso nos vemos obligadas a bajar la cabeza —no tenemos opción si no queremos perdernos al nuevo presidente.

Estamos muy impacientes por conocer el resultado de esta elección. En la pantalla, todos parecen estar esperando también pero, según mamá, están fingiendo.

—Ellos ya saben quién ganó.

—¿Y por qué no lo dicen, si saben?

—Podrán decirlo a las ocho. Antes, no tienen derecho.

En el televisor, los dos periodistas, Jean-Pierre Elkabach y Étienne Mougotte, nos tienen sobre ascuas.

—¿Cuántos son los que saben quién ganó pero no lo dicen?

—Deben de ser unos cuantos. Los periodistas, los políticos... lo saben y ya lo comentan entre ellos. Seguro que hay gente que ya está festejando. También están los que lloran... Pero para que lo anuncien al conjunto de los franceses, hay que esperar.

Nosotras, en la Capsulerie, estamos con el conjunto de los franceses.

Es extraño, pero cuando Elkabach aparece en primer plano, su corbata oscura parece estar plantada en los pelos marrones que cubren el piso. Lo que no le impide decir *En algunos segundos conocerán el nombre del presidente de la República.* Es inminente. Vemos entonces la cara del nuevo presidente aparecer de manera progresiva sobre un fondo tricolor, la imagen se despliega desde lo alto de la pantalla hacia abajo, descubrimos su cráneo, después sus ojos, su boca y casi la totalidad del mentón. Pero le falta un pedacito, alguien en Antena 2 ha calculado mal la toma, por lo que no se ve completamente el final del mentón. Cuando la cara del presidente termina de aparecer, tenemos la impresión de que su cabeza sale de nuestra alfombra de pelo largo, de una especie de trampa cuya existencia habíamos ignorado hasta ese día, un agujero que parecía existir debajo de la lana peinada: *François Mitterrand ha sido elegido presidente de la República.*

Mamá y Amalia gritan de alegría. Entonces, yo también. Pero de nosotras tres, la que está más contenta es Amalia, parece que el resultado de la elección le hizo olvidar su enfermedad y la parábola de la última marea.

Rápidamente, la multitud irrumpe sobre la alfombra —es que un periodista habla en directo desde la sede del partido socialista, en la *rue* de Solférino. Es extraño, pero como las cámaras de la *rue* de Solférino están en la altura, sobre todo la que se encuentra adentro del edificio, los militantes felices que vemos aparecer en la pantalla, en plano picado, alrededor del periodista, parecen enanos moviéndose en el piso de abajo. Como si unos hombrecitos estuviesen de fiesta en el octavo, en la Capsulerie —una mujer pelirroja se abre paso en medio de la multitud, otra fuma y sonríe.

¿Tienen un líder ante ustedes?

Pero no hay ningún líder a la vista en la *rue* de Solférino. Qué pena.

Entonces los periodistas le pasan la posta a otro de sus colaboradores que está en la sede de campaña de Valéry Giscard d'Estaing, donde se percibe *una inmensa amargura* —esa amargura debe de haber invadido el lugar hace un buen rato, pero como ya han pasado las ocho, por fin podemos enterarnos.

—¿Quieren ir?

—¿Adónde?

—A la Bastilla..., dijeron que va a haber una gran fiesta en la Bastilla.

—No es buena idea, Amalia. Te arriesgás a caerte, la gente te va a empujar... No, no es nada razonable. Festejémoslo acá, es mejor así.

Entonces mamá abre una botella de vino y corta una pizza que comemos delante del televisor, siempre con la cabeza baja.

Mientras esperamos el discurso del nuevo presidente, mamá y Amalia hablan de todo lo que va a cambiar. Con solo evocar lo que se prepara, Amalia se estremece, hasta me pareció ver una lágrima deslizarse por su mejilla.

Son las diez y media de la noche cuando el nuevo presidente toma finalmente la palabra —habla en directo, desde el ayuntamiento de Château-Chinon.

Habla bien, Mitterrand. Pausadamente. Y además sabe elegir el tono, como dice siempre mi profe de francés. Cuando evoca su victoria, explica que no es solo suya, dice que es también *la victoria de esas mujeres, de esos hombres, humildes militantes colmados de ideales, que en cada comuna de Francia, en cada ciudad, en cada aldea, han esperado toda la vida el día en que su país vendría por fin a su encuentro.*

En Château-Chinon alguien grita *¡Sí!* Entonces Amalia se estremece aún más fuerte que antes, hasta se pone a temblar. Creo que es esa historia de *humildes militantes colmados de ideales* la que la hace tiritar de ese modo.

A mí también me impresiona Mitterrand. Pero lo siento por dentro—nada que ver con Amalia, que se menea en su silla. Tengo miedo de que, con esta victoria socialista, ante el espectáculo de Château-Chinon, Amalia sufra un nuevo brote de esclerosis en placas. Que de pronto la veamos encerrada a cal y canto en su cuerpo, que no podamos hacer nada para lograr que salga del fondo de su jaula.

—¡Es histórico, tienen razón! Todo lo que dice... ¿Te das cuenta? Andá a buscar la cámara de fotos, dale.

Amalia se dirige a mí. Entonces corro hasta el aparador, abro uno de los cajones, no el del sobre de cartón, sino otro, deslizo la mano hasta el fondo —ahí está, ya la tengo— y le llevo la cámara a Amalia tan rápido como puedo.

Mamá se asombra:

—¿Vas a sacar una foto, Amalia? ¿Vas a fotografiar la tele?

—¡Silencio!

Sobre la alfombra, el nuevo presidente sigue tan digno y apacible:

—*En este instante mi pensamiento está con los míos hoy desaparecidos, de quienes heredé el simple amor por mi patria y mi inquebrantable voluntad de servirla.*

No estoy segura de entenderlo bien.

—¿Qué es eso de *los míos hoy desaparecidos*?

—Los muertos, Mitterrand habla de los muertos. ¡Pero callate un poco!

Qué bueno, el nuevo presidente piensa en todo, incluso en los que ya no están. Creo que ya lo quiero.

Mitterrand lee serenamente su texto. Se ve que se ha pensado cada una de las palabras que emplea. Debe haber escrito todo eso hace mucho tiempo. Mucho antes de las ocho. Sin duda, mucho antes de este 10 de mayo de 1981. Y además, es buen mozo. Tiene puesto un traje claro y grandes anteojos —domina perfectamente la situación por encima de los micrófonos plantados en la alfombra.

Mientras tanto, entre dos temblores, Amalia le saca fotos. Mamá la mira, preocupada.

—Te va a costar una fortuna revelarlas. Y mañana vas a encontrar mejores fotos en los diarios.

—Puede ser. Pero estas fotos las saco yo. Lo estamos viviendo, es histórico. Y sucede justo frente a nosotras, entendés...

Detrás de la cámara, Amalia parece cada vez más emocionada.

Cuando Mitterrand dice *centenas de millones de hombres sobre la Tierra sabrán esta noche que Francia está dispuesta a hablarles en el idioma que han aprendido a amar de ella,* creo que yo también me estremecí.

—¡El presidente habla de la lengua francesa, le va a hablar en francés a millones de personas sobre la Tierra!

—Pero no, la lengua de la que habla son los valores. La revolución, los derechos del hombre, todo eso, ¡pero silencio! —dice mamá.

La lengua que aprendimos a amar de ella también podría ser el francés, ¿por qué no sería también la lengua francesa? ¿Por qué habré entendido mal? En todo caso, revolución o no, tengo la impresión de que esta noche Mitterrand me habla. No lo hubiera creído, pero desde el ayuntamiento de Château-Chinon se dirige también a mí.

También allí hay muchos flashes, hacen relámpagos dentro del televisor. Los de la cámara de Amalia les responden: en la Capsulerie, estamos en armonía con Château-Chinon.

—No se va a ver nada, basta, estás desperdiciando el rollo. Es ridículo sacarle fotos a una tele prendida.

Pero, aunque tiembla cada vez más fuerte, Amalia va hasta el final, toma hasta la última foto de su rollo de treinta y seis.

Cuando Mitterrand termina de hablar, voy a buscar un paquete de pañuelos de papel, uno para Amalia y otro para mí. Es que, entre los humildes militantes, los ideales y la lengua de Francia, aunque mamá dice que yo no entendí bien, las dos hemos terminado por llorar de veras.

—No hay que exagerar, no hay por qué ponerse en ese estado. En el fondo, no es más que un socialdemócrata..., cambio, cambio..., ya veremos.

No sé muy bien qué quiere decir mamá con eso de socialdemócrata. Parece estar contenta, pero contrariamente a Amalia y a mí, lo tiene todo bajo control. Como Mitterrand, de cierto modo.

De repente, le dice a Amalia:

—¡Vos que querías ir a festejar, mirá un poco para afuera!

En la Capsulerie llovía a cántaros, una verdadera tormenta.

En la Bastilla, seguro que ya se ha dejado de bailar.

Y desde hace mucho tiempo.

En la punta de los dedos

Entre sus fotos del 10 de mayo de 1981, Amalia eligió una que pegó con ayuda de dos pequeñas tiras de cinta scotch en la pared, justo encima del aparador. Se parece a todas las que tomó esa noche. Delante de los micrófonos, se adivina la silueta presidencial. Pero alrededor de la figura blanca y borrosa no hay nada: ni las personas que se encontraban con el nuevo presidente en Château-Chinon y que recuerdo haber visto en la pantalla apoyada contra la pared, ni nuestro living de la Capsulerie. Ni siquiera la alfombra de pelos largos sobre la que el busto de François Mitterrand estaba instalado durante su discurso. Entre los flashes que crepitaban en el ayuntamiento de Château-Chinon, más los de la cámara, que se estrellaban en ráfagas sobre el pequeño televisor, y la marejada temblorosa en la que Amalia se agitaba esa noche, entre enfermedad y emoción, las fotos que tomó, pese a ser históricas, son muy enigmáticas. Al descubrirlas, mamá exclamó *¡Es arte contemporáneo, lo tuyo! ¡Y de lo más exigente!* En un gran cúmulo de luz, consigo recuperar el contorno de los anteojos de Mitterrand. La antena desplegada en ángulo agudo, creo. Tal vez, me parece, algunos de los micrófonos plantados en el suelo. Pero hasta los ojos, detrás del armazón oscuro que veo, sin embargo, cada vez mejor a fuerza de examinar la imagen, permanecen invisibles —están perdidos en una espesa niebla. Se pueden adivinar las cejas del novísimo presidente —pero flotando en el vacío. Dan miedo esas imágenes. Parece el discurso de un fantasma. La conferencia de un espectro. Sin embargo, conservamos todas esas fotos como si fueran valiosas, bien ordenadas en su sobre, en uno de los cajones del aparador.

Porque Amalia tiene razón: no solamente son históricas, sino que además somos las únicas poseedoras de esas reliquias.

El lunes, al volver del colegio, recibí una nueva carta de papá. Una carta que tuve que leer seis o siete veces, por lo que me costó creer lo que había escrito en las últimas líneas. Todavía veo esas palabras tan extrañas: *Es posible que obtenga una libertad condicional, hay motivos para esperarlo*. Después papá agregó esta frase que también leí y releí muchas veces: *Rezá por mí*.

Mamá también recibió una carta de él. La encontré al mismo tiempo que la mía, en el fondo del casillero de metal que revuelvo todos los días, escondida bajo los folletos publicitarios. No ocurre con frecuencia que papá le escriba —es por eso que, incluso antes de abrir el sobre dirigido a mí, intuí que contenía algo especial, ya que él también había escrito esa otra carta, dirigida a ella. Sin duda las había escrito el mismo día, posiblemente a unos minutos de intervalo.

Es verdad, de inmediato supe que pasaba algo —pero no me había imaginado un anuncio semejante. Ni ese lunes ni ningún otro día.

En realidad, ni siquiera sabía que eso podía ocurrir.

Hacía tanto tiempo que papá estaba preso. Y tantas veces había oído hablar de la suerte que tenía de ser preso político, mientras tantos otros habían desaparecido o habían sido asesinados. ¿Su liberación?

Cuando mis ojos descubrieron esas palabras —*Es posible que obtenga una libertad condicional*—, en cuanto llegaron al final de esa frase, tuvieron que volver a recorrer el camino, por lo irreal que me parecía lo que acababa de leer. Quería asegurarme de que era eso lo que papá había escrito, entonces repetí la lectura, como Amalia lo había hecho con sus análisis —en el mismo lugar, unas semanas antes, frente a las torres azules.

Pero el lunes, cuando quise volver a leer esa frase, solo vi en el papel caracteres incomprensibles. Ante mis ojos, de repente, no había más que dibujos, rayas y círculos que ya no sabía descifrar. Tuve que esperar un buen rato para que esos trazos volvieran a convertirse en letras. Y más aún para que esas letras formaran de nuevo sílabas, y luego palabras dotadas de sentido: *Es posible que obtenga una libertad condicional.* Sí —eso era lo que estaba escrito.

Desde hace ya mucho tiempo, hay algo que sé sin saberlo, algo de lo que me enteré y que entendí atando cabos, estos últimos años: en el momento en que detuvieron a papá, hace más de seis años, mis padres se estaban separando. Por eso papá me escribe a mí todas las semanas. Y casi nunca a mamá. A veces, me hace preguntas acerca de ella —pero entre ellos dos casi no circulan cartas.

Ignoro si en la carta que le escribió a mamá también le pedía que rezase. Pero inmediatamente supe que le anunciaba lo mismo que a mí, esa posible *libertad condicional.*

Mientras esperaba que mamá volviera del trabajo, hacía dar vueltas en mi mano el sobre que él le envió a ella. Volvía a leer el nombre del remitente, el del destinatario. Sí —era el nombre de ella, y el de él. Comparé las estampillas y el sello del correo. Las cartas habían sido enviadas al mismo tiempo. Pero ¿cuál de las dos habría escrito primero? ¿Y puesto en un sobre, antes de cerrarlo? Examiné el sobre cerrado y el que ya había abierto, en busca de un indicio —en vano. Después dejé la carta de mamá sobre la mesa, esperando que volviera de trabajar, que la leyera y que me explicara lo que entendía de todo eso. No podía más de la impaciencia —daba vueltas alrededor de la mesa, los ojos clavados en el despertador que había ido a buscar a mi habitación para colocarlo exactamente al lado de la carta cerrada.

Cómo tardaba mamá.

Tal vez no más de lo normal. Pero ese día era imprescindible que volviera —y rápido.

En cuanto mamá entró en el departamento, le tendí la carta sin pronunciar una palabra y me quedé delante de ella, mirándola. Al ver que la interrogaba con los ojos, adivinó que ocurría algo importante, que tenía necesidad de que leyera —de inmediato. Entonces, antes de sacarse el abrigo, rasgó el sobre y leyó en silencio, delante de mí.

Apenas había terminado cuando le pregunté:

—¿Qué es lo que dice?

—Es posible que lo liberen. Podrían darle libertad condicional.

—¿Y eso qué es?

—Quiere decir que posiblemente salga de la cárcel. Pero, si sucede, lo vigilarán. Lo obligarán a decir dónde vive, a presentarse de tanto en tanto a la policía, cosas por el estilo... Estaría en libertad. Pero un poco, no del todo.

Luego mamá se quitó el abrigo y se sentó.

Me instalé justo frente a ella —¿tal vez me diría algo más acerca de esa historia de libertad con condiciones? Alrededor de la mesa, cada una de las dos volvió a leer su carta —aunque ya conocía casi de memoria la mía. Pero por más que la había leído y vuelto a leer, las frases del final no dejaban de ser extrañas.

—¿Puede ocurrir que le den esa libertad? ¿Condicional? ¿De veras?

—Durante todos estos años, jamás se habló de eso. Si ahora lo menciona, es que algo ha cambiado. Tengo la impresión de que se está moviendo la cosa.

En el centro de la mesa yo veía cómo se movía el segundero de mi despertador —me parecía que hacía mucho más ruido que de costumbre. Cada vez que la aguja pequeña pasaba por encima del doce, en el momento en que iba a cruzar el umbral de un nuevo minuto, se escuchaba un clic raro, como si un minúsculo tornillo acabara de caer detrás del cuadrante, una minúscula pieza metálica que el mecanismo hubiera escupido. Tuve miedo de que mi despertador estuviera por romperse en pedazos. Lo miré fijo durante un buen rato. El segundero, sobre todo —imaginé que muy pronto se separaría de las dos agujas grandes para caerse del cuadrante y quedar atascado del otro lado del vidrio. Pero el minúsculo segundero siguió girando, imperturbable. Pese a los clics, el despertador resistía.

Antes de acostarme, esta noche, quiero tratar de rezar, ya que papá me lo pidió.

A mis espaldas, Amalia está dormida desde hace un buen rato. Estos últimos tiempos, parece estar más cansada aún que de costumbre. Ignoro si es porque se recupera del último brote o porque se aproxima una nueva crisis —en todo caso, a la noche, parece desmayarse, de manera cada vez más repentina.

El sueño de Amalia es muy profundo. Sé que si me quedo acá, en el living, murmurando cerca del ventanal, no se va a despertar. Desde mi habitación no se ven bien las torres —me gusta su presencia azulada, las luces de los autos y de los empalmes, esa noche que nunca termina de ser noche me tranquiliza. No sé muy bien cómo prepararme para rezar, pero sé que tengo que intentarlo en este lugar, exactamente delante de mi brújula, a orillas de la autopista.

Mientras miro las luces de la Capsulerie, busco en mi memoria todo lo que puedo saber con respecto a la divinidad. Intento primero recuperar las oraciones que aprendí en Argentina, cuando iba a la escuela de monjas, en la época en que vivíamos en la casa de los conejos. Me quedó, creo, un fragmento del Ave María.

Pero tendría que ser capaz de encontrar alguna otra cosa en mi memoria.

Está también todo lo que recitaba mi bisabuela cuando hacía pasar entre el pulgar y el índice las cuentas de su rosario.

Más todo aquello que leía en voz alta, sentada al borde de la cama, la Biblia abierta sobre la falda, y yo que la espiaba por la puerta entreabierta. ¿De qué me acuerdo?

Algo de eso puedo rescatar. Son fragmentos minúsculos, pero los recojo lo mismo. Todo sirve. Por más que sean pequeñísimas cosas santas, migajas divinas —no me importa, recojo todo. *Dios te salve, María, llena eres de gracia.* De pronto, las palabras afluyen, las hilvano unas a otras, delante de Poniente y Levante. Con los dedos apoyados sobre el gran ventanal del living, mi oración está hecha de todo lo que logro atrapar. En español primero, antes de intentar decirlo en francés. *Tú que quitas los pecados del mundo, ten piedad de nosotros* —son plegarias mezcladas, artefactos bíblicos. Con esas miguitas sagradas, hago una especie de *patchwork. Porque tuve sed, y me diste de beber; fui forastero, y me recibiste,* no hay motivo para que eso no vaya junto, todo es santo ahí, son palabras que hablan de nosotros y del mundo. Entonces sigo haciendo bricolaje, *Porque en mí él ha puesto su cariño, yo también le proveeré escape, lo protegeré, porque ha llegado a conocer mi nombre.* ¿Y eso de dónde sale? No tengo la más mínima idea, pero, de pronto, me perturba. Murmuro todas las cosas santas que llegan a mi memoria y resulta que son exactamente las palabras adecuadas. Entonces, las repito inmediatamente, *Porque en mí él ha puesto su cariño, yo también le proveeré escape, lo protegeré, porque ha llegado a conocer mi nombre.* Si eso pudiera ser verdad.

Pero no quiero quedarme ahí, entonces sigo hurgando en mis recuerdos. Es que necesito que vengan. En el orden que se les antoje, pero que vengan todos a ayudarnos —el Hijo, Moisés y Santa Rita. En la luz polvorienta de las torres gemelas, intento imaginarlos. No veo a nadie, pero los llamo, de repente es como si estuvieran ahí. Mi oración empieza a parecerse a una ronda, gira como un trompo y me dejo llevar, *en las manos te llevarán, para que tu pie no tropiece en la piedra.* Entonces me acuerdo del fuentón en el que un día, hace ya mucho tiempo, una mujer me bautizó —estoy segura de que todos habían bajado hasta ahí, al recipiente sucio y oxidado que habitualmente servía para lavar los repasadores engrasados y donde recibí mi primer bautismo, al fondo de una cocina estrecha, con las persianas cerradas. El Padre, San Antonio e Isaías. ¿Por qué me dejarían sola en la Capsulerie San Cristóbal, los misterios y el Espíritu Santo? Si encontraron la manera de ir hasta mí, allá en La Plata. Si fueron capaces de meterse en la yema de los dedos de una mujer, no hay motivo para que no vengan a escucharme aquí, frente a los empalmes de la autopista y a las torres azules. *Para que su pie no tropiece en la piedra,* eso es. Y hosanna. Sin olvidar amén, ya que eso es lo que se dice siempre, al final, viste.

«A Spanish breakfast»

Pero ha regresado el verano. Y henos aquí, muy lejos de la Capsulerie. Las tres —Amalia, mamá y yo.

Cuando, hace varias semanas, nos enteramos de que íbamos a salir de viaje, también eso fue una tremenda sorpresa.

Miren un poco, dijo mamá, sacando de su cartera un sobre del que inmediatamente extrajo un manojo de llaves que se puso a agitar por encima de su cabeza como hacen los magos al terminar un truco. Las hacía tintinear, como si tuviera en la punta de los dedos un racimo de cascabeles. Después extrajo del mismo sobre una hoja de cartón donde se podía leer una dirección y algunas indicaciones escritas con tinta verde, antes de volver a recoger el manojo de llaves para agitarlas nuevamente, feliz de avisarnos por medio de un tintineo cristalino que muy pronto íbamos a pasar a otra cosa. *¡Al sur, chicas!*

Clara le había dado todo eso —no mi compañera rubia del colegio Travail, sino otra Clara, una señora argentina que Amalia y mamá ven de tanto en tanto y que suele ayudarnos. Con su marido, Jorge, viven en Francia desde hace mucho. Y se las han arreglado increíblemente bien, como dicen siempre mamá y Amalia. Entonces, nos dan cosas que a ellos les sobran y que nosotras podríamos necesitar. Desde la última cartera de mamá hasta nuestra nueva y, sin embargo, vieja tetera con flores —si no las encontramos en Emmaüs, es porque vienen de la casa de Jorge y Clara. ¡Pero esto, realmente...! Mamá acababa de sacar de su cartera las llaves de nuestras primeras vacaciones.

Yo ya había escuchado hablar del pequeño departamento que Clara y Jorge tenían en España, al borde del mar. *Es muy cerca de Alicante, en un lugar que se llama Benidorm* —y, desde hace más de una semana, aquí estamos. Este era su refugio, entonces, delante de esta playa —a varias decenas de metros por encima de nuestras cabezas.

Esas llaves y ese sobre nos proporcionaron una velada de fiesta ante las Mercuriales —no solamente porque íbamos a tener vacaciones lejos de Gallieni y de los empalmes, sino porque además, después de tanto tiempo, íbamos a hablar en castellano con otra gente. Eso es lo que nos dijimos inmediatamente. Hasta yo estaba contenta con esa idea. A condición de que solo durase un tiempo. Esperando adquirir la lengua francesa que tanto necesito, la idea de hablar de nuevo castellano con personas que no conocemos —fuera de la extraña familia que constituimos las tres y de los argentinos que a veces vienen a vernos a nuestro casi París, a orillas de la autopista— me ponía contenta, debo reconocerlo.

Ahora que conocemos Benidorm, ese proyecto nos hace reír.

Hace dos días, logré decirle algo en castellano al heladero. *Para mí, frambuesa y limón.* Y ayer, mamá pudo intercambiar algunas palabras con el vendedor de souvenirs y de postales que está en la esquina —y que pareció muy sorprendido. Es que acá casi nadie habla castellano. En la playa hay sobre todo holandeses y alemanes que se pasan el tiempo untándose unos a otros con crema solar y haciendo comentarios sobre sus sandalias y sus sombreros. Eso cuando no están contándose bromas que los hacen retorcerse de la risa. También hay ingleses —muchos, muchos ingleses. *Esto es la playa de Liverpool,* dijo Amalia al descubrir Benidorm.

El departamento de Clara y Jorge se encuentra en un edificio que es todavía más alto que nuestra torre de Bagnolet.

Frente a la puerta de entrada, por poco que solo se observe el hormigón y las columnas metálicas, uno se podría creer en la Capsulerie —salvo que hace mucho calor y que a unos pocos metros del hormigón hay una playa de arena fina de la que no se llega a ver el final. Desde el balcón del piso quince en el que dormimos, las sombrillas parecen flores plantadas en un campo abierto que el sol ha amarilleado definitivamente, flores que han logrado brotar en un terreno reseco.

El departamento de Benidorm es muy pequeño. Minúsculo, incluso. Consiste en una sola habitación con una kitchenette que da, como en Bagnolet, a un balcón gris. Pero el hormigón de Benidorm es mucho más claro que el de la Capsulerie —a menos que sea solo una impresión, el efecto del sol que pega fuerte sobre el balcón durante todo el día y del que aquí estamos mucho más próximas que en nuestro promontorio habitual. En la habitación única hay dos camas pequeñas y un colchón de gomaespuma que se saca de un placard y en el que duermo yo. Más una mesa cuadrada, apoyada contra la pared, y cuatro sillas plegables, exactamente frente al balcón —y por lo tanto, al cielo.

Por suerte, tuvimos la idea de llevar con nosotras dos mazos de cartas y unos libros que instalamos en los estantes, tan blancos como vacíos, del pequeño departamento. Pero me dejé el *Petit Robert* en Bagnolet —*No te vas a llevar semejante diccionario para un viaje tan corto,* dijo mamá en el momento en el que armaba mi equipaje. Así que el diccionario se quedó en la otra torre, la que está a orillas de la autopista.

Desde que estamos aquí, a la noche, después de cenar, jugamos a la canasta. Pero hacemos solo una partida. Sea quien fuere la ganadora, siempre postergamos la revancha para el día siguiente. Entonces, es como si nunca jugáramos la revancha, como si, cada noche, empezáramos todo desde cero. Pero es que Amalia no está en condiciones de jugar dos partidas consecutivas —después de nuestra canasta de la noche, se acuesta sin demora en la cama que se eligió. Cada vez más temprano, me parece.

Mamá y yo nos quedamos despiertas una buena hora después de que Amalia se haya acostado, incluso más. Apenas se va a dormir, mamá junta las cartas y separa los comodines, luego los mezcla ceremoniosamente antes de empezar su sesión cotidiana de solitarios. Mientras tanto, yo la observo en silencio, ya que no hay que perturbar el sueño de Amalia.

Desde hace cierto tiempo, mamá dedica el final de sus veladas a mezclar las cartas de dos mazos completos para clasificarlos nuevamente, por colores y en orden creciente, desde el as hasta el rey, siguiendo reglas muy particulares. Llama esta secuencia cotidiana «la hora del solitario», pero la palabra *réussite,* en francés, según me parece, corresponde más a la visión que mamá tiene del asunto. Desde que tiene esa manía, nunca se va a dormir antes de que le salga el solitario.

Cuando lo logra en el primer intento, considera que es un buen presagio —un signo capaz de actuar como una especie de bálsamo, algo que la tranquiliza y cuyos efectos benéficos comparte conmigo. Porque mamá no hace sus solitarios sola. Si bien yo no participo, siempre estoy lo más cerca posible del avance de las operaciones. Más aún desde que estamos en Benidorm. Aquí, en torno de la mesa apoyada contra la pared, apenas a unos centímetros de Amalia dormida, no me pierdo ninguno de los gestos de mamá.

Cuando las cartas se le resisten, en cambio, se preocupa —no le gusta nada. Hay que decir que a mí tampoco, es algo que no veo con buenos ojos. Pero no me preocupo demasiado, porque si el solitario no se da, sé de antemano que mamá va a insistir con las prolongaciones. Volverá a empezar hasta que las cartas se rindan. Todas, del as al rey. Corazón, pica, diamante y trébol —no tiene que faltar ninguna. Lo que termina siempre por ocurrir. En definitiva, ese tema del buen augurio no es más que una cuestión de tiempo.

Ayer a la noche, sin embargo, le costó mucho. Seis veces seguidas, las cartas se le negaron. Se atascó el solitario, sobre todo con los corazones. Pero, como siempre, mamá insistió. Solo al final de la segunda hora, lo logró —cuando vi ocho montoncitos alineados uno al lado del otro, entendí que finalmente podíamos irnos a dormir. Entonces, tuve ganas de preguntarle algo —pero no lo hice enseguida, ya que mamá se empecinó con las cartas hasta altas horas de la noche, Amalia dormía desde hacía rato, ya, cuando el solitario de mamá se completó. Solo a la mañana le hice la pregunta, cuando nos despertamos: *Quisiera saber..., en francés, también se dice «patience». «Faire une réussite» o «faire une patience» es lo mismo —estoy segura, lo leí en el* Petit Robert. *¿Se puede decir también así en castellano —una paciencia, se puede llamar así ese juego?*

—Que yo sepa, no. Se le dice solitario y nada más. *Réussite, patience...*, el castellano y el francés tienen maneras muy diferentes de considerar la cosa. Pero las dos lenguas tienen razón, si lo pensás bien.

Eso es lo que me dijo mamá.

Amalia se esforzaba por salir de su cama. Las piernas le temblaban tanto como las manos en las que buscaba apoyo para levantarse. Mamá y yo nos quedamos mirándola, pero no hicimos nada —nos acostumbramos a no intervenir más que en caso de peligro o cuando ella lo pide; de lo contrario, Amalia se ofende. Visiblemente, quería que siguiéramos hablando del solitario y de las palabras, le molestaba que la mirásemos mientras hacía tantos esfuerzos, por lo que dijo, con un tono alegre:

—Vos siempre con el Robertito.

El impulso de la frase pareció ayudarla, porque inmediatamente se puso de pie. Nos sentimos aliviadas, podíamos seguir hablando como si no hubiéramos advertido nada.

—Robertito es casi mejor que *Petit Robert*, ¿no? Es como más entrañable.

Amalia sabe que me gusta que llame así a mi diccionario. Robertito: como si fuera una persona de verdad.

Tal vez sea porque no lo tengo cerca, pero desde que estamos en Benidorm, pienso mucho en mi *Petit Robert*. En todo lo que aprendí gracias a él, en todo lo que aún me queda por descubrir. Sería incapaz de vivir sin él. Lo extraño desde que estamos acá. Como si fuera una persona, en el fondo —es verdad. Merece que definitivamente lo llame así: *mi Robertito*.

Después de esas historias de paciencia y solitarios, bajamos a tomar el desayuno en el café que está al pie de nuestra torre, junto al mar.

—*Do you want an English Breakfast?*

—*Please, a Spanish breakfast for us.*

Estábamos sentadas al lado de una rocola —aquí cada mesa tiene la suya. Entonces mamá propuso que eligiéramos canciones por turnos, mientras esperábamos nuestros tres *Spanish breakfasts*.

Empezó ella. Puso un disco en la rocola y dijo *Bueno, ya que estamos en la playa de Liverpool. Y en su memoria...* Acababa de elegir «Starting Over», de John Lennon —qué buena idea, me encanta esa canción. Entonces le pedí que me explicara la letra. Mamá dijo: *Esperá, escuchémosla primero*, mientras tomaba un trozo de papel en un servilletero de plástico que había sobre la mesa. Anotó algunas palabras —pero tan solo del principio de la canción. *Después va demasiado rápido, pero el principio ya es algo*.

Sobre la pequeña servilleta, la vi escribir palabras en inglés: *Our life together, is so precious together, we have grown, we have grown, although our love is still special, let's take our chance and fly away, somewhere alone*. Sabía que yo no entendía bien a causa del alemán que ella había querido que estudiara como primera lengua, entonces, sin que yo tuviera necesidad de decirle nada, agregó *Dejame escuchar, vamos a traducirla después.*

El desayuno llegó justo al final de la canción —*Two coffees and a chocolate for you, little girl.* Entonces mamá y Amalia me tradujeron al castellano la letra de la canción de Lennon. Pero solo el principio. Cuando habla de esa vida que nos gusta aunque sea extraña. Del tiempo que pasa volando y nos hace cambiar. Crecer, dice. Pero podemos intentar volar, no hay motivo para no intentarlo.

El principio de la canción se parece un poco a eso —en todo caso, eso es lo que entendí. Y me pareció que era muy bella. Posiblemente porque pensé que lo que habían traducido hablaba, en el fondo, un poco de nosotras. Cuando me di cuenta, creo que me vinieron ganas de llorar.

Entonces me pregunté si es siempre así cuando nos gusta una canción —¿se tendrá siempre la impresión de que ha sido escrita solamente para uno? Que es mucho más que una canción —que es en verdad una especie de carta. Una carta que uno se puede imaginar estar leyendo en la cama con tal que cierre los ojos al escucharla.

Me tocaba a mí elegir un tema en la rocola.

Yo quería escuchar una canción en castellano —no quería equivocarme, sobre todo, quería estar segura de que me gustara de verdad. Pero no conocía casi ninguno de los temas de la máquina. Aparentemente, las canciones argentinas no llegaron a las rocolas de Benidorm. Había una sola que sabía que me gustaría. Una canción de acá que había conocido allá, «Por qué te vas». Creo que todavía estaba en La Plata cuando la escuché por primera vez. Creo que se remonta muy lejos en el tiempo. Por todo eso, oprimí el botón.

Pero la canción duró muy poco.

Entonces me pregunté si es siempre así cuando a uno le gusta mucho una canción —¿siempre se tendrá la impresión de no haber sabido aprovecharla, de haberla dejado escapar? Cuando se ama de verdad, ¿acaso siempre terminará uno por lamentar algo?

Pero no tenía muchas ganas de pensar en eso, era aún más triste que saber que mi canción se había terminado. Entonces, cedí el turno:

—Te toca elegir a vos, Amalia.

Araña

Acabábamos de volver a la Capsulerie cuando hubo ese llamado.

A veces tengo la impresión de que bastó que franqueáramos la puerta de entrada para que sonara el teléfono. A menos que la señal haya sido la llave deslizándose en la cerradura —que el tintineo metálico o el ruido del pasador hayan hecho resonar el timbre para que todo el resto, a partir de ahí, se encadenara en un movimiento continuo. Sin pausa ni respiración, como esas piezas de dominó que caen una tras otra.

Pero también puede ser que las cosas hayan ocurrido de otra manera. Que hayamos tenido tiempo de dejar nuestros bolsos sobre la alfombra presidencial antes de desarmar las valijas. Tal vez hayamos alcanzado, incluso, a poner el lavarropas y a guardar los naipes y sus buenos presagios en uno de los cajones del aparador.

En verdad, ya no lo sé.

Si esas escenas y esos gestos existieron, lo que siguió los borró.

¿Qué hora era? No tengo la más mínima idea.

¿Puedo precisar al menos si ya se acercaba la noche, si fue durante la tarde?

Afuera, todavía era de día, de eso estoy segura. Estaba por anochecer, supongo. La luz que en mi recuerdo aún veo inundar el living y bañar las Mercuriales tiraba al ocre anaranjado, lo que me hace pensar que fue un poco antes del anochecer.

No importa.

En todo caso, he aquí que el teléfono suena y mamá contesta. Llaman de Argentina. Me acerco, entiendo inmediatamente que es importante. Es mi abuelo, desde La Plata. La comunicación es bastante breve. Muy pronto mamá cuelga el teléfono. Se gira hacia mí, me mira unos instantes en silencio y después dice, muy exactamente:

—Acaban de liberar a tu papá.

No dijo nada más.

En todo caso, eso es lo que creo recordar hoy.

Si agregó algo, esas palabras ya no tienen lugar en mi memoria. Lo que ocurrió luego se las llevó.

Por más que me concentre en esa escena, por más que haga grandes esfuerzos, lo que recuerdo después es como un blanco. Un intervalo vacío —denso y sólido, sin embargo. Duro como una roca.

En ese lugar y en ese instante, de repente se apagó la luz y el tiempo se detuvo. A menos que algo me haya golpeado de frente, para abatirme después. Sí, pero ¿qué podía ser? Lo cierto es que, en mi mente, hubo como un corte de luz. Un apagón. O algo que se rompió.

Cuando me despierto —se trata de un despertar, de una especie de retorno a la Capsulerie— estoy sumida en lágrimas.

Pero es algo más fuerte que eso.

Mi llanto es un verdadero diluvio. Y yo estoy adentro. Desbordada y perdida.

Y eso que las lágrimas vienen de mí. En parte, en todo caso. Lo que no les impide llevarme —mis lágrimas alimentan un oleaje de una potencia increíble.

Allí adentro, intento vagamente debatirme. Pero la tentativa es vana, perfectamente ridícula, lo sé. El torrente de lágrimas es mucho más fuerte que yo. Y no veo a qué podría aferrarme para intentar encontrar apoyo y resistir a la corriente. Es que nada sobresale a la superficie del agua.

Estoy a punto de ahogarme. Y siento vergüenza. Me invade una vergüenza infinita al mismo tiempo que me ahogo.

¿Y si fuera la vergüenza lo que me hunde así?

Sé que no debería estar en medio de toda esa agua, sumergida e impotente. Tendría que encontrarme en tierra firme. Bailar y luego gritar de alegría antes de saltar al cuello de mamá. En ese orden o en otro, poco importa —pero sé perfectamente que es eso lo que tendría que hacer. O bien girar sobre mí misma como un trompo enloquecido hasta caerme de culo en el suelo —no abatida, no, sino ebria de felicidad en la luz ocre de la puesta del sol.

Lo que me ocurre me horroriza.

Me ahogo en un mar de lágrimas. Tengo vergüenza. Estoy aterrada.

De pronto, veo que mamá se acerca. Parece que quiere abrazarme. Tal vez quiera sacarme del agua. Pero con un gesto de la mano la rechazo. No quiero que me toque, ¡oh, no, que me deje! No tengo nada de ganas de sentir su cuerpo cerca del mío, quiero estar sola. No entiendo lo que hago, es más fuerte que yo. Como no entiendo el torrente de lágrimas —ya no domino nada.

Entonces mamá intenta ponerle palabras a lo que me ocurre —no sé si es para tranquilizarme o para tranquilizarse ella misma. Creo que mi ahogo la asusta, tal como me asusta a mí.

—Es la emoción. Demasiada emoción, de golpe.

La explicación de mamá redobla mi llanto. Ahora respiro con dificultad, entre dos sollozos, apenas consigo sacar la cabeza del agua. Soy incapaz de proferir un sonido, incluso de gritar. Mi garganta está dura como un bloque de granito.

—Estás contenta. Pero es demasiada alegría en un lapso muy corto.

En el otro extremo de la habitación, siento los ojos de Amalia clavados en mí. Primero está como congelada, inmóvil por completo. Luego da un paso hacia atrás. Sabe probablemente que no puede hacer nada. Acaban de liberar a papá después de seis años y medio en la cárcel, y ante las torres azules yo me estoy ahogando. ¿Qué hubiera podido decirme? ¿Qué palabra, qué gesto agregar? La veo retroceder dos pasos más antes de retirarse —preocupada y tambaleante.

Es porque estás contenta —aún escucho esas palabras de mamá una y otra vez, como un disco rayado.

Pero sé muy bien que no lloro solamente de alegría.

Lloro todo lo que no lloré antes.

Lloro por el miedo tanto como por la espera. Lloro por todo lo que ocurrió allá. Lloro por nosotros, pero también por todos los demás. Por todo lo que sé y por lo que aún ignoro.

Es un tanque lo que de pronto se me vació encima. El inmenso depósito que estuve llenando durante años, como quien no quiere la cosa. Como una ardilla que almacena avellanas en su escondite, para más tarde. Solo que, en mi escondite, no había avellanas, sino litros y litros de lágrimas.

Papá está libre y las compuertas cedieron.

De golpe.

Unas semanas más tarde, él mismo llama por teléfono.

Está en Río. La libertad condicional lo angustió muchísimo, decidió irse de Argentina, salir clandestinamente. Tuvo miedo de que lo mataran. Miedo de sufrir un accidente raro, como ocurre a veces en ese país. Esos caminantes que se pierden para siempre, esos ahogados que sabían nadar tan bien, esos suicidados tan extraños —tuvo miedo de ser uno de ellos. Huyó de la libertad bajo condiciones, y muy pronto llegará hasta nosotras. Hablamos con él por turnos, mamá y yo nos pasamos varias veces el auricular. No llego a decir gran cosa, tengo sobre todo un sentimiento de extrañeza. Sin embargo, reconozco su voz. Pero también siento que viene de muy lejos. Es una voz de antes del diluvio.

Esta vez no lloro. Logro estar contenta. Feliz incluso, en tierra firme. Y llego a decírselo a papá, *¡Qué hermosa noticia!*, llego incluso a sentir hasta qué punto es verdad, mucho después de haber colgado el teléfono. Mamá lo ve y parece como aliviada. Entonces, por fin, se atreve a decirme lo que mi crisis de lágrimas le ha impedido formular durante largos días:

—Sabés que ya no vamos a vivir juntos, ¿no es cierto?

—Sí, lo sé.

—Son historias de adultos. Es así... Pero no te preocupes por él, ya vamos a encontrar una solución.

Ya está. El avión en el que se encuentra papá va a aterrizar en unos minutos.

Es lindo, Roissy.

Yo llegué a este mismo aeropuerto, hace ya dos años y medio —lo recuerdo. Como recuerdo los tubos transparentes que se cruzan en el corazón de la terminal. En cuanto los vi, los amé —adentro, uno cree estar en órbita en una estación espacial. O muy lejos en el tiempo, como si el futuro ya hubiera llegado. Por más que sepamos que no es verdad, por más que estemos en el planeta de siempre, que tan solo hayamos viajado un poco, en los tubos de Roissy se puede olvidar la cosa, o al menos hacer como si se lo olvidara. Por eso me gustan tanto. Pero mientras esperamos a papá, los busco en vano. Estoy preocupada o decepcionada, no sé muy bien. Un poco de las dos cosas, creo.

—¿Dónde están, mamá? Los tubos transparentes, ¿te acordás? Con las cintas transportadoras adentro..., ¿los sacaron?

—No..., siguen ahí. Solo que, desde acá, no se ven.

Una pena.

Pero no importa.

Como ya los conozco, los puedo imaginar.

Esos tubos parecen tentáculos, ya lo sé. O las patas en desorden de una inmensa araña.

Puede ser que papá ya esté avanzando adentro de una de esas patas. En este mismo instante, posiblemente haya viajeros pasando por encima de su cabeza, en el tubo que les corresponde. Otros, por los costados. O bien por debajo. Los tubos de Roissy son un lío. En ellos, la gente se desliza una al lado de la otra, sin poder tocarse, cada uno permanece encerrado en su tubo traslúcido. Pero los viajeros se pueden mirar, y eso es divertido. ¿Papá pensará en hacerles un gesto con la mano a sus camaradas de órbita, aunque sea un pequeño saludo, cuando pasa al lado de alguno de ellos? ¿O mirará derecho, hacia delante, diciéndose que ya es hora de salir de la tarántula?

Ahí está, lo veo, ya llega. Me adelanto y papá me abraza.

—Cómo creciste.

Es lo que se le dice siempre a los chicos.

Tal vez tenga razón. Desde que me vio por última vez, hace dos años y medio, probablemente haya crecido unos centímetros. Me acuerdo —estábamos al principio de 1979, en pleno verano austral. Yo tenía un vestidito verde y azul con breteles. Era mi última visita a la cárcel antes de partir para Francia. Mucho antes del diluvio. Debo de haber crecido, sí.

Mamá, a nuestro lado, está tensa.

Es raro ver a papá después de tanto tiempo. No sé decir si él ha cambiado. En realidad, tengo la impresión de verlo por primera vez. Está ahí, delante de mí. Sé que es él, y sin embargo no lo reconozco del todo, como ocurre a veces en los sueños —es papá, pero al mismo tiempo parece ser otra persona. Su letra pequeña y redonda, la forma de las palabras que durante todo este tiempo ha trazado sobre cientos de hojas de papel me resultan más familiares, creo, que su cara.

Papá le da un beso a mamá. Ella sonríe, pero veo perfectamente que lo mantiene a distancia. Permanezco junto a ellos, feliz y triste a la vez.

Aunque papá no va a vivir con nosotras, esa noche cenamos juntos en la Capsulerie. También está Amalia. Hablamos de todo y de nada. No sabemos muy bien por dónde empezar. O cómo seguir —a menos que sea lo mismo. Pero no importa. Ahora, tenemos mucho tiempo por delante.

Entonces papá se va al departamento que mamá le encontró, la casa de una amiga que lo albergará hasta que tenga un lugar propio.

Ante la puerta de entrada, me abraza otra vez y me dice:

—Nos vemos mañana, ¿eh?

No necesito darme vuelta para saber que, a pesar de la casi noche de las orillas de la autopista, esta vez las Mercuriales brillan un poco más que de costumbre.

Agradecimientos

Agradezco a Hélène, mi primera lectora; a Émilien, Augustin y Jean-Baptiste, que acompañaron la escritura de este libro. Gracias a Cathy Vidalou, mi amiga del otro hemisferio, cuya mirada y consejos son siempre tan valiosos. Esencial Cathy. Gracias igualmente a Susanne Ditschler, Vincent Cosse y Maria Troboukis —nuestras conversaciones resuenan en algunas de estas páginas— y a mi amigo de siempre, Federico Teitelbaum, cuya contribución técnica ha sido en este caso determinante. Agradezco también a Élisabeth Calpe y Sandrine Lerou por su generosa disponibilidad y a Madame Petit, directora del colegio Travail de Bagnolet, que me abrió las puertas de su establecimiento. A Marisol Acebedo y a Luis Longhi, mil gracias por sus lecturas y sus consejos argentos. Gracias finalmente a mi editor, Jean-Marie Laclavetine, por su apoyo y su paciencia. Sin olvidar a Marie —por supuesto.

Índice

Este libro se terminó
de imprimir en
Móstoles, Madrid,
en el mes de
mayo de 2021

«Para viajar lejos no hay mejor nave que un libro.»
EMILY DICKINSON

Gracias por tu lectura de este libro.

En **penguinlibros.club** encontrarás las mejores
recomendaciones de lectura.

Únete a nuestra comunidad y viaja con nosotros.

penguinlibros.club